英国ひつじの村②

巡査さんと村おこしの行方

リース・ボウエン　田辺千幸 訳

Evan Help Us

by Rhys Bowen

コージーブックス

JN190993

EVAN HELP US
by
Rhys Bowen

挿画／石山さやか

謝辞

本書を母マージェリー・リー（旧姓リース）に捧げます。母の死によって、わたしは大きな喪失感を味わいました。母の愛、母との交わり、そしてなにより母の笑いを恋しく思います。

巡査さんと村おこしの行方

主要登場人物

エヴァン・エヴァンズ……スランフェア村の巡査
ブロンウェン・プライス……村の学校の教師
ベッツィ……パブのウェイトレス
ミセス・ウィリアムス……エヴァンの住む家の大家
アーバスノット大佐……村の滞在客
アニー・ピジョン……村への移住者
ジェニー・ピジョン……アニーの娘
テッド・モーガン……ビジネスマン
グウィネス・ホスキンス……テッドの姉
サム・ホスキンス……グウィネスの夫
ガレス・エヴァンズ……村の肉屋
ドーソン……ホテルの経営者
パリー・デイヴィス……村の牧師
パウエル＝ジョーンズ……村の牧師
ジャック・ワトキンス……北ウェールズ警察の巡査部長

ベズゲレルトの伝説

ウェールズ大公であったスラウェリンは、ゲレルトという名の犬を飼っていた。ある日、彼は赤ん坊の息子を守るようにゲレルトに命じ、狩りに出かけた。戻ってきたスラウェリンが見たものは、空になった揺りかごと血まみれのゲレルトだった。怒りと絶望にかられたスラウェリンは剣を抜き、ゲレルトを切りつけた。床に転がっている大きな狼の死体と、部屋の隅ですやすやと眠っている息子を見つけたのはそのときだった。スラウェリンはゲレルトに駆け寄ったが手遅れだった。ゲレルトは彼の腕のなかで息絶えた。

忠犬に敬意を表して、スラウェリンは立派な墓を建てた。その墓はいまも、ベズゲレルト——ゲレルトの墓の意——という名の村にある。

この感動的な伝説は、実は一九世紀の宿屋の主人の創作だと言われている。町の名前はスラウェリンの飼い犬ではなく、昔の聖人にちなんだものだというのが最近の学者たちの定説である。

1

アーバスノット大佐は頬をふくらませて唇をとがらせ、トロンボーンのような音を立てながらふわふわした芝土の上を歩いていた。そのメロディは『ハーレフの男たち』であることがかろうじてわかる。草を食んでいたひつじたちは顔をあげ、彼の口が奏でる奇妙な音と、先端が銀の杖でハリエニシダやワラビの茂みをリズミカルに打ちつける音に驚いて逃げていった。

八〇に手が届こうという年齢でありながら、大佐の背筋はまっすぐに伸び、確たる足取りと相まっていかにも堂々とした風采《ふうさい》だ。若いころはハンサムで通っていたので、いまでも女性からは魅力的だと思われているはずだと考えている。きれいに手入れされた口ひげをたくわえてはいるものの、その両脇では顎の肉がだらりと垂れ、かつては立派だった眉も、いまでは色の薄くなったしょぼしょぼした目の上で海老のように突き出している。真夏にもかかわらず、ツイードのジャケットに鮮やかな黄色のベストと格子縞のシャツ、首にはペイズリー柄のシルクのクラバットというといういつもの装いに変化はなかった。唯一季節を感じさせるのが色あせたパナマ帽で、禿げた頭を日光から守るために、かぶれるときにはいつもそれをかぶっていた。スランフェア村の子供たちは大佐の独特の歩き方を真似て遊んだが、それも彼のいないところに限ってのことだった。

山からの強い風がアーバスノット大佐の顔に吹きつけた。大佐は足を止め、大きく息を吸った。

「ああ」胸をどんと叩いてつぶやく。「これだ、これだ」

ここ数か月で、初めて生きていると感じられた。あの陰気なロンドンのアパートを逃げ出してこられて、本当によかったと思えた。自分では買えなくなった新聞を読むために図書館まで出かけていくか、もしくは天気のいい日には健康のために池のまわりを二周するだけの果てしなく続く沈黙の日々。懐に余裕があったころにクラブの終身会員権を買っていたのだが、いまではほとんど足を向けることもない。昨年、チャターハムが死んでからは、もう行く意味がなくなった。彼の世代の人間はほかにはひとりもおらず、若い男たちは彼の話に興味を示そうとはしない。彼のことを偏屈な老人と考えていて、なにか理由をつけてはさっさと逃げ出していくのが常だ。若い世代の人間たちはいつも忙しそうに見えた。あのいまいましい携帯電話に翻弄されていて、人生を楽しむ暇もないのだ。アーバスノット大佐は彼らを気の毒だと思っていた。少なくとも彼自身はいい時代を知っている。虎狩りをしたこともあれば、マハラジャと食事をしたことも、大理石の宮殿で美しい女性たちと愛を交わしたこともある。若者たちはそんな娯楽も会話もロマンスも知らない。マナーすら知らず、ただただ時間に追われているのだと思いながら、大佐は大きなアザミを杖でばっさりと折った。

頭上を雲が流れていき、山や湖、そこここにひつじがいる険しい牧草地といった美しい景色が時折のぞいた。どれほど高くのぼっていたのか、大佐はようやく気づいた。この年にしては悪くないと心のなかでつぶやく。クラブで会う若い弱虫たちは体形を保つためにそれなりの時間をスポーツジムで過ごしているらしいが、ここでは彼にかなわないだろう。

眼下にスランフェア村が見えていた。峠をのぼり、スノードン山をぐるりとめぐる道路の縁に建ち並ぶ家々は、まるでドールハウスのようだ。大佐は満足そうに村を見おろした。スレート屋根の簡素なコテージ群は、古風な趣のわらぶき屋根と見事な庭のイギリスの村には美しさではかなわないが、道の両側に険しい山々がそびえたつその環境は素晴らしかった。

村の一番奥に、ひときわ大きな建物〈レッド・ドラゴン〉が見える。色のついた看板が店の前で揺れているのがわかった。パブはああでなければいかん、大佐は満足そうにうなずいた。お喋り相手の男たちがいつもいて、女たちは姿は見えるものの、声は聞こえないラウンジのなかにいる。まさに大佐の理想どおりだった。女というのは美しい生き物だが、止めないかぎりいつまでも意味のないことをぺちゃくちゃ喋っているると彼は考えていた。ジョアニー以外は。彼女は決してくだらないお喋りはしなかった。口元に穏やかな笑みを浮かべて彼の話に耳を傾け、冗談には笑ってくれた。彼女がどれほど恋しいことか……。

少なくともスランフェア村のパブでは、人々は礼儀正しく彼の話を聞いてくれる。興味があるふりすらしてくれる。「それじゃあ、虎を撃ったことがあるんですか、大佐？」彼らが尋ね、大佐はこう答える。「虎を撃つ？　一日で三頭仕留めたことがあるぞ。だがもちろん、撃ったのはマハラジャだというふりをしなけりゃいかん。それが外交儀礼というものだ。だがどれもとどめを刺したのはわしの弾だった。そのうちの一頭は、二・五メートルもある大物だった。自宅の暖炉にはその写真を飾ってある……」

またその話ができることを思い、大佐はにやりと笑った。この村の人間はみないいやつだ。ウェールズの素朴な村人だが、わしを温かく迎えてくれる。それが、ほかの外国人に対する態度とはまったく違っていることを大佐は知っていた。観光客が店に入ってきたとたん、突如として会話がウェールズ語に変わるのを彼は何度も目の当《ま》たりにしていた。自分が受け入れてもらえたのは、ウェールズ人の妻のおかげだろうと彼は考えていた。

ジョアニーに連れられ、休暇で初めてウェールズに来たときのことを大佐はよく覚えていた。それまでウェールズが外国だと思ったことはなかった。理解できない言葉で妻が話すのを聞いて、彼は驚くと同時に感心した。これまで知らなかった妻の一面だった。ジョアニーのことを思い出すと、大佐の気持ちは再び重く沈んだ。これほど長いあいだ、だれかを恋しく思えることが驚きだった。ジョアニーが死んでから一〇年になるが、つい昨日のことのように彼には感じられた。

ジョアニーが死んだ年の夏、大佐は心の整理をつけようとウェールズにやってきた。そしてその静けさとスノードニアの山々の荒々しい美しさに、癒されると同時に心を奪われた。スランフェアの高い場所に住む農家のオーウェンズが、夏の滞在客を募っていることを知ったのはまったくの偶然だった。それに応じたのは、これまでの人生でもっともラッキーなことのひとつだったと言えるだろう。突進してきたサイが彼のすぐ脇を通り過ぎていったことや、カシミールでハウスボートの窓から湖に飛びこんで、シャーロットの夫が撃った弾を危うくよけたときのように。

ミセス・オーウェンズは徹底的に大佐を甘やかした。大佐の好きな料理を作り、医者に厳しく禁止されているものを何度でもお代わりするように勧めた。彼のために洗濯をし、アイロンをかけ、部屋をちりひとつないくらいに掃除した。おかげで大佐は好きなだけ新鮮な空気を吸い、丘を散策し、野草や鳥を眺め、さらには大好きな考古学に没頭することができた。八歳のころ、ヨークシャーの自宅近くの野原でローマ時代の硬貨を発見して以来、大佐は考古学に夢中だった。生まれたのが違う家庭だったなら、オックスフォード大学かケンブリッジ大学に進んで古代史を学んでいたかもしれない。だがアーバスノット家の人間は軍に入ることになっていた。大佐はため息をついた。

考古学に対する情熱が、彼がウェールズを訪れる理由のひとつでもあった。アーサー王が実在したことを証明するのが彼の夢だった。それを裏付ける地元の伝説はたくさんある。スノードン山には、アーサー王がモルドレッド卿との戦いの最中に致命傷を負ったというブルッヒ・ア・サイサイ（矢の峠）と呼ばれる場所があるし、彼の剣エクスカリバーは、スノードン山の山腹にあるスリン・スラダウ湖から現われたものだと言われている。いまその湖は、まばゆい日差しを受けてきらめいていた。スノードン山ですら、地元の人間からは墓を意味するアル・ウィズバと呼ばれているのだ。ウェールズでもっとも高い山の頂に埋葬されるのは、偉大な王だけだ。あとはアーサー王の存在を証明する確かな証拠を見つけさえすればいい。大佐がここ最近、ひんぱんに山を歩いているのはそれが目的だった。

大佐は出っ張った岩に腰をおろし、双眼鏡を取り出した。青銅器時代には峠を守る砦があったはずだ。その証拠を見つけることができれば、いいきっかけになる。

大佐はスノードン山の頂から名前を忘れたほかの山々の頂へ、そしてスランフェア村へと双眼鏡を向けた。物が長持ちするように作られていた時代のドイツ製のいい双眼鏡だ。渓流にかかるでこぼこした石の橋にだれかが座っているのが見えた。あの間抜けの郵便配達人――郵便屋のエヴァンズだろう。彼はいつも配達する前にどこかに腰をおろして、人の手紙を読んでいる。どうしてだれも文句を言わないのだろう……大佐は通りに視線を移した。若い警察官が午後の巡回をしている。エヴァンズ巡査のことは気に入っていた。ラグビー選手のようながっちりした体格のハンサムな若者だ。イヤリングなんぞをしている近頃の弱々しい若者とは違う。大佐はハイキングコースや鳥や花の名前について、彼に尋ねることがしばしばあった。まあ彼にしても、スランフェアのような村の駐在所という楽な仕事を選んだことは否めない、ここは犯罪の温床とはほど遠いからなと、大佐はだれもいない通りや子供たちが遊ぶ校庭を眺めながら考えた。

教師の姿を見たくて、大佐は焦点を調節した。ほっそりして品のいいきれいな若い娘だ。デリーのガーデンパーティで初めて会ったときのジョアニーによく似ていた。かすかなベルの音が聞こえ、子供たちは即座に二列に並んで建物のなかへと戻っていった。

大佐はさらに双眼鏡を移動させた。村の一番はずれにあるのは二棟の礼拝堂だ。通りをはさむようにして建っている。スランフェアのような小さな村にどうして礼拝場所がふたつも必要なのか、大佐にはどうしても理解できなかった。だがウェールズ人は自分たちの宗教をとても大事にしている。長々とした説教に耳を傾け、ことあるごとに聖歌を歌う。それも、ケンジントンのオール・セインツ教会の教区民たちが投げやりに歌うものとは違い、見事な聖歌だ。

大佐は再びゆっくりと村を眺めていたが、不意に体をこわばらせ、レンズのなかに見えたある人物に焦点を合わせようとして目をしばたたいた。「まさか！」思わず声が漏れた。「ありえない」その人物は村の通りの中央に立ち、興味深そうにあたりを見まわしている。そんなはずはないとわかっていながら、大佐はその人物と目が合ったような気がした。自分が座っている岩のあたりに、じっと注がれている視線が感じられた。やがてその人物は向きを変え、二軒のコテージのあいだに姿を消した。

大佐はほっと息をつき、首を振った。年のせいで目が悪くなっているに違いない。彼が見たのは、そこにいるはずのない人間だった。ばかばかしい。目の錯覚だ。

双眼鏡をおろして、ぼんやりと宙を見つめた。見間違いに決まっていると自分に言い聞かせる。だれにもそっくりな人間がどこかにいるというだろう？　大佐は立ちあがって、ズボンのほこりを払った。あれが想像したとおりの人間だったら、まったくもって決まりが悪い。どちらにとってもだ。

だが次の瞬間、すべては大佐の頭から消えていた。気がつけば彼は、たったいままで自分が座っていた岩をまじまじと見つめていた。ハリエニシダとワラビに覆われてはいるものの、表面は確かに平らだったし、規則性も見て取れる。改めてじっくり観察すると、草で覆われた箇所を岩がきれいな長方形に囲んでいるのがわかった。大佐はとげに引っかかれていることにも気づかず、夢中でハリエニシダを引っ張った。それは間違いなく古い壁だった。その上によじのぼり、雑草を押しのけていく。そうだ、ここは入口。そしてそのすぐ内側にあるのは、なめらかな石板だ！　大佐は膝をつき、さらに雑草を取り払っていった。まわりにあるものはなにひとつ、目に入っていなかった……。

2

北ウェールズ警察のエヴァン・エヴァンズ巡査は、スランフェア村のメインストリートをのんびりと歩いていた。数軒の農家につながる数本の泥道をのぞけば、スランフェア村の唯一の道路だ。ほかのウェールズの多くの村がそうであるように、スランフェアも粘板岩の採石場が最盛期だったころに作られた集落だった。石造りのコテージ群、数軒の商店、ガソリンスタンド、ふたつの礼拝堂が、峠を越えてスノードン山の麓へと続く道路沿いに並んでいるだけの素朴で小さな村だ。まわりを取り巻く山々が雲と雪に覆われたときには風も強く荒れた天気になるものの、壮観なその景色はどんな見事な建築物より素晴らしかった。

エヴァンズ巡査は流れの速い渓流にかかる古い石橋を渡り、満足そうにあたりを見まわした。スランフェア村は世界で一番美しくもなければ、刺激的な場所でもないが、彼にとっては十分だった。苔《こけ》むした岩の上をさらさらと流れる透き通った水を眺め、その流れをたどって、切り立った山腹から流れ落ちる細いリボンのような滝へと視線を移していく。気持ちのいい風に交じって、かすかにひつじの鳴き声が聞こえてきた。それ以外は、流れる水音と渓流に沿って生えるハンノキのあいだを吹き抜ける風があるだけだ。

エヴァンは通りに目を向けた。車は見当たらない。遅い時間だとはいえ、天気のいい夏の日の午後には珍しいことだった。観光客のほとんどはすでにホテルかベッド・アンド・ブレックファーストに戻り、ウェールズのような原始的な場所でメキシコ料理かピザが食べられるかどうかを議論しているに違いない。

六時近い時間だったが、太陽はまだ空の高いところにあった。ここまで北になると、九時過ぎでなければ太陽は沈まない。長い黄昏《たそがれ》どきは、北ウェールズで暮らす楽しみのひとつだ。エヴァンは穏やかな気持ちで、大きく深呼吸をした。

背後から走ってくる足音が聞こえて振り向くと、サッカーのユニフォームを着た村の子供たちが駆けてくるところだった。

「こんにちは、ミスター・エヴァンズ！　元気ですか？《スー・ディ・キー》」いつものようにウェールズ語と英語をまぜこぜにして、軽やかな甲高い声で挨拶をした。

「やあ。サッカーの練習かな？」

少年たちは期待に顔を輝かせてうなずいた。「土曜日にベズゲレルトで試合があるんだよ――今年一番の試合なんだ」少年のひとりが言った。

「去年は負けたから、今度こそ思い知らせてやらなきゃいけないんだ」べつの少年が言い添えた。

「ミスター・エヴァンズ、試合を見に来る？」最初の少年が訊いた。「きっといい試合になるよ。ぼくたちのチームにはアイヴァーがいるからね。彼はすごく足が速いんだ。運動会では一〇〇ヤード競争で優勝したんだよ」

「できるだけ見に行くようにするよ」校庭に向かって駆けていく彼らの背中に向かって、エヴァンは叫んだ。あれくらいの年ごろの自分――小柄で痩せていてひょろひょろしていた――を思い出して、思わず口元に笑みが浮かぶ。

村の巡査――いまは地域駐在警察官と言うらしい――は、警察官のなかでも最高の仕事だと彼は考えていた。村を歩き、人々と話をするという一番好きなことをして給料をもらえるのだから。

数年前、警察を現代化して無駄をなくそうとする動きがあった。すべての支署が閉鎖され、それぞれの地域をカバーするため本部からパトカーが派遣された。だがすぐにそれが間違いであったことがわかる。村の警察とそこに住む人全員をよく知る巡査の存在こそが、犯罪を抑制する最大の手段だということがはっきりしたのだ。そこで国じゅうのすべての支署が再開され、巡査が再び配属されることになった。

エヴァンがこのことを知ったのは、父の死の痛手から立ち直りつつあった去年のことだ。エヴァンと父親はスウォンジーの波止場という荒っぽい区域を受け持つ警察官だったのだが、麻薬の手入れの最中に銃弾を受けて父親は命を落としていた。その結果エヴァンは、人間の命がこれほど意味もなく奪われる職場に希望を失ったのだった。

いま彼は、警察を辞めるのではなく、この村の巡査という職を選んでよかったと思っていた。ここに来たことを後悔したことは一度もない。彼は村人たちが好きだったし、村人たちも彼が好きだった。ここでは時はゆっくりと流れ、山はいつでもそこにあって好きなときにのぼることができる。

エヴァンは山頂を見あげた。スノードンは夕日を受けてピンク色に輝いている。腕時計を見た……仕事を終わらせて制服を着替えたら、ブルーシュ・ア・モーシュにさっとのぼる時間があるかもしれない。ミセス・ウィリアムスに気づかれることなく、家を出入りすることさえできれば。

スランフェア村にやってきて以来、エヴァンはミセス・ウィリアムスの家で暮らしていて、だいたいにおいて満足していた。彼女は母性愛にあふれた女性でとても親切だったが、ふたつ欠点があった。毎日三度のたっぷりした食事を用意して、クリスマスの七面鳥のように彼を太らせようとしていることがひとつ。そしてもうひとつが、やはりクリスマスの七面鳥のようなウエストをした孫のシャロンと彼を結婚させようと固く心に決めていることだった。

エヴァンはため息をつくと、通りを歩き始めた。右手には数軒の店舗が並んでいる。精肉店のG・エヴァンズ、その隣が乳製品を売っているR・エヴァンズ、そして雑貨屋のT・ハリスと郵便局だ。エヴァンがその前を通りかかったところで最初の店のドアがさっと開き、血で汚れたエプロンをつけた大柄な男が恐ろしげな肉切り包丁を振りまわしながら跳び出してきた。

「こんばんは《ノス・ダ》、おまわりのエヴァンズ」彼が声をかけた。「今日はなにか面白い殺人事件を解決したかい？」自分の冗談に大きな声をあげて笑う。

「まだだよ、肉屋のエヴァンズ」エヴァンが応じた。「だがまだ時間はあるだろう？それとも、きみがなにか計画しているとか？」

「かもしれないな」肉屋のエヴァンズは答えたが、その顔から笑みが消えた。「あのいまいましい観光客どもを皆殺しにしてやりたいよ。どうしておれたちを放っておいてくれないんだ？　おれはそいつが知りたいね」

エヴァンは人気《ひとけ》のない通りを見やった。夏季休暇の真っただなかであっても、スランフェア村は観光客の憧れの地とは言い難い。彼らがここで足を止める目的はわずかしかなかった。軽食堂でもあるガソリンスタンドと、郵便局と雑貨店で売っている絵葉書くらいのものだ。ベッド・アンド・ブレックファーストとして客を受け入れているコテージが数軒あり、この春にはモーガンの農場に新しく四軒の貸別荘が建っていたが、どれも村の接客業の域を出ない。ＢＭＷやジャガーを運転する金持ちたちは、峠をさらにのぼったところにある〈エヴェレスト・イン〉に滞在していた。エヴァンは異様に大きいスイス風シャレーを眺めた。これが建ったときには、村人たちは激怒したものだ。いま見てもひどく場違いだ。まるで荒涼としたウェールズの丘陵に出現した、ディズニーのなんとかランドのように。

「観光客であふれているとは思えないが」エヴァンは思ったことを口にした。「それにガソリン屋のロバーツは、軽食が売れるのを歓迎するんじゃないかな」

肉屋のエヴァンズは嫌悪感も露《あら》わに鼻を鳴らした。「あいつはわずかな金のために自分の母親を売るようなやつだからな。あの間抜けの牛乳屋のエヴァンズだってそうだ」彼はわざと大声で付け加えると、乳製品店の開いたままのドアを期待に満ちた目で眺めた。隣人と喧嘩をするのが、彼の趣味のひとつなのだ。だがいま、そこから出てくる者はいなかった。

「牛乳屋のエヴァンズ？　彼はなにを売るんだ？」

肉屋のエヴァンズはとっておきの秘密を打ち明けようとするかのように、エヴァンに顔を寄せた。「やつは、アイスクリームを作る気でいるんだ。観光客が寄ってくるだろうって考えている。これ以上おれの店の近くで観光客なんて見たくないって、やつには言ってやったよ」

エヴァンはにやりと笑った。「だが観光客はべつにきみを困らせてるわけじゃないだろう？」

よそから来た人間が、それほど精肉店に興味を抱くとは思えなかった。

「新しい貸別荘にいるやつらが問題なんだ」肉屋のエヴァンズは、タフ・モーガンの農場だった場所にできた、木とガラスの新しい四軒の建物を見ながら言った。どれもこの春に建てられたもので、タフの息子のテッドは、かわいそうな父親が墓のなかで冷たくなるのも待たずにロンドンのやり方を持ちこんですべてを台無しにしようとしていると、村人たちは噂した。彼は自ら足を運んでくることすらなかった。ある日突然、業者が現われて工事を始め、テッド・モーガンは完成したものを見にもこなかった。

肉屋のエヴァンズは肉切り包丁を手にしたまま、エヴァンにさらに近づいた。「今日、なにがあったか聞きたいか？」彼は声を細めて尋ねた。「あの貸別荘にいるイギリス人が、ちゃんとしたイギリスのラム肉を置いているかとずうずうしくもおれに訊いてきたんだぞ！　外国のラム肉を売るくらいなら、店を閉めると言ってやったんだ」

エヴァンは頰が緩みそうになるのをこらえた。「ウェールズ産のラム肉を食べたことがなかったんだろうな」

「それなら、いま食べてみればいいんだ。違うか？」肉屋のエヴァンズは店に戻ろうとしたところで、振り返った。

「〈ドラゴン〉に来るだろう？」

エヴァンはうなずいた。「たぶん。仕事を片付けたら、すぐに行くよ」

「大変だろうな。道路を行ったり来たりして、あっちこっちでお茶を飲むのは」

肉屋のエヴァンズの言葉はどこまでが冗談なのかよくわからなかったから、エヴァンは微笑んだだけだった。

「大変な仕事だが、だれかがしなくちゃいけないだろう？　それじゃあ、あとで会おう。そいつをあんまり振り回すんじゃないぞ。でないと、凶器を持ち歩いているといってきみを呼び出さなきゃいけなくなるかもしれない」エヴァンは親しげに手を振ると、再び通りを歩き始めた。

村の学校までやってきたときには、少年たちはすでにサッカーの練習を始めていた。エヴァンはしばし足を止めてそれを眺めていたが、やがて彼の視線はその向こうにある灰色の石造りの校舎に向けられた。ブロンウェンは、翌日の授業の準備をするために遅くまで残っていることがよくある。自分がいることに彼女が気づいて、出てきてくれればいいのにとエヴァンは思った。女性と話をするのが苦手だったことはないが、ブロンウェンとはあえてこれ以上関係が進展しないようにしていた。彼女は真面目で理知的すぎると感じることもあったし、スランフェアのような村でひとりの女性と二度デートをすれば、だれもが結婚式の準備を始めることがわかっていたからだ。結婚そのものを避けているわけではないが、べつに急ぐこともない。

けれど、ブロンウェンといっしょにいるのは楽しかったし、物静かで知的な彼女は好ましかった。なにか気にかかることがあるとき、話をしたくなるのが彼女だ。彼女は聞き上手で、決して軽率な判断をしなかった。灰色がかった長い金色の髪を金の雨のカーテンのように垂らし、小首を傾げて座っている彼女を前にすると、エヴァンはしばしば思っていた以上のことを口にした。そして彼女と別れたときには、不思議なくらい満足した気分になっているのだ。

だが今日はブロンウェンが学校から姿を現わすことはなかったので、エヴァンはそのまま歩き続けた。通りの一番端にある二軒の建物はどちらも礼拝堂だ。左側にあるのが、パリー・デイヴィス牧師のベテル礼拝堂で、日曜学校が午前一〇時、礼拝（説教は英語）が午後六時から行われる。右側は午後六時から礼拝（説教はウェールズ語と英語）が始まるパウエル＝ジョーンズ牧師のベウラ礼拝堂だ。飾り気のない灰色の石造りの二軒の建物は、まるで鏡に映したようにまったく同じ形状で、入口の前に建てられた掲示板さえ同じだ。そこに記されている聖句だけが違っていた。

スランフェアのような小さな村にどうして礼拝堂がふたつも必要なのだろうといぶかる外部の人間がいたとしたら、掲示板の聖句が手がかりになるかもしれない。今日、ベテル礼拝堂の外の掲示板には〝復讐《ふくしゅう》するは我にあり、と主は言われる〟とあり、ベウラ礼拝堂のほうには〝汝《なんじ》の敵を愛しなさい。べつの頬を出しなさい〟と書かれていた。

エヴァンはおかしくなった。パリー・デイヴィス牧師とパウエル＝ジョーンズ牧師は、いつもこうやって互いを攻撃し合っている。どちらかが新しい聖句を貼りだすと、もう一方はそれに反論するか、もしくはもっと優れた言葉を即座に聖書から探し出すのだ。張り合っているキリスト教徒はもっとも敵意を燃やす相手なのかもしれないと、エヴァンは思った。

エヴァンは村のはずれまでやってきた。道路はここからくねくねと曲がりながら峠の上まで続いている。緑の丘にかかった灰色のリボンのようだ。この先にある唯一の建物が〈エヴェレスト・イン〉で、スイス風シャレーのこけら板の屋根が日光を受けて光っていた。エヴァンは足を止め、丘の上を眺めた。上の牧草地を動く人影となにかきらりと光るものが見えた。大佐が持つ先端が銀の杖だろう。またいつもの散策から帰ってくるところに違いない。老いた大佐の頑健さと意志の強さにエヴァンはいつも感心していた。八〇歳になろうかというのに、アーサー王の王冠か円卓の残骸をなんとしても見つけるべく、雨の日も風の日も山を歩きまわっているのだ。

警察署に戻ろうときびすを返したところで、山の低いところにあるなにかに視線が止まった。ベテル礼拝堂の背後の牧草地に赤いものが見える。真っ赤なワンピースを着た、赤みがかった金髪の幼い少女だ。体重がないように見えるくらい軽やかに、芝生の上をスキップしていた。見覚えのない少女だ。よそから来て、貸別荘に滞在しているのだろうとエヴァンは見当をつけた。だがいくらスランフェア村のような平和な場所とはいえ、ひとりにしておくには幼すぎる。

だれかそばにいるのだろうかとざっとあたりを見まわしたが見当たらなかったので、自分が見ていようと決めた。この先にあるのはとてつもなく大きな山だから、それ以上進んでもらいたくはない。だがそこで少女はのぼるのをやめて引き返し始めたので、エヴァンはほっと息を吐いた。石垣近くまで戻ってきたところで、少女は不意に走りだした。そこからさほど遠くないところに立っている子ひつじに駆け寄っていく。子犬と同じように近づいてくるとでも思っているのか、声をかけながら両手を広げた。妙なことに、子ひつじはその場を動こうとしなかった。少女は子ひつじを抱きあげた。思っていたより重かったらしく、足元をふらつかせる。顔が真っ赤になっていた。いったい子ひつじをどうするつもりなのだろうとエヴァンはいぶかった。

だが子ひつじが激しく暴れながら大きな鳴き声をあげ始めたので、その答えを知ることはできなかった。子ひつじの悲鳴は、近くで草を食《は》んでいた母ひつじの耳に届いた。母ひつじはさっと顔をあげると、子供を守ろうとして走りだした。そちらに顔を向けた少女は、威嚇《いかく》するように鳴きながら突進してくる大きなひつじに気づくと、抱えていた子ひつじを放し、かなうかぎりの速さで石垣に向かって逃げだした。

石垣を越える手助けが必要かもしれないと思ったエヴァンも走り始めた。だが少女は恐怖に目を見開きながらも、石垣によじのぼり、無事にこちら側におり立った。土手を駆けおり、その勢いのまま、道路へと飛び出していく。しばらく前から、近づいてくる車のかすかな音をエヴァンの耳は無意識のうちに聞き取っていた。いまその音はけたたましいエンジン音に変わっている。少女も気づいたようだったが、加速した一台の車が峠の上に姿を現わすと、道路の真ん中で体を凍りつかせた。

エヴァンは少女に駆け寄って抱きあげた。車が不意に向きを変える。ブレーキのきしむ音とクラクションが鳴り響き、車はエヴァンたちからほんの数センチのところを通り過ぎて止まった。

「危ないところだった」運転手の顔は真っ青だ。

「幸い、怪我はない」エヴァンは応じ、行っていいと手を振って合図をした。「もう、大丈夫だ。怖くないよ」泣きだした少女にエヴァンは優しく声をかけた。

悲鳴が聞こえて、エヴァンは顔をあげた。若い女性が恐怖に顔をひきつらせながら、道路を駆けてくる。その髪は少女よりも赤みが強かったが、母親であることはすぐにわかった。

「ジェニー！　なんてこと、ジェニー！　なにがあったの？　無事なの？」ひきつった声だった。

エヴァンは少女をおろした。「大丈夫ですよ。ちょっと怖い思いをしただけだよね？」少女に声をかける。彼自身も怖い思いをしたとは言わなかった。心臓がまだ激しく打っている。

「熊に追いかけられたの」ジェニーは母親の脚にしがみついた。「ガオってうなったの」

「熊？」母親は説明を求めるようにエヴァンを見た。

「ひつじですよ。子ひつじを抱きあげたら、母ひつじが追いかけてきたんです」

若い女性は少女を抱きしめながら、申し訳なさそうにエヴァンを見た。「わたしたちはマンチェスターから来たんです。この子はひつじを見たことがなくて」

少女は母親の肩にもたれて泣いていて、しゃくりあげるたびに細い体が揺れた。母親はさらに強く娘を抱きしめた。「ママがいないのにひとりで外に出るなんて、悪い子ね」

少女は下唇を震わせながらうなずいた。

「わたしが悪かったのかもしれません」女性は顔をあげて言った。その話し方は、マンチェスターなまりというよりは、どちらかといえばロンドンのものに近い。「とても気持ちのいい日だったので、ドアを開けっぱなしにしていたんです。わたしがお茶の準備をしているあいだに、きっと玄関から出ていったのね」彼女は道路の向こう側に建ち並ぶコテージをちらりと見た。そのうちの一軒の玄関のドアが開いている。

「こんなところなら、ドアや窓を開けておいてもなにも起こらないだろうと思って」

「それでも車は通りますからね」エヴァンは言った。「子供がいるのなら、気をつけすぎるということはありませんよ」

「そうですね」彼女はうなずき、いらだち混じりの笑みを浮かべた。「この子ったら、まるで子猿なんですよ。わたしが目を離したとたんに、どこへでも行ってしまうんだから。ねえ、いたずらっ子さん？」そう言いながら少女の首に顔をこすりつけると、少女は泣くのをやめてうれしそうな声をあげた。

ようやく気持ちが落ち着いてきたエヴァンは、鮮やかな赤い髪やきれいに整えられた眉や濃い化粧は、スランフェア村には場違いではあるものの、彼女が美しい女性であることに気づいた。白のショートパンツとハワイ風の柄のホルタートップも人目を引く。あの長い脚に似合っていないわけじゃないが……。

エヴァンは自分の仕事に意識を戻そうとした。「ここへは休暇で？」

若い女性は少女を首にかじりつかせたまま、顔をあげた。「いいえ、数日前に引っ越してきたんです」

「引っ越してきた？　ずっとここにいるということですか？」エヴァンは驚いた。新しい人間がやってきた瞬間に、噂が村を駆け巡るのが常だったからだ。だが彼女たちの来訪はだれにも気づかれなかったらしい。

「どうなるのか、まだわからないんですけれど」彼女はまた笑みを浮かべたが、そこにはどこか悲しげな色があった。「とりあえず試してみようと思っています。麻薬や犯罪のない、安全で健やかな場所でこの子を育てたくて」

「でもどうしてここなんです？　あなたはウェールズ人じゃありませんよね？」

彼女はくすくす笑った。「わたしがスランフェアって発音するのを聞いたら、その答えはすぐにわかるでしょうね。ええ、ウェールズにはなんのつながりもありません。でもそれが魅力のひとつなんです」

「それにしても、どうしてこの村に？　子供のころ、休暇で来たことがあるとか？」

彼女は口をつぐみ、エヴァンの背後の緑の丘陵に目を向けた。あれこれ尋ねすぎたのかもしれないとエヴァンは思った。「すみません、質問攻めにしてしまいましたね。どうぞお茶の準備の続きをしてください」

「どうしてここに来たのか、自分でもよくわからないんです」エヴァンが歩きだそうとしたところで、彼女が告げた。「ここを見たのは初めてです――少なくとも直接は。ただ、この村のことを聞いたことがあって、子供を育てるにはいいところのように思ったんです」

「いまはどう思います？」エヴァンが尋ねた。

彼女は道路を眺めた。ポケットに手をつっこみ、帽子を目深にかぶったふたりの男がパブに向かって歩いていく。先にあるコテージから出てきた女性が、ウェールズ語でひとしきり悪態をついた。

女性はエヴァンに視線を戻した。「ここがこんなに……外国だなんて思っていなかった。ウェールズ語を話せるようになるとはとても思えません。わたしはずっとよそ者のままなんでしょうね」

「時間をあげてください。みんな、親切な人たちですよ。あなたに慣れる必要があるだけです。ぼくたちウェールズ人はちょっとばかり照れ屋で、よそ者に対する警戒心が強いんです」

「あなたは照れ屋には見えないわ」女性は挑むような笑みを浮かべた。

「まあ、それが仕事ですからね」エヴァンは顔が赤らむのを感じ、ちょっとしたきまり悪さですら明らかになってしまうケルト人の白い肌を恨んだ。

「あなたは地元のおまわりさんなんですね？」

エヴァンはうなずいた。「エヴァンズ巡査です。この地域を担当しています」

彼女は少女を抱いたまま、空いているほうの手を差し出した。「初めまして、エヴアンズ巡査。わたしはアニー。アニー・ピジョンです」

「よろしく、アニー」エヴァンは彼女と握手を交わした。「スランフェア村にようこそ。なにか困ったことがあったら、ぼくに相談してください」にこやかに告げる。

「それでは失礼しますよ。署を閉める前に、本部に報告しなきゃいけないんです。それじゃあ、また。きみもね、ジェニー。もうひとりで道路に出たりしちゃいけないよ。わかった？」

少女は恥ずかしそうにエヴァンを見たが、またすぐに母親の肩に顔を埋めた。

「知らない人の前だと恥ずかしがり屋なんです。ウェールズの人たちと同じですね」アニーの目に再び挑むような光が浮かんだ。「わたしもお料理に戻らないと。ベークド・ビーンズとフランクフルト・ソーセージをお料理と呼べるならの話ですけれど。失礼しますね、巡査。ファーストネームはなんておっしゃるの？」

「エヴァンです」

「エヴァン・エヴァンズ？」彼女は甲高い笑い声をあげた。「これ以上、ウェールズ人らしい名前はないわね」

彼女が自分の家の玄関に向かって歩きだしたところで、エヴァンもその場を離れようとした。

なさい」

「それじゃあ、エヴァン」彼女が呼びかけた。「またね。ほら、ジェニー、ご挨拶し

エヴァンは振り返ったが、ジェニーは母親の胸に顔を埋めたままだった。一度も見たことのない土地に自分から引っ越してきたという話が気にかかった。どうしてだ？　イングランドの大都会で暮らしていた女性が、どうしてウェールズの田舎の村に引っ越そうと思う？　ミスター・ピジョンはここにはいないという気がしていた。おそらく最初からいないのだろう。シングルマザーがここで暮らしていくのは簡単ではない。ウェールズ人がよそ者に心を開くのは時間がかかるし、スランフェア村のほとんどの人間は英語ではなくウェールズ語を話す。ぼくはできるだけのことを――

だれかに見られているという感覚に、エヴァンは不意に足を止めた。ブロンウェン・プライスが校庭のゲートにもたれているのが見えた。一本のおさげに結った灰色がかった金色の髪を片方の肩に垂らし、顔のまわりではほつれ毛が風に揺れている。目と同じ色の青いコットンのロングスカートにブルーデニムのシャツという装いだった。

「こんばんは、エヴァン」それは、さっきアニーが呼びかけたときとまったく同じアクセントだった。

3

「まったく」エヴァンは口のなかでつぶやいた。

彼女に歩み寄りながら笑顔で声をかける。「やあ、ブロンウェン。今日は遅くまで仕事をしているんだね」

「あなたもね」ブロンウェンの視線はエヴァンを通り過ぎ、閉じたばかりの玄関のドアに向けられた。「観光客にこのあたりの見どころを教えていたの?」

口調からだけでは、彼女がいらだっているのか、それとも面白がっているのか判断がつかなかった。「彼女は観光客じゃないんだ。つい最近、引っ越してきたそうだ。それもマンチェスターから。どうも、これまで都会を出たことがないらしい。あの女の子はひつじを熊だと思ったくらいだ」エヴァンは笑わせようとしたが、ブロンウェンは真面目そうな大きな目で見つめ返してきただけだった。彼女がなにも言おうとしないので、エヴァンはさらに言った。「ウェールズ語ができないのに、ここで暮らしていくのは簡単じゃないだろうね」

「だからあなたが、彼女がなじめるように手を貸してあげるのね」

「ぼくたちみんなが手を貸すべきだと思うよ。小さな子供がいて、ひとりで暮らすのは大変だ」

「あなたって、本当にボーイスカウトがそのまま大人になったような人なのね、エヴァン・エヴァンズ。困っている人に手を貸さずにはいられないんだから」

「ぼくは自分の仕事をしているだけだ」

「そうね」ブロンウェンは優しく微笑んだ。「もう署に戻ったほうがいいわ。あなたはどこに行ったんだろうって、カナーボンの人たちが心配するわよ」

ブロンウェンはその場を離れていき、エヴァンはいらだちと困惑を覚えながら歩きだした。彼女はただからかっただけだろうか？　それとも本当に、彼が必要以上にアニー・ピジョンを気にかけていると思っている？　女性という生き物を理解するのは、どうしてこんなに難しいんだろう？　そもそも彼女がどう考えるかが、どうしてこれほど重要なんだ？　彼女とは婚約しているわけでもないし、それどころか正式にデートをしたことすらないのに。それでも重要であることはわかっていた。自分で認める以上に、エヴァンはブロンウェンに惹かれていた。彼女がそばにいてくれることが好きだったし、彼女にいつしか頼るようになっていた。彼女の顔を見ることに慣れてきている。それに三〇歳が近づいてきていた。落ち着くことを考え始めるべき年齢だった。

エヴァンがようやく家路についたときには七時近くになっていた。机の前に座ってあれこれと考えていたので、週末の書類仕事を片付けるのにいつもの二倍近い時間がかかった。

「飲みに行かないのか、エヴァン？」署の前を通りかかったチャーリー・ホプキンスが声をかけた。「金曜の夜だぞ」

「あとで行くよ」エヴァンが答えた。「まず家に帰って着替えてからだ。制服のまま飲むのは禁止されているからね。警察のイメージが悪くなる」

ミセス・ウィリアムスの家は、通りの高級な側と言われているほうにあった。ガソリンスタンドの並びにはコテージがひしめきあって建っているが、反対側には二軒長屋が三軒並んでいる。どれも簡素な灰色の石造りでコテージと大差はないのだが、特別なことでもないかぎり使わないふたつの客間をバック・パーラーとフロント・パーラー、数本のバラが細々と咲くだけの一・五メートル四方の地面を仰々しく前庭と呼ぶミセス・ウィリアムスのおかげで、スランフェア村の高級住宅ということになっている。

「あなたなの、ミスター・エヴァンズ？」音を立てないようにドアを閉めたところで、暗い廊下の向こうからミセス・ウィリアムスの声がした。警察は、どうしてミセス・ウィリアムスを地元のレーダー部隊として雇わないのだろうと不思議に思うことがしばしばあった。彼女は驚くべき第六感の持ち主で、テレビからけたたましい音が流れていようと、家の奥にある台所に閉じこもっていようと、エヴァンが玄関に鍵を挿しこむ気配を必ず感じ取るのだ。彼女に気づかれることなく家を出入りするのは不可能だと思われたが、それでもエヴァンはしつこく試みていた。

「いいえ、ミセス・ウィリアムス。泥棒ですよ」エヴァンは応じた。「たまたま玄関の鍵を持っていたんです」

台所のドアが開き、料理をしていたせいで大粒の汗を浮かべたミセス・ウィリアムスが赤い顔で現われた。「そんなことを言わないでくださいな、ミスター・エヴァンズ。わたしは泥棒が死ぬほど怖いって知っているでしょう？　警察官が我が家に越してきてくれた日は、わたしの人生で一番幸せな日でしたよ。娘がなんて言っていたか、教えましょうか？　あなたみたいなたくましい男性が家にいるんだから、泥棒も二の足を踏むだろうって言っていましたよ。あの子はあなたのことをとても買っているんですよ。もちろん孫娘も。わたしたちみんなそうですよ」ミセス・ウィリアムスは廊下を近づいてくると、彼の腕を取った。「さあさあ、早くお座りなさいな。食事の用意ができていますよ」

「えーと、食べるのはもう少しあとにしようかと思うんですよ、ミセス・ウィリアムス」エヴァンは恐る恐る切りだした。「〈ドラゴン〉で会う約束をしたやつらがいまして。金曜の夜ですからね」

「でもラム・カウルを作ったのに」ウェールズの濃厚なラムのシチューのことだ。「あなたの好物でしょう?」ミセス・ウィリアムスが作るのは、エヴァンの好物だけだった。「肉屋のエヴァンズのところで、ラムのいい肩肉を手に入れたんですよ。そうそう、肉屋のエヴァンズといえば、モーガンの農場に滞在しているイギリス人女性が、イギリスのラム肉を置いているかって彼に訊いたんですって? よくもまあそんなことが言えたものだわ。肉屋のエヴァンズが外国の肉を売ったことなんて一度もないのに」

エヴァンは村の噂話の確かさに心のなかで感心したが、ふと今日会った女性のことを思い出した。「チャーリー・ホプキンスの隣に、新しい人が越してきたのを知っていますか？」

「新しい人？　ミセス・ヒューズのコテージを借りたの？」ミセス・ウィリアムスは驚いたように訊き返した。

「二、三日前に引っ越してきたそうです」今回ばかりは彼女を出し抜いたと思うと、エヴァンはうれしくなった。「母親と幼い娘さんです」

「まあ、知らなかった。全然聞いていないわ。きっとカナーボンの高い不動産屋を通じて借りたのね。夏のあいだ滞在するの？」

「ずっといるようですよ」

「いずれご主人も来るんでしょうね？」

「それは知りません」エヴァンはそつなく応じた。

ミセス・ウィリアムスは鼻を鳴らした。「彼女があなたに色目を使わないように気をつけておかないとね。あなたのようなハンサムで、結婚適齢期の男性は狙われるのよ。あなたは地元のきちんとしたお嬢さんがいいでしょう？　お料理ができて、ちゃんとあなたの面倒を見てくれるような」ミセス・ウィリアムスはふとなにかに気づいたかのように、言葉を切った。「なにを思い出したんだったかしら？」手で口を押さえたかと思うと、顔じゅうに笑みが広がった。「ああ、そう言えば、シャロンがコンチネンタル・クッキングの夜間コースに通い始めたって話したかしら？　先週はスパゲッティ・ボロネーゼで、今週はフランス料理の魚のシチューかなにかを作ったんですって。たしかブーリー・ベースとかいう名前だったと思うわ。かわいらしい料理人になってきたんですよ。いつものように明日来ますからね」

エヴァンは礼儀正しく微笑んだ。彼女の孫娘シャロンの体つきはまるでラグビーのフルバック選手のようだとか、エヴァンがなにを言おうとティーンエージャーのようにくすくす笑ういらだたしい癖があるといったことを口に出す勇気はなかった。ブロンウェンに指摘されたとおり、常に人の気分を損ねまいとするのがエヴァンの欠点のひとつだった。いまこそ、それを改めるための一歩を踏み出すときかもしれない。

「着替えたら、〈ドラゴン〉に行ってきます、ミセス・ウィリアムス。ラム・カウルはオーブンに入れておいてください。帰ってきたら食べますから」エヴァンは言った。

「わかりましたよ、ミスター・エヴァンズ」ミセス・ウィリアムスは傷ついたような顔になったが、それ以上強いることはせず、おとなしく台所に戻っていった。エヴァンはささやかな勝利を収めたことに満足しながら、着替えるために階段をのぼった。

エヴァンが〈レッド・ドラゴン〉のどっしりしたオーク材のドアを開けたときには、

金曜の夜とあってすでに店内はおおいににぎわっていた。大きなオーク材のカウンターが、以前はパブリック・バーと呼ばれていたメインルームと、オーク材のテーブルと暖炉のあるかつてはプライベート・バーと呼ばれていたより高級なラウンジを仕切っている。どちらの床にもオーク材の化粧板が貼られ、大きな暖炉には一年じゅう火が入れられていた。にぎやかな話し声に負けないくらいの音量で、ジュークボックスからフランク・シナトラの歌声が流れている。この村の音楽の趣味は流行の先端を行っているとは言えなかった。あたりには煙草の煙が濃くたちこめ、どっとはじける笑い声が隣のラウンジから流れてきた。エヴァンは肉屋のエヴァンズやほかの常連たちの姿を探したが見当たらない。スランベリスに続く道路で工事をしている若い男たちが、店の隅にいるだけだ。そこに加わるべきだろうかとエヴァンが考えていると、ひときわ高い声が響いた。

「やっと来たのね。いったいどこにいるんだろうって心配していたのよ、エヴァン」

その声の主もまた、エヴァンの人生を複雑にするのにひと役買っていた。〈レッド・ドラゴン〉のウェイトレスである金髪でセクシーなベッツィは、エヴァンに好意を抱いていることを隠そうともしなかったし、いずれは彼を自分のものにすると固く心に決めていた。これまでエヴァンは、カナーボンに外国映画を観に行こうとかダンスに行こうという心揺れる誘いをかろうじてかわしてきたが、それでもベッツィの決意は変わらなかった。そのつもりはないとはっきり断らないでいるのは、本当に彼女を傷つけたくないだけなのだろうかと考えることがエヴァンには時々あった。自分はばかだと思うときもある。村の男たちの半分は、争ってでもベッツィとデートしたがるだろうし、エヴァン自身もあれこれと空想をたくましくすることがないとは言えないからだ。

店のなかは暖かく、ベッツィはぴったりした黒のトップスに黒い革のミニスカートをはいていた。まったく役にたちそうもない、フリルのついたばかばかしいほど小さな白いエプロンをつけたその格好は、フランスの笑劇に登場するメイドのようだ。ブラジャーをつけていないことはほぼ間違いないうえ、それでなくても大きく開いた胸元をさらに強調するかのように、彼女には客と話をするときにカウンターにぐっと身を乗り出す癖があった。

彼女はいまもカウンターに身を乗り出し、店の奥へと進んでくるエヴァンをきらきらした目で見つめていた。

「堅苦しい制服を脱いできてくれてよかった」カウンターに近づいてきたエヴァンに言う。「そのTシャツ、よく似合っているわよ、エヴァン・エヴァンズ。たくましい体が引き立ってる」

ベッツィは、仲間を肘でつついてにやりと笑った若い男をにらみつけた。「なにがそんなにおかしいの、おんぼろ車のバリー？　買い物をするときは、商品をよく見るものでしょう？」そして、再びエヴァンに視線を戻した。「今夜はひとりなの？　ブロンウェン・プライスはまたバードウォッチングでもしているわけ？　あたしには好都合だけど。ギネスでいい？」

エヴァンは返事を求められたのが、最後の質問だけだったことにほっとしていた。

「今夜はマカフリーズにしようかな」べつのアイリッシュ黒ビールを示しながらエヴァンは言った。「違うものが飲みたい気分だ」

ベッツィは濃い赤に彩った唇をぺろりと舐めた。「新しいことを試そうとする男の人って好きよ」

いかにも意味ありげなその口ぶりとなまめかしいまなざしに、エヴァンはあわてて言った。「大佐はまだ来ていないみたいだな」

ベッツィはあたりを見まわした。「そうね。どこに行ったのかしら。開店時間にいないなんて珍しいわね」

「さっき、モーガンの農場の上の丘にいるのを見かけたよ。なにごともなければいいんだが。大佐は自分で思っているほど若くはないし、急な坂もところどころにあるからね」

「あら、大佐なら心配ないわよ」ベッツィはエヴァンのビールを注ぎながら応じた。「いつだってぴんしゃんしているもの。それに、年を取っても充分に元気なのよ。あたしの言っている意味、わかるでしょう？　年代物のシングルモルトを上の棚からおろすにはスツールに乗らなきゃならないんだけど、そのたびに大佐ったらあたしのスカートのなかをのぞこうとするんだから。それを言うなら、ほかの人もだけれど」ベッツィは再び思わせぶりにエヴァンを見つめた。「一度なんて、しゃがみこんでいるあたしのお尻をつねったこともあるのよ」挑むような笑みを浮かべる。

エヴァンは、ベッツィが長い銀のネックレスをつけていることに気づいた。そこに吊るされているなにかは、胸の谷間のなかだ。エヴァンはそれがなんなのかを考えまいとした。

「とにかくだ」エヴァンは無難なことに話題を戻そうとして言った。「大佐はいつも、開店時間にはここにいるんだろう？」

「丘で見かけたのはどれくらい前なの？」

「優に一時間はたっていると思う」

「それなら、心配いらないわよ。モーガンの丘からおりるにはそれなりの時間がかかるし、大佐が自分の見た目にすごく気を使うのは知っているでしょう？　オーウェンズの家に戻って、着替えているのよ」

エヴァンは微笑んだ。「きっときみの言うとおりだ」

「わたしが言うことはたいてい正しいのよ」ベッツィの目が妖しく光った。「そういえば、コルウィン・ベイの映画館で、どうしても観たい映画をやっているのよ。だから……」

幸いなことに、ちょうどそのとき空のグラスを載せたトレイを持った男がやってきたので、エヴァンは言い訳を考える必要がなくなった。「同じものを頼むよ、ベッツィ」男は彼女の前にトレイを置きながら言った。「全部ブレインズだ」カーディフで造られている人気のビールだった。

「頭《ブレイン》ばっかりで、筋肉《ブローン》がないって言いたいんじゃないの、ミスター・ロバーツ？」ベッツィがからかった。

「きみを夢中にさせられるくらい、筋肉ならみんなたっぷりさ、ベッツィ」ロバーツはそう応じると、エヴァンに向かってにやりと笑った。「こんばんは、エヴァンズ巡査」

「こんばんは、ガソリン屋のロバーツ」ミスター・ロバーツはスランフェア村唯一のガソリンスタンド兼修理工場のオーナーだった。「ラウンジでなにをしているんです？　お客さんですか？　それともみんなして突然上品ぶってみたとか？」

「テッド・モーガンが来ているんだ」ロバーツが答えた。「昔を懐かしんでいるところだ。おれたちみんな、いっしょに学校に通っていたのさ」

「タフ・モーガンじいさんの息子ですか？」エヴァンは驚いて訊いた。

「そのとおり」

「いったいここでなにを？　このあたりには来ないんだとばかり思っていましたよ。もう二〇年も戻ってきていないと聞いていたのに」

「そのとおり。近づこうともしなかった」カウンターの脇で黙って立っていた男が、ふらりと近づいてきて言った。ツイードの上着に帽子、バイクに乗るときに邪魔にならないように裾をソックスにたくしこんだズボン、泥だらけの長靴という典型的な農家の格好だ。「実の父親の葬式にも顔を出さなかったっていうのに、農場が自分のものになったとたん、しゃあしゃあとやってきて、ロンドンの大物みたいにみんなに酒をおごっているんだ」

その口ぶりにははっきりした悪意があって、自分がおごってもらっていないからそんなことを言うのだろうかとエヴァンはいぶかった。だがすぐに彼のことを思い出した。サム・ホスキンス。ベズゲレルト近くの低地で暮らす、タフ・モーガンの娘の夫だ。

ベッツィがカウンターに身を乗り出したので、襟ぐりが危険なほど大きく開いた。

「腹が立つのも無理ないわよ、サム。あんまり不公平だもの。テッドはロンドンじゅうに土地をいっぱい持っているって言うじゃない。そのうえ、あの農場まで自分のものになったんだから」

「あいつは全部手に入れたっていうのに、父親の面倒を見て、洗濯をして、靴下まで繕ってやったおれの女房のグウィネスは、礼すら言われてないんだ」

エヴァンは驚いた。「タフじいさんのことはよく知りませんが、まともな人だと思っていた。どうして全部テッドに遺したんです?」

「簡単よ」ベッツィが答えた。「テッドを最高に素晴らしい息子だと思っていたからよ。ここに来るたびに、息子の自慢をしていたわ。ロンドンでビジネスマンとして成功して、土地をいっぱい持っていて、ジャガーを乗り回して、週末にはパリに遊びに行ってるんだってね。息子が誇らしくてたまらなかったみたい。テッドから手紙がくると、すごくうれしそうな顔でここに来たものよ。見せたかったわ」

「だが、ロンドンでそれほど成功しているテッドに、どうして農場を遺したんだろう?」エヴァンは不思議に思った。「まさかテッドが戻ってきて、農場を引き継ぐと考えていたわけじゃないだろう?」

サム・ホスキンスは鼻を鳴らした。「ばかなじいさんは何年も前に遺言書を作っていて、そのまま変えようとしなかったんだ。いずれテッドがロンドンに飽きて、帰ってくることを期待していたんだろうな」

「帰ってきたじゃないか」ガソリン屋のロバーツが言った。「じいさんの望みどおりになったってわけだ」

ベッツィは泡がちょうどグラスの縁までくるように、いかにも慣れた手つきで次々とグラスにビールを注いでいた。「ここで暮らすつもりじゃないんでしょう?」

「試してみると言っている」ロバーツが答えた。

「こんななにもないところで?」ベッツィは最後のグラスに注ぎ終えた。「ここでいったいなにをするつもりなの? ロンドンの仕事はどうするの?」

「知りたいなら教えてやるが」ロバーツは内緒話をするときのように、顔を寄せた。

「古いスレート鉱山を買うつもりらしい」

「でもあそこはあたしが子供のころに閉鎖されたじゃないの!」ベッツィが大声をあげたので、その場にいる全員が振り向いた。「テッド・モーガンはあのスレート鉱山をもう一度掘るつもりなの?」

「いったいなにが目的だ？」だれかがつぶやいた。「頭がどうかしたんじゃないのか」

「そうは思わないね」ガソリン屋のロバーツが反論した。「スランフェアにとってはいいことだろう？　それで金が入ってくるじゃないか」

「それに仕事も増える」ベッツィが興奮した口調で言った。「鉱山が閉鎖されてから、父さんは働いていないのよ。戻りたがるかもしれない」

「親父さんは失業手当をもらって、家でテレビを見ているほうがいいんじゃないか、ベッツィ」店の奥の暖炉の近くから声がした。「いまさら、岩壁をのぼれると思うか？」

「のぼり方くらい、いまでも覚えているわよ」ベッツィはつんと顎をあげて答えた。「山岳救助にだって手を貸しているんだから。そうよね、エヴァン？」

ベッツィの父親はたいてい酔っぱらっていて、山岳救助を手伝っているというよりは、足手まといになることのほうが多かったが、そう言いたくはなかったのでエヴァンはうなずいた。

「また昔みたいに仕事をしたがっている男の人は、このあたりにたくさんいると思うわ」ベッツィは再びカウンターに身を乗り出したので、その場にいた男たち全員の視線が彼女に集まった。「退屈なこの村も活気を取り戻すかもしれない。コルウィン・

ベイみたいにスーパーマーケットや映画館ができるかもしれないわ」

「肉屋のエヴァンズがなんて言うか、想像がつくな」サム・ホスキンスがくすくす笑った。

「スーパーマーケットを作ろうとするやつらに、かたっぱしから肉切り包丁で襲いかかるぞ」パブのハリーが言った。

「賢明なロンドンのビジネスマンが、古い鉱山に投資する理由がわかりませんね」店の隅からパリー・デイヴィス牧師が現われた。人目につかないその場所が、酒を飲むときの彼の定位置だった。

「テッド・モーガンは自分にそれだけのお金があることを申し訳なく感じて、地元のためになにか役にたつことがしたくなったのかもしれない」ベッツィはいかにも無邪気そうに言った。

サム・ホスキンスは飲んでいたビールを噴き出した。「あいつが？　あいつが人のためになにかしたことが一度でもあったか？　おれたちのひつじが伝染病にやられて、獣医から莫大な請求書が来たときも、実の姉にたったの五〇〇ドルも貸してくれなかったんだぞ」

パリー・デイヴィス牧師が咳《せき》をした。「日曜学校に通っていたときのテッド・モーガンを覚えていますが、利他的なところは一度も見られませんでしたからね」

「なんですって？」ベッツィがぽかんとした顔になった。「利他、なんですか？」

「ほかの人のことを考えるという意味ですよ、ベッツィ。テッドは村一番のビー玉のコレクションを持っていた。手段を選ばず手に入れたものでした」

「ようやく気づいたのかもしれませんよ、牧師」ガソリン屋のロバーツはそう言うと、ビールを注ぎ終えたトレイを持ち、にぎやかな隣の部屋に向かった。「遠い昔の日曜学校のおかげで、宗教に目覚めたのかもしれない」彼は振り返ってエヴァンにウィンクをした。「こっちに来ないか、おまわりのエヴァンズ？　あんたのことをテッドにいろいろと話していたところだ」

「いいことだけ話してくれたんでしょうね」エヴァンは、腕を組み、足元を見つめて立っているサム・ホスキンスを気まずそうに見た。「あとで行きますよ。やっぱり大佐を捜しに行くべきかどうか、迷っているんです。こんなに遅くなったことは一度もありませんから」

その言葉が合図だったかのようにドアが勢いよく開いて、真っ赤な顔に汗を滴らせながらアーバスノット大佐が駆けこんできた。

「見つけた」彼はあえぎながらようやくそう言った。「やっと見つけた！」

4

エヴァンはよろめきながらカウンターに近づいてくる大佐を見ながら、安堵のため息をついた。どうしてこれほど心配していたのか、自分でもわからない。大佐は毎日山を歩きまわっているが、これまでなにも起きたことはなかった。ベッツィの言うとおり、彼は頑健そのものだった。

大佐が荒い息をつきながらカウンターにもたれかかると、パブのハリーはスコッチをたっぷりとグラスに注いだ。

「なにを見つけたの、大佐？」ベッツィが尋ねた。

大佐はスコッチを一気にあおると、身震いをし、大きく息を吸った。「アーサー王だ。ついにアーサー王の城を見つけた」

「おれも何度か見つけたことがある」若い男のひとりが笑いながら言った。「小塔がたくさんあって、旗がひらめいているんだろう？」

「それとも目がますます悪くなって、アーサー王の城と〈エヴェレスト・イン〉を見間違えたのかもしれないな」地元のブルドーザー運転手バリーが、仲間を肘でつつきながらからからかうように言った。「無理もないよな。あれだけ旗とゼラニウムが飾られているんじゃ」

バリーは自分の冗談に満足した様子でにやりと笑った。

「ちょっと黙っていて、おんぼろ車のバリー」ベッツィは彼をにらみつけた。「アーサー王の城を見つけたって大佐が言うなら、見つけたのよ」

「そこに円卓はあったかい？」バリーはひるむことなくさらに訊いた。

「全部話してちょうだい、大佐」ベッツィが促した。

大佐の息遣いはまだ荒く、顔は赤いままだった。「ハリエニシダとワラビにすっかり覆われているから、すぐ脇を通っても気づかないだろう。とても古いものだった。しっかりした石壁と床の大きな石。峠を守るべき場所にあった。中世の砦に間違いない」

「どこにあったんです、大佐？」エヴァンが訊いた。「今日あなたを見かけた、モーガンの農場の上ですか」

「そうだ」アーバスノット大佐はうなずいた。「古いスレート鉱山からそれほど遠くないところだ。これまで一〇〇回は歩いているのに、全然気づかなかった」彼は再び大きく息を吸った。「もう一杯スコッチを頼むよ、ハリー。興奮が収まらない」大佐は虫食いの穴がいくつも空いたクリーム色の古いシルクのハンカチを取り出すと、額の汗を拭いた。「急いでおりてきて、まっすぐここに来ようと思ったんだが、あの急な傾斜で転んでズボンを汚してしまってね。だから一度家に戻って、着替えなくてはならなかった」

ベッツィは、言ったとおりでしょうというようにエヴァンを見て笑った。

「興味深い話ですね」パリー・デイヴィス牧師が話に加わった。「大変興味深い。朝になったら、バンガー大学の考古学科に連絡しなくてはいけません」

「いまから、確かめに行こうじゃないか」おんぼろ車のバリーが言った。

「いまから?」ベッツィが訊き返した。

「バンガーの教授に連絡する前に、大佐が本当に重要なものを見つけたのかどうかを確かめておいたほうがいいだろう? まだあと数時間は明るい」

「でも大佐は疲れているのよ。またのぼるなんて無理よ」

「ミス・ベッツィ」アーバスノット大佐はすっと背筋を伸ばした。「カイバー銃隊の隊員は、なにがあろうと決して疲れたなどとは口にしない。もう一杯スコッチをもらえれば、エヴェレストにだってのぼれるとも！」

大佐は喝采を浴びながら二杯目のスコッチを一気に喉に流しこむと、男たちを引き連れながらすたすたと店の外に出ていった。ガソリン屋のロバーツはビールのトレイを置いた。いったいなにごとが起きたのかと、ラウンジから数人の男が顔を出した。

「大佐がアーサー王の城を見つけたんだ」ロバーツが叫んだ。「これから見に行ってくる」

「アーサー王の城？　おれは信じないね」牛乳屋のエヴァンズは笑った。

「おれは信じるよ」肉屋のエヴァンズが言った。「アーサー王の城が見つかることがあるとしたら、ここウェールズだとずっと思っていた」

「おれはありもしないもののために、山にのぼるのはごめんだ」牛乳屋のエヴァンズが言った。

「のぼれないんだろう？」肉屋のエヴァンズがあざ笑った。「おまえは一家のなかでも弱い血筋だって、おれがいつも言っていたとおりだ」

「だれがのぼれないって？」牛乳屋のエヴァンズは言い返し、狭いドアを出ていこうとする男たちに加わった。

においをたどる犬の群れのように一行はぞろぞろと村を抜け、速度を落とすことなくけもの道を進み、険しい斜面をのぼり終えた。発見した遺跡の脇に大佐が息を荒らげながらも誇らしげに立つと、男たちは生い茂るハリエニシダや雑草をせっせと引きちぎった。

「確かに遺跡だ」肉屋のエヴァンズが言った。「立派な塀もある。アーサー王が建てたとしてもおかしくないな」

「だがあんまり大きくはないぞ」おんぼろ車のバリーが笑いながら言った。「ここに置けるとしたら、ずいぶんと小さな円卓だ。〈ドラゴン〉のカウンターより狭いじゃないか」

「彼の住居だと言っているわけじゃない」アーバスノット大佐が言った。「ここは監視所だろう。だがなにか埋蔵品を見つけることができれば……」

「王冠とか」バリーが友人をつつきながら言った。

「腐った円卓とか？」男たちのひとりがくすくす笑った。

「エクスカリバーっていうのもあるぞ」べつの男が言った。

「みなさん、ちょっと静かにしてください」パリー・デイヴィス牧師の威厳に満ちた言葉に、全員が黙りこんだ。「これは重大な発見だと思います。これがどこかに存在することをわたしはずっと信じてきましたが、ついに発見したようです」

「アーサー王の城ですか？」信じられないといった口調でだれかが訊き返した。

「いや、アーサー王の城ではない」パリー・デイヴィス牧師は重々しい口調で告げた。

「これは、ゲレルトの墓です」

水を打ったようにあたりが静まりかえり、やがて遠慮がちな笑いが広がった。

「なにを言っているんです、牧師？」だれかが尋ねた。「ゲレルトの墓がどこにあるかは、だれだって知っている。おれはこの目で見ましたよ。ベズゲレルトの教会の横だ」

牧師は首を振った。「違います。あれは一九世紀の詐欺のようなものです。地元の宿屋の主人が観光客を呼び寄せるために作りあげた伝説にすぎません」

「大公スラウェリンの飼い犬のゲレルトは、あそこに埋葬されていないってことかい？」肉屋のエヴァンズが訊いた。

「ゲレルトという犬はおそらく存在しなかったということです」パリー・デイヴィス牧師はきっぱりと告げた。「あのしゃれた墓に埋葬されていないことは、まず間違いありません」

「でもあの村はもう何百年も前からベズゲレルトという名前じゃないですか」牛乳屋のエヴァンズが言った。「おれは肉屋のエヴァンズほどウェールズ語は得意じゃないが、それでもその名前がゲレルトの墓っていう意味だってことは知ってますよ」

「確かに」いいところをついているとでもいうように、パリー・デイヴィス牧師はうなずいた。「宗教界では、あのゲレルトはキリスト教の聖人ケレルトのことだというのが定説になっています。彼は少しでも神に近づけるように、峠の上の高いところにある簡素な隠れ家で暮らしていたと言われています。このささやかな石の建物は、まさに隠れ家にふさわしい大きさだとは思いませんか？」

数人がうなずいた。

「どちらにしろ、アーサー王にしては小さすぎる」おんぼろ車のバリーがつぶやいた。

「そして床の大きな石板」パリー・デイヴィス牧師は言葉を継いだ。「これは、聖人の墓に違いない。地元の人間が、住んでいた場所に彼を葬ったのです」

肉屋のエヴァンズが人込みをかきわけて前に出てくると、牧師の隣に立った。「つまり、ゲレルトは大公スラウェリンのあの有名な犬じゃないし、ベズゲレルトにはゲレルトの墓なんてないってことかい？」

「そのとおりです」

肉屋のエヴァンズはどっと笑いだした。「愉快じゃないか。ベズゲレルトのやつらにとっては、さぞかし痛手だろうよ。これでようやくスランフェアが地図に載る。聖人ケレルトの墓のある場所として。もうひとつのスランフェアみたいに、おれたちもそいつにちなんだ名前にするべきだとは思わないか？」

「アングルシーにあるスランフェアのことを言っているのか？　世界一長い名前の村だってことになっている？」おんぼろ車のバリーが尋ねた。

「そのとおり」肉屋のエヴァンズがもったいぶって答えた。「あいつらはスランフェアプールグウインゲルゴウゲールウクウィールンドロブウリスランダスイハオゴゴゴッと名乗っているが、早瀬の渦巻きに近く赤い洞穴付近の聖ティシリオ教会に近い白いハシバミのなかの窪地にある聖メリー教会っていう意味にすぎない。それならおれたちが、小川が流れるすぐ上に聖人ケレルトの墓がある峠の上のスランフェアと名乗って悪い理由があるか？」

再び笑い声があがった。

「冗談だろう？」おんぼろ車のバリーが言った。

「いたって真面目だ」肉屋のエヴァンズが応じた。「おれたちのスランフェア村を地図に載せるいいチャンスだ。本物のケレルトの墓があるなら、そいつを宣伝したっていいだろう？」

「これはやはり小さな砦ではないということか？」アーバスノット大佐は落胆の表情

を浮かべている。

　肉屋のエヴァンズはぴしゃりと彼の背中を叩いた。「聖人は王さまと同じくらい重要さ」

「どちらにしても、あなたは大きな発見をしたんですよ、大佐」エヴァンが言った。「まずは、バンガーの考古学の専門家の意見を聞かなくてはいけませんね」

「間違いないという自信があります」パリー・デイヴィス牧師が言った。「聖人ケレルトの永眠の地はいずれ見つかるだろうと思っていました」

「メソジストは聖人を信じないいんだと思っていたよ」おんぼろ車のバリーが笑いながら言った。

「もちろんわたしたちは、聖なる人々を信じています。彼らの歩んだ道のりを敬っています。ただカトリック教徒のように聖人に祈ったりはしないというだけです」牧師は聖人ケレルトの隠れ家の入口に立ち、敬意をこめて頭をさげた。「初期のキリスト教徒のなかでも聖人ケレルトはとても信心深かったと聞いています。この谷にいたすべての人を彼がひとりで改宗させたとしても、驚きはしませんね」

「そんな聖人の話は聞いたこともないよ」山をおり始めた男たちのなかからつぶやく声があがった。

「わたしにはするべきことがあるようですね」パリー・デイヴィス牧師が言った。

「聖人ケレルトの人生について、本を書いたほうがよさそうです。観光客が訪れたときに売ることができますからね。もちろん、ささやかな金額で」

「週刊の《ノース・ウェールズ》紙に寄稿すればいいんですよ」だれかが提案した。

「それだ」肉屋のエヴァンズが誇らしげにうなずく。「スランフェアには歴史的な遺跡があるってことを世界中に知らしめるんだ。いまいましい観光客が見に来ない程度に」

山をくだっている男たちは、そのばかげた台詞《せりふ》を聞いて大声で笑った。

「その本には、墓を見つけたのは大佐だということを忘れずに書いてくださいね？」大佐がぎゅっと唇を結び、無言で歩いていることに気づいたエヴァンが言った。

「当然だ」おんぼろ車のバリーは大佐の背中を叩いた。「歴史に名が残るんだぞ、大佐！　発掘に手を貸してくれって言われるかもしれないな。おれのブルドーザーをここまで持ってきたらどうだろう？　時間が短縮できるだろう？」

「考古学的な遺跡をブルドーザーで発掘したりはしませんよ」パリー・デイヴィス牧師はぞっとしたような顔をした。

エヴァンは笑いながら、大佐と並んで歩き始めた。

「発掘が始まったら、人手を欲しがるかもしれない」アーバスノット大佐は機嫌を直したようだった。「遺跡の発掘をしてみたいとずっと思っていたんだ。本当に埋葬品を発見できたら……」

一行が最後の険しい斜面をくだって村に入ったところで、太陽はようやく山の向こうに沈み、谷は闇に包まれた。山の上のほうにはまだ光が当たっていて、草を食むひつじたちの毛を淡いピンク色に染めている。エヴァンは満足そうにあたりを見まわした。

「明日はいい天気になりそうだ」

「山の上は気持ちがよかった」アーバスノット大佐が言った。「海が見えるくらいに晴れ渡っていて、双眼鏡——上等のドイツ製だ。日本製のくずじゃないぞ——をのぞいたら……」大佐は見たものを思い出し、言葉を切った。「まったくもって驚いたね」〈レッド・ドラゴン〉へと向かう通りに彼の大きな声が響いた。「ここにいるはずのない人間を見た気がしたんだ」

「そうなんですか？」エヴァンは礼儀正しく尋ねた。

男たちはにぎやかに語りながらパブへと流れこんでいった。残っていた者たちに、見つけたもののことを説明する。再びだれかが大佐の背中をぴしゃぴしゃと叩き、ダブルのスコッチが彼の前に置かれた。

「彼こそが、スランフェアを地図に載せる男だ」肉屋のエヴァンズが誇らしげに宣言した。「山をおりながら考えていたんだが、スノードンが見えるカラマツの上の峠に埋葬されていた犬ではない聖人のスランフェアベズゲレルトという名前にしたらどうだろう？」

「それをこの村の名前にするのか？」パブのハリーが笑った。「全部書く前に手が疲れちまうぞ」

「絵葉書に書ききれないわよ」ベッツィが言い添えた。

「あの有名なもうひとつのスランフェアみたいになれるぞ」ガソリン屋のロバーツが言った。「あの村とおれらになにか違いはあるか？　あっちは世界一長い名前だというだけだろう？」

「おれたちの名前をそれよりも長くすればいい」牛乳屋のエヴァンズが提案した。

「そうしたら、あたしたち有名になれるわ」ベッツィが興奮した声をあげた。「観光客が押し寄せるでしょうね」

「ちょっと待て。観光客がどうしたって？」肉屋のエヴァンズが大声をあげた。「おれはただ敬意を表してもらいたいだけだ。くそったれの外国人どもに押しかけられて、写真を撮られるのはごめんだぞ」

「観光客が増えてなにが悪いんだ？」牛乳屋のエヴァンズが反論した。「おれ個人としては仕事が繁盛するのは歓迎だね」

「おれ個人としては――」肉屋のエヴァンズが威嚇するようにこぶしを振りあげたので、エヴァンは彼と牛乳屋のエヴァンズのあいだに割って入った。

「落ち着いて。だれにも自分の意見を言う権利はあるんだ。ここは自由の国だろう？」

「おれのやりたいようにやれるなら、いまいましい外国人はみんな追い出してやるんだがな」肉屋のエヴァンズが言った。

「大佐はべつだろう？」おんぼろ車のバリーが言った。「歴史的遺跡をおまえのために見つけてくれたんだからな」

パリー・デイヴィス牧師もにらみ合うふたりのエヴァンズのあいだに立った。「村の集会を開くことを提案します。この新たな発見がスランフェアにとってどういう意味を持つのか、今後どうしていくべきなのかを穏やかに話し合うのです。あわてて行動を起こしたり、あれこれ議論したりするべきではありません。これは聖人の墓であって、観光客を呼ぶための見世物ではないのです。最大限の敬意を払わなければなりません」

「そのとおりですよ、牧師」パブのハリーが言った。「さあ、そういうわけだから、飲もうじゃないか。話し合いはまた今度だ」

エヴァンは彼らから離れ、カウンターの前にいる大佐に近づいた。飲みかけていたビールがそのままだったことに気づいた。まだ半分残っているが、泡はすっかりなくなっている。ひと息に飲み干した。「ぼくたちウェールズ人は頭に血がのぼりやすいんですよ。なにかに熱くなると特に」大佐に向かって笑いかける。「イギリス人はぼくたちを御しがたいと思っているみたいですね」

「妻もそうだった」アーバスノット大佐は笑顔で応じた。「妻もウェールズ人だったからね。いつもは世界一穏やかな女性だったが、なにかの拍子に機嫌を損ねると、いやはや大変。彼女が落ち着くまで、わしは長い散歩に出かけたもんだ」

エヴァンはくすくす笑った。「それで、さっきは話の途中でしたね。妙な人を見かけたとか？」

「ああ、そうだった。まったく驚いたね。双眼鏡をのぞいたら、そこに――」大佐は不意に言葉を切り、カウンターの向こうを見つめた。きまり悪がっているような、妙な表情を浮かべている。「遠い昔にインドで知り合った男を見た気がしたんだ」より大きな声で言葉を継いだ。「だが、彼のはずがない。気の毒なモンティ・ハルフォードはポロの最中に馬から落ちて、三九年に死んだんだから」大佐は腕時計に目をやった。「おや、もうこんな時間だ。ミセス・オーウェンズが心配するし、せっかくの料理も台無しになってしまう。もう帰らなくては。それじゃあ、また明日」

大佐は人込みをかきわけるようにして店を出ていき、ちょうどやってきたアニー・ピジョンとあやうくぶつかりそうになった。彼女が、ショートパンツからおしゃれなサンドレスに着替えているのを見て、エヴァンはほっとした。大佐はろくに彼女を見ようともせず、謝罪の言葉をつぶやいただけでそのまま足早に去っていった。

エヴァンは彼のうしろ姿を眺めながら考えていた。いったいなぜ大佐はあれほどあわてて帰って行ったのだろう?

5

アーバスノット大佐が〈レッド・ドラゴン〉を出たときには、あたりはかなり暗くなっていた。ひんやりした夜の風に顔を撫でられ、大佐は歩く速度を緩めた。なんというばかな振る舞いをしたのだろう。アフガニスタンの国境で攻撃を受けたとき、こんなふうに取り乱していたらとても撃退することはできなかった。そもそも、なにを恐れることがある？　顔を合わせたとしても、互いに見知らぬ人間のふりをするだけのことだ。言葉を交わすこともない。わしは安全だ。絶対に。

それでも大佐は村の明かりが途切れるところまでやってくると、ちらりとうしろを振り返った。そこから、オーウェンズの農場へと続く道を進んでいく。曲がりくねったその道は渓流沿いに続いていて、途中に危なっかしい小さな橋がかかっている。暗いなかでそこを渡るのは危険だが、大佐は慣れていた。毎晩使うのは、村のはずれからオーウェンズ家まで続く大きな道路ではなく、この道だ。いつもは懐中電灯を持ってくるのだが、今夜は急いでいたせいで忘れてしまった。

背後で小枝を踏む音が聞こえた気がして、大佐は再度振り返った。木の枝が薄気味悪いダンスを踊っている。しっかりしろ、自分を叱りつけた。薄明かりのなかで、木々がなんて妙に見えることか。シルクのハンカチを取り出して、額を流れる汗をぬぐいながら再び足を速めた。危険が迫っているように感じられるのはなぜだ？ なにも心配することなどない。橋を渡り、あの最後の野原を横切れば家だ。ミセス・オーウェンズの応接室の窓から漏れる明かりが見えている。明日になれば、すべて笑い話になるだろう。

大佐はなにかを聞いたわけではなかった。ただ、だれかがうしろにいると感じただけだった。


郵便屋のエヴァンズは中身がいっぱいにつまった郵便袋を肩にかけ、郵便局兼雑貨屋を出た。いつもはぼんやりしている彼だが、橋に向かうその顔には満面の笑みが浮かんでいた。今日はいい日になりそうだ。配達する手紙のなかには絵葉書が何枚かあるから、だれにも怒られずに読むことができる。それに、ホプキンス家宛のものは結婚式の招待状らしい。だれが結婚するのかを突き止めなくては！

彼は振り返って、ミス・ロバーツがこちらを見ていないことを確かめた。郵便物を読んでいるところを見つかるたび、彼女にはこっぴどく怒られる。「怒りっぽいばあさんだ」郵便屋のエヴァンズはひとりごちた。他人の人生をのぞくのは、郵便配達人の役得のひとつだろう？　それにだれにも迷惑はかけていない。スランフェア村の人間は、みな彼が手紙を読んでいることを知っているからだ。

日光を受けてまだら模様になっている橋にはだれもおらず、エヴァンズは長い脚を壊れた操り人形のようにぎくしゃくと動かしながら走り始めた。欄干に腰をおろそうとしたところで、橋の下の流れになにげなく目をやった。日光を受けてきらめく水のなかで、なにかが動いている。クリーム色のつやつやしたものが、アシのあいだで優雅に揺れていた。見たことのない花だろうと思った。睡蓮の一種かもしれない。摘んでいこうと決めた。あの巡査なら知っているだろう。学校の先生もいる。

郵便屋のエヴァンズは郵便袋を橋の脇に置くと、急な土手をそろそろとおりた。そこに生えているハンノキに片手でつかまりながら、川に身を乗り出して手を伸ばす。何度めかの試みでようやくそれをつかむことができた。だが手のなかのものを見て取ると、彼の顔から笑みが消えた。それは花ではなく、クリーム色のつやつやした布だったからだ。おそらくシルクだろう。

妙だと思った。この上流にはひつじの放牧場しかないからだ。橋の上から落としたというのも考えられない。それなら流れていってしまったはずだ。郵便屋のエヴァンズでもそれくらいはわかった。これが流れてきたに違いない上流に目を向けた。妙な形の岩の上に水がはねているとっさに思ったなにかが目に入ったのはそのときだった。

目を開けると、日光が縞模様を描いている花柄の壁紙がエヴァンの視界に入った。ミセス・ウィリアムスが彼を起こすのを忘れたらしい。あわててベッドから飛び出ようとしたところで、今日が土曜日だということを思い出した。エヴァンは満足そうなため息をつきながら、再び仰向けになった。今日は丸一日、なにも予定がない。のんびりと朝食をとりながら新聞を読もう。それから山にのぼる。天気のいい休日は数週間ぶりだったから、難しい登山がしたい気分だ。グラスリン湖の下の崖がいいかもしれない。ふたりの男性があそこで滑落死して以来、行く気がしなかったのだが、このあたりでも有数の登山ポイントをいつまでも避けるのはばかげている。

ベッドを出たところで、ふと思いついた。ブロンウェンに用事がなければ、いっしょに行けるかもしれない。折を見て、人のいない海岸で存分にバードウォッチングができるスリン半島に行こうという話になっていた。

エヴァンは窓枠にもたれ、期待に満ちた笑みを浮かべながら晴れ渡った青空を眺めた。北ウェールズでこんな日は珍しいから、なにもかも放り出して今日という日を楽しまなくてはいけない。ベーコンとソーセージを焼く匂いが階下から漂ってきた。ラジオはいつもの土曜日の朝の音楽を流している。トミー・スティールやクリフ・リチャードやビートルズといった、ミセス・ウィリアムスが好きな五〇～六〇年代のポップスだ。

村の通りはゆっくりと目を覚まし始めていた。ひつじ飼いのオーウェンズがバイクで走るうしろを、彼の黒と白のボーダーコリーが追いかけていく。農家には休日というものがないんだろうか？　牛乳配達のバンが通りのなかほどにいて、牛乳瓶がぶつかる耳慣れた音が聞こえた。牛乳屋のエヴァンズもあまり休みはないようだ。サッカーのユニフォームを着た数人の少年が丘を駆けあがっていく。それを見て、エヴァンは彼らに言ったことを思い出した。ベズゲレルトで行われる試合を見に行くと約束したのだった。

まあいい。試合は昼までには終わるだろうから、そのあとでもしたいことをする時間はたっぷりある。それにブロンウェンもきっと試合を見に来るだろう。そこで彼女の予定を訊けばいいことだ。

窓から離れようとしたところで、妙な光景が目に入った。郵便屋のエヴァンズが長い脚をばたつかせ、顔を左右に振りながら、橋のほうから走ってくる。手には封筒を握りしめ、郵便袋が体の脇でゆさゆさと揺れていた。

エヴァンは窓を開けて、体を乗りだした。「火事はどこだ、郵便屋のエヴァンズ？」

彼は足を止め、あんぐり口を開けてエヴァンを見あげた。「火事じゃない。川になにかあるんだ。いますぐ見に来てくれ！」


「またか！」カナーボンにある地域警察本部のワトキンス巡査部長が、白いパトカーから降り立った。

急いで張った黄色いテープの向こうに集まった大勢の村人たちの視線を浴びながら、エヴァンは橋の脇で彼を待っていた。「土曜日なのに呼び出したりしてすみません、巡査部長」エヴァンは申し訳なさそうに言った。「ですが、不審な死体が発見されたので、だれかに見てもらうべきだと思いまして」

「わたしがひとりで勤務しているときを狙って、死体を発見しているんじゃないだろうな？」ワトキンスは文句を言った。「今日の午後は、ティファニーのサッカーの試合を見に行こうと思っていたのに。小さいながら、なかなかの選手でね。センター・フォワードだ。女の子なのが残念だよ。男の子だったら、マンチェスター・ユナイテッドに入れられたのに」彼はため息をついた。「それで、死体は?」

「川から引きあげました」ワトキンスの先に立って急な土手をおりながら、エヴァンはためらいがちに言った。「蘇生できるかもしれないと思ったんです。でも、死んでいることはすぐにわかりました」

ふたりの前には、白い布をかけられて川べりに横たわるアーバスノット大佐の死体があった。布の端が突然の風にあおられて、金の印章指輪をつけた大佐の左手が露わになった。ワトキンスは布をめくり、アーバスノット大佐の膨れあがった白い顔を見おろした。

「だれなのかわかるか?」鋭い声で尋ねる。

「ええ」エヴァンは答えた。「アーバスノット大佐です」

「ここの人間?」

「いいえ、ですがこのあたりではよく知られていました。この一〇年ほど、毎年夏の数週間をここで過ごしていましたから」

「気の毒に」ワトキンスが言った。エヴァンが彼を好きな理由のひとつがそれだった

――彼はいまもまだ、死んだ人間を気にかける。たいていの警察官は気にしないか、気にしないふりをするのだ。「かなりの年だろう？」

「八〇歳くらいのはずです。第二次世界大戦以前はインドにいたそうですから」

「最後に目撃されたのは？」

「ゆうべ九時ごろにパブを出ていきました。ぼくもパブにいて、彼が出ていくのを見ていました。彼はいつも、滞在しているオーウェンズの農場まで近道を通って帰っていたんです。パブの裏から川に沿って進み、あの小さな橋を渡るんです」エヴァンは上流を指さした。川幅がそこで狭まっていて、花崗岩のブロックに厚い石板を渡した程度のささやかな橋がかかっている。

ワトキンスはしばし橋を見つめていたが、やがて〈レッド・ドラゴン〉までの道筋を目でたどった。

「そして、家には帰らなかった？」

「それはなんとも言えません。ミセス・オーウェンズは彼の居間に冷菜を置いておいたそうなんです。なので彼が戻ってきたかどうかはわからないと。農家の夜は早いですからね。食事には手をつけていなかったそうです」

「ドアは鍵が閉まっていたのか？」

「ドアに鍵はかけないそうです。犬がいますから」

「大佐が戻っていないことに、彼女はいつ気づいたんだ？」

「気づいていませんでした。なかなか起きてこないので少し心配にはなったものの、確かめに行って起こしたくなかったと言っていました」

「ゆうべ家には戻らなかったと結論づけてよさそうだな」ワトキンスが言った。「パブにいたと言ったね？　かなり飲んだのか？」

「スコッチを四杯。ですが彼はいつもそれくらいは飲みます。その程度では酔いませんね。だれにも負けないくらい強いですよ」

「だとしてもだ。きみがわたしを呼んだ理由がわからないね。はっきりしているじゃないか。老人が少しばかり飲みすぎた。おそらく目も悪くなっていて、橋の上でバランスを崩した。急な風が吹けば……」

「それならこれはどうなんです？」エヴァンは大佐の顔の向きをそっと変え、右耳の上にある傷を示した。

「簡単なことだ。あの橋の下にはとがった岩がいくつもある。落ちたときにそこで頭を打ったんだろう」ワトキンスは視線をあげて、エヴァンの顔を見た。

「なんだ？」ワトキンスは苦々しい表情になった。「おいおい、犯罪を疑っているなんて言うんじゃないだろうな？」

「そうでなければ、あなたを呼んだりしません」

「ここで退屈しないですむように、きみは数か月おきに殺人事件に遭遇しているのか？」ワトキンスは冗談まじりに言った。「刑事として訊くんだが、どうしてこれが事故じゃないと思うんだ？」

「これです」エヴァンは大佐のハリスツイードの上着の前部を示した。「見てください。いがや草がからまっている。川に引きずりこまれる前に、草の上に倒れていたということです」

「そうとは限らない。上着を脱いで、草の上に置いたのかもしれないし、その上に座ったのかもしれない。小さないがが二つ、三つついていても、しばらく気づかないことはある」

エヴァンは首を振った。「あなたは大佐を知らない。彼の言葉を借りれば、身なりを整えるということになりますが、大佐はいつもきちんとしていました。ゆうべも泥がついてしまったからと言って、パブに来る前に家に戻って着替えてきたほどです。いがのついた上着で家を出ることは絶対にありません」

「彼の目がどれくらい見えていたのかはわからない」

「とてもよく見えていましたよ。なにひとつ見逃さなかった」

「つまりきみは」ワトキンスはのろのろと言った。「何者かがこの老人の頭を殴り、川に突き落としたと言いたいのか？」

「そう思っています」

「ばかばかしいとしかわたしには思えないね。ここはカーディフの裏通りじゃない。老人の頭を殴って川に突き落とすような人間が、そうそういるはずもない」ワトキンスはエヴァンをじっと見つめた。「このあいだの殺人はきみの言うとおりだった。だが今回は同意できない。このあたりに頭のおかしなやつがうろついているか、もしくは彼に恨みを抱いている人間がいるとでもいうのでないかぎり」

エヴァンは首を振った。「それなんですよ、巡査部長。さっきも言ったとおり、大佐は村の人たちから好かれていました。なんていうか、村のマスコットみたいに思われていたんです」

「だとすると、もしだれかが彼を殺したのだとしたら、大きな危険を冒したことになる。彼のあとをつける人間がいたら、通りかかった村人が気づいたはずだろう？」

エヴァンはため息をついた。「あなたの言うように、ここはカーディフじゃないんですよ。九時にはほとんどの人は家のなかにいて、ドアもカーテンも閉めていますし、それ以外の人はパブにいる」エヴァンは言葉を切って、しばし考えた。「実際、ゆうべ大佐が帰っていったときは、村の男たちのほとんどはパブにいましたね」

「男の仕業だと考えているのか？」

「頭蓋骨をあれだけ陥没させて、その後川にひきずりこむには、相当力の強い女性じゃないと無理です」

ワトキンスは落ち着かない様子で笑った。「エヴァンズ、ヒューズ警部補がどういう人かは知っているだろう？　彼はいまコルウィン・ベイで会議に出ているが、なにかあったら連絡するようにと厳しく命令されている。わたしが自分だけで行動をする権限はないんだ。それに、このあいだの殺人事件にきみが首を突っこんだのはわたしのせいだと思われていて、あのあとひどい目に遭わされたからね」

「つまり、ヒューズ警部補の機嫌を損ねないように、この件は事故として片付けろというんですか？」エヴァンは尋ねた。

「わたしは事故だと思うね。彼の上着についていたいが以外に、そうではないという証拠があるのなら話はべつだが。あれは、きみたちが彼を川から引きずりだしたときについたのかもしれない」

エヴァンは首を振った。「引きずらずに、持ちあげましたから」

「何者かが彼を殺したいと思う理由に心当たりはあるのか？」

「いいえ」しばしの沈黙のあとでエヴァンは答えた。ゆうべパブを出ていったときの大佐の様子を思い出していた。彼の顔に浮かんだ奇妙な表情と、突然ばかげた話を口走り始めたこと。大佐はなにかにうろたえていた。それは間違いない。あわてて出ていったのは動揺していたからだ。ちょうど入ってきたアニー・ピジョンと危うくぶつかりそうになり、立ち止まって謝ろうともしないくらい激しく動揺していた。彼の礼儀正しさを思えば、妙だと言っていい。だがだからと言って、彼の命が危険にさらされていたという証拠にはならない。

「いいえ、ありません」これはエヴァンが自分で調べなくてはならないことだ。

「これで決まりだな」ワトキンスはほっとして息を吐いた。

「ですが、このまま終わらせるわけにはいきません」エヴァンはあくまでも言い張った。「これが本当に殺人だったらどうしますか？」ワトキンスが死体に布をかけ始めるのを見て、エヴァンはさらに言った。「スノードン山で死んだふたりのことも、あなたは殺人だとは思わなかった。違いますか？」

「わかったよ、それ以上言わなくていい」ワトキンスは素直に認めた。「確かにあのときはきみが正しくて、わたしが間違っていた。よし、こうしよう。頭部に傷があるから、この死には疑わしい点があると報告する。そうするとこの死体は、バンガーにいる内務省の病理学者のところに送られる。頭の傷の原因を彼がどう判断するかを待とうじゃないか。怪しいところがあると彼が言ったら、捜査を進めることにしよう」

「結果はいつわかりますか？」エヴァンはワトキンスと並んでパトカーに戻りながら尋ねた。

「月曜日以降だな」

「月曜日？」

「あわてるんじゃない。週末に釣りを楽しんでいる彼を呼び出すわけにはいかないだろう？　犯罪だという一〇〇パーセントの確信があるならともかく。すべては週明けからだ」

「ですが、現場はどうするんです？」エヴァンは黄色いテープを振り返った。「重要な手がかりが台無しになってしまうかもしれない」

「テープをそのままにしておこう。彼がどうやって川に落ちたのかがはっきりするまで、あの道は封鎖すると地元の人間には言えばいい」

「ありがとうございます、巡査部長」

「だがそれまでは」黄色いテープの向こう側にいる野次馬たちの近くまで来たところ

で、ワトキンスは小声で言った。「きみが犯罪を疑っていることは黙っておく。これは不運な事故で、それ以上でもそれ以下でもない。わかるね？　必要もないのに、村人たちにパニックを起こさせたくはないだろう？」

「はい」エヴァンは、そのあいだにいろいろ探ることができそうだと考えながら答えた。犯人も油断するだろう。人はほっとしたときに、ミスを犯しがちだ。

「ああ、それからエヴァンズ」ワトキンスは車に乗りこみながら言い添えた。「勝手に探偵の真似事をするんじゃないぞ。わかっているな？　わたしがいいと言うまでは、なにも触るんじゃない。いいな？」

「わかっています、サー」エヴァンは親しげに手を振り、車は好奇心でいっぱいの野次馬たちのあいだをゆっくりと遠ざかっていった。

それでも自分の目で確かめたり、話を聞いたりすることはできるとエヴァンは密かに考えていた。

6

だが土曜日の夜になってもエヴァンは、これが単なる事故ではないとワトキンス巡査部長を納得させられるような証拠を見つけることができずにいた。あるのは自分の直感だけだ。これは、頭のおかしな男が無差別にやったことではない。何者かがなんらかの理由があって、大佐の口を封じようとしたのだ。だがその理由がなんなのか、エヴァンには見当もつかなかった。大佐が山で重大な発見をした直後に命を落としたのは、どうにも妙だ。とはいえ、古い遺跡の発見が人を殺す動機になるとは思えなかった。発見を阻止するために殺すというなら話はわかるが、この殺人はまったく筋が通らない。

午後はずっと考え続けたが、大佐を嫌っているスランフェア村の人間を思い浮かべることはできなかった。彼は村の人気者だった。エヴァンが知るかぎり、だれかといさかいを起こしたことは一度もない。

大佐の遺体がバンガーの病理学者のところに運ばれていくとき、村全体が悲しみに包まれたのを見て、エヴァンは自分の印象が正しかったことを知った。村人たちは無言で大佐を見送った。男たちは帽子を脱ぎ、女たちは目頭を押さえている。エヴァンは彼らを眺め、だれがそこにいて、だれがいないのかを記憶に刻みこんだ。

「あのテープははずすの？」大佐を乗せた車が出発すると、少年のひとりがエヴァンに尋ねた。

「まだだ。しばらくあのままにしておくよ」エヴァンはあえて声を大きくした。「大佐がどこからどうやって川に落ちたのかを確かめないといけない。そうすれば、同じような事故が防げるだろう？」

エヴァンは村人たちのあいだを移動しながら、話を聞いてまわった。大佐がパブを出た時間を覚えているかと尋ねるふりをして、あの夜パブにいた人間の正確なリストを作っていく。村の男たちほぼ全員に加え、女性も何人かいたことがわかった。いなかったのはデートをしていた若者が数人、妻と家にいた男が何人か、そしてもうひとりが、ライバルの牧師とは違って悪魔の飲み物であるアルコールには決して手をつけようとしないパウエル＝ジョーンズ牧師だった。

つまり、犯行が可能だった村の男性ほぼ全員に確固たるアリバイがあることになる。

そのほとんどがパブを出ていく大佐を見ていたが、その後のことはなにも知らなかった。エヴァンの予想どおり、スランフェア村のそれ以外の住人はすべて夜九時にはカーテンを閉めた自宅のなかにいた。

エヴァンが村人たちへの聞きこみを終え、大佐の大家だったミセス・オーウェンズに話を聞きに行ったのは、土曜日の午後遅くになってからだった。川岸に沿って張った立ち入り禁止のテープの内側には入らなかったが、大佐が落ちた橋は渡ってみた。川に渡された石板の上に立ち、岩の上を流れる水を眺める。あそこに落ちたなら、あの岩に頭をぶつけた可能性は確かにある。川の水に血も洗い流されてしまっただろう。だが橋そのものはしっかりしているし、ひどく酔っていたならともかく、普段であればなにごともなく渡れるくらいの幅はあった。

玄関のドアを開けたミセス・オーウェンズは、かなり取り乱した様子だった。濡れたハンカチで涙をぬぐいながらエヴァンを台所に案内し、松材のテーブルの前に座らせた。エヴァンは、農家の台所の見本のようだと思いながら部屋のなかを見まわした。一方の壁を占める巨大な食器戸棚には柳模様の皿のセットが収められている。もうひとつの壁の前には大きな鋳鉄製のコンロと、その地位を奪った最新の電気コンロが並んで置かれていた。壁は白しっくい塗りの石で、床はきれいに磨かれた灰色の粘板岩だ。ちりひとつない。大佐にとっては、さぞかし居心地のいい場所だったことだろう。

「あの近道を教えるべきじゃなかった」ミセス・オーウェンズは勝手にエヴァンに紅茶をいれながら洟《はな》をすすった。「あたしたちのせいなんです。年寄りはあの橋の上でよろけるかもしれないって、考えるべきだった。あの橋はがたがきてるから修理しなきゃいけないいって旦那にずっと言っていたのに、忙しかったんですよ」彼女は音をたてて洟をかんだ。

エヴァンは心をこめてうなずいた。「そんなに落ちこまないでください。ぼくもたったいまあの橋を渡ってきましたが、なんともなかったし、大佐の足元は確かだった。大佐がいつもどんな山を歩いていたのか、知っているでしょう？　一度も事故なんてなかったんです」

エヴァンはそこで言葉を切り、窓の向こうに広がる険しい緑の斜面を見つめた。大佐を殺したいと思ったなら、あそこで犯行に及ぶほうがはるかに危険は少ない。彼のあとをつけて山の上までのぼり、タイミングを見計らって崖から突き落とすのはいたって簡単なことだ。事故ではないかもしれないと疑う人間などいない。それなのに、どうして村のこんな近くで彼を殺したりしたのだろう？

「……それに、彼はここでとても幸せだったのに」ミセス・オーウェンズが話している途中で、エヴァンはふと我に返った。

「すみません、ちょっと考えごとをしていたもので」エヴァンは謝った。「なんの話でしたか？」

「大佐はここに来るときには、いつもやつれて難しい顔をしていたんです。でも、すぐに元気になる。ロンドンではあまり楽しいこともなかったんでしょうね」

「ロンドンのことをなにか言っていましたか？」

「あまり詮索したくなかったんですよ。つまるところ大佐は、ここに下宿していただけですからね。あれこれ首を突っこむのは気がひけてねえ。でも、たいした暮らしをしていなかったことは知っていますよ。公園を散歩して、図書館とクラブに顔を出して、週に一度くらいは夜に映画を観に行って。つまらない人生ですよね、気の毒に。友だちも親戚もみんな死んでしまったんですよ」

「彼を訪ねてきた人はいなかったんですね？」

「大佐がここにいたあいだ、ひとりもいませんでしたよ」

「手紙はどうです？　ロンドンからの手紙とか電話は？」

「なにも。彼にはこの世界にひとりも知り合いがいなかったんです」

「そのようですね」エヴァンは硬い台所の椅子から立ちあがった。「でもあなたは、彼の最後の日々を幸せなものにしたんです。そう思えば、少しは慰められるんじゃありませんか？」

ミセス・オーウェンズはうなずくと、もう一度洟をかんでから立ちあがり、エヴァンを玄関まで送っていった。エヴァンはオーウェンズの農場の途中で足を止め、大佐が重大な発見をした斜面を見あげた。彼の死はあの発見となにか関係があるのだろうか？　あの遺跡を見つけてほしくなかった何者かがいたのだろうか？　そうだとしたら手遅れだったことになる。いまや村の住人すべてが遺跡の存在を知っていて、その話題でもちきりだ。

その夜エヴァンはほとんど眠らず、ひたすら考え続けた。大佐には敵も友人もいなかった。だれかと会うのはパブのなかだけで、親しかった人間はひとりもいない。殺人のターゲットにしようとするほど、大佐を知っていた人間はいなかった。まったく筋が通らない。

彼の死で得をする人間はだれだ？　警察で、まず疑うべきこととして最初に教えられるのがそれだった。だが大佐の家族も友人もすでに死亡しているし、だれかに遺すような財産はない。それどころか、年金でかろうじてやりくりしていたのだろうとエヴァンは考えていた。着古した服がそれを物語っていた。金目当てに殺されるような人間ではない。ひどく貧しい暮らしをしていながら、実はマットレスに紙幣を貯めこんでいるような変人であれば話はべつだが。そういう人間が存在することは知っていたが、大佐がそのひとりだとは思えなかった。たとえば、彼は気前がいい。パブでだれかにおごってもらったときには、ためらうことなくおごり返していた。ともあれ、月曜日に病理学者からの報告書が届くまでは、あれこれ考えても仕方がない。ぼくが間違っている可能性だってある……

日曜日の朝もすっきりと晴れ渡っていて、エヴァンは窓の外を眺めながら休みを取ってよいのだろうかと考えていた。大佐の遺体が発見された翌日にハイキングに行くのは、冷酷すぎるだろうか？　自分がいないあいだに、だれかが立ち入り禁止テープの内側に入って、現場を荒らしたりはしないだろうか？　なにか証拠が見つかって、呼ばれることはあるだろうか？

だが自分は刑事ではないのだとエヴァンは思い直した。それどころか、自分のすべきことだけをして、刑事の真似事は一切するなと言われている。仮にこれが殺人だとしても、エヴァンは自分の務めは果たした——カナーボンの犯罪捜査課に連絡をしたのだ。あとは彼らに任せればいい。エヴァンはただの巡査で、今日は休日なのだから。

エヴァンは登山靴を履いて、階下におりた。台所からラジオの音は聞こえない。ミセス・ウィリアムスは暗い顔で彼に挨拶をした。黒い服に身を包んだ彼女は、エヴァンのセーターとコーデュロイのズボンを見ておののいた表情になった。

「まさか山にのぼるつもりじゃないでしょうね、ミスター・エヴァンズ？」かすれた声で尋ねる。「気の毒な大佐はまだ埋葬されてもいないんですよ」

エヴァンは肩をすくめた。「ぼくにできることはなにもありませんよ、ミセス・ウィリアムス。それにぼくが山を散策しても、大佐は気にしないと思いますよ。彼が一番好きだったことなんですから」

「確かにそうね」ミセス・ウィリアムスはうなずいた。「手向けになるかもしれませんね。本当にお気の毒」ハンカチを取り出し、目頭を押さえる。「なんていう悲劇かしら。あの橋は危ないってずっと言っていたんですよ。あんな近道を通らずにちゃんとした道で帰っていれば、大佐はいまもまだ生きていたのに」彼女はかろうじて気持ちを落ち着けると、硬い声で言った。「人生は続いていきますからね。朝食はいるのかしら？」

「トーストだけでいいですよ」エヴァンはそう応じたものの、本当はベーコンにソーセージ、いつものもろもろが食べたかった。だが今回ばかりは無理らしい。

悲嘆に暮れている人間にはトーストがふさわしいとでもいうように、ミセス・ウィリアムスはうなずいた。「トーストを焼いたら、わたしは礼拝堂に行きますよ」そう言いながら、パンを二枚、厚めにスライスした。「あなたは行かないんですね?」

「今朝はやめておきます。夜にしますよ」

「あなたたち男性に、礼拝のあとでこっそりパブに行ったりしないだけの慎みがあることを願いますよ」

「ぼくたちが? こっそりパブに行く? いったいなんの話です?」エヴァンはなに食わぬ顔で訊き返した。

ミセス・ウィリアムスは鼻を鳴らした。「わたしたちが気づいていないとでも? この村では秘密にしておけることなんてそうそうないんですよ、ミスター・エヴァンズ。今夜くらいは大佐に敬意を表して、安息日にお酒を飲むのはやめるべきだと思いますね」

エヴァンは、自分に敬意を表してみんながお酒を飲んでくれるのなら大佐はきっと喜ぶだろうと言おうとしたが、寸前で思いとどまった。スランフェア村の人々は死をとても真剣に受け止める。

「それじゃあ、明日の夜の集会は延期になるんですか?」エヴァンは尋ねた。

ミセス・ウィリアムスは首を振った。「パリー・デイヴィス牧師はそのつもりはないみたいですよ。大佐の希望どおりに話を進めるべきだと思うと言っていましたから。なんのために集会を開くのか、わたしにはよくわかりませんけれどね。あの遺跡が聖人の墓であろうとなかろうと、同じことじゃありませんか」

「それだけじゃないんですよ、ミセス・ウィリアムス。スランフェア村の名前を変えたらどうだろうという、ばかげた意見がありましてね」

「村の名前を変える？　なにに？」

エヴァンはにやりと笑った。「どうなるでしょうね？　スランフェアベズゲレルトを略して、スランフェアBGはどうだろうというところから話が始まったんです」

「あの長ったらしい名前を言わずにすむように、スランフェアPGと名乗っているあの村みたいに？」

「そうです。そうしたら、あっちのスランフェアよりも長い名前にしたら、ぼくたちの村がギネスブックに載ると言い出した人間がいましてね」

「ばかげた話はこれまでもいろいろ聞いてきましたけれど、これほどとんでもないのは初めてだわ。いったいなにをうぬぼれているんだか。まったくろくなことになりませんよ。その集会に行って、わたしがそう言ってやります」

「そうしてください、ミセス・ウィリアムス」エヴァンは笑顔でけしかけた。

ミセス・ウィリアムスは笑みを返さなかった。「女が、男にものの道理を教えてやらなきゃいけないことがあるんですよ。あなたも結婚すればわかりますよ。そうしたら――そう言えば、なにか言おうとしていたことがあったんだったわ。なんだったかしら？」

ミセス・ウィリアムスがなにを言い出すのか、エヴァンには見当がついた。うかうかしていると、またシャロンと会わされる羽目になる。

「トーストはまだ焼けていませんか？」エヴァンはあわてて言った。「いいですよ、ぼくが自分でしますから。早く礼拝堂に行かないと、遅れてしまいますよ」

「本当にかまわないの？」ミセス・ウィリアムスは気が進まない様子だった。「あなたにさせたくはないんだけれど」

「大丈夫ですって。どうぞ行ってください」エヴァンは促した。

玄関のドアが閉まるとエヴァンはほっと息を吐き、トーストとミセス・ウィリアムスお手製のマーマレードを前にして座った。

だがそれほど食欲はなかったので、テーブルを片付け、ミセス・ウィリアムスが戻ってくる前に家を出た。彼女がすぐに戻ってこないことはわかっていた。大佐の死に明日の集会と、噂の種はいつもの朝よりもたっぷりあるはずだ。

エヴァンは橋の上で足を止めた。あんな悲劇などなかったかのように、岩のあいだで水がはね、きらめいている。大佐の死体が横たわっていた川岸を囲ったテープはそのままだ。鑑識の人間が来る前に雨が降るかもしれないと思うと、血痕や死体を引きずった痕がないかどうかその周辺を確かめたい誘惑にかられた。このあたりに降る雨は、どんな証拠でも消してしまうだろう。だがヒューズ警部補がひどく怒りっぽいことを思い出した。今度余計なことに首を突っこんだら、ただではおかないと以前に警告されている。

エヴァンはため息をつくと、歩きだした。刑事としての訓練を中断したことを後悔するのはこんなときだ。

「ヤッホー、エヴァン！」名前を呼ばれてそちらに視線を向けると、アニー・ピジョンが気乗りしない様子のジェニーの手を引きながら、通りを急ぎ足でこちらに近づいてくるところだった。

「気持ちのいい朝じゃない？」エヴァンの前で足を止めたアニーが言った。「お散歩？」

「ええ、少し歩いてこようと思っていたところです」

「わたしたちも散歩に行こうかと思ったの。でもふたりだけで丘をのぼるのはちょっと心配で」

「大丈夫ですよ」エヴァンが答えた。「なにも危険はありませんから」

「そういう意味じゃないのよ」アニーの口調がいくらか険しくなった。「迷ったり、古い鉱山に落ちたりするのが心配なの。こういう場所で暮らしたことがないんだもの。なにもわからないのよ。どの道が安全なのか、どの植物が安全なのか、ひつじが襲ってくることはないのか……」

アニーはすがりつくような目でエヴァンを見た。「このあたりをよく知っている人が必要なの。いっしょに行ってもかまわない？　今回だけでいいの。そうしたら、次からはどうすればいいのかが、わかるもの」

ふたりを連れていけば、たいして遠くまでは行けないだろうとエヴァンは思い、すぐにそれが身勝手な考えだと反省した。もちろん彼女には、どの道が簡単で、どの道が危険かを教えてくれる人間が必要だ。

「喜んで」エヴァンは優しく応じた。「いまから行けますか？」

「もちろんよ。この格好じゃだめかしら？」

アニーは彼女の赤い髪に不思議と似合っている、つるつるした素材の赤いトラックスーツを着ていた。ジェニーのほうは、袖が大きくふくらんだかわいらしいコットンのドレスに髪にはピンクのリボンという、いかにも女の子らしい格好だ。ふたりともきれいな白い靴を履いていた。

「普段なら防水加工の上着を持たずにのぼることはないんですが、すぐに雨になることはなさそうだし、あなたたちがいっしょならそれほど遠くへは行かないから大丈夫でしょう」

「あら、この子は華奢《きゃしゃ》に見えるけれど、実は母親と同じくらいたくましいのよ。そうよね、ジェニー？」ジェニーがなにも言おうとしなかったので、アニーが腕を引っ張った。「ほら、素敵なおまわりさんにご挨拶しなさい」

ジェニーはひたすら自分の白い靴を見つめている。

「おかしな子ね。おまわりさんに会いに行くって言ったら、あんなにうれしそうだったのに。家ではあなたの話しかしないのよ。助けてもらったときの話を何度聞かされたことか。あなたのことを本当のヒーローだと思っているのね。それはわたしも同じ。それなのに、きちんとお礼も言っていなかったわ」

「ぼくは自分の仕事をしただけです」エヴァンは照れ臭そうに笑った。

「あなたは娘の命を助けてくれた。大事なのはそのことよ。この子はかけがえのない存在なの。わたしのすべてよ」

石垣に渡された踏み段の前で、エヴァンは彼女に手を差し出した。彼女は優雅にその手を取った。爪が赤く彩られていることにエヴァンは気づいた。都会の女性だ。いったいなぜスランフェア村のようなところに来ようと考えたのだろうと、エヴァンは改めて不思議に思った。エヴァンの手を握ったままアニーが踏み段の向こう側におり始めたところで、だれかが通りの向こうから足早に近づいてきた。ブロンウェンだった。

7

「あなたの家に行ってみたら、留守だったの」ブロンウェンが歩きながら言った。落ち着いた口調だったが、頬がピンク色に染まっている。「前に話していたように、オグウェン湖までハイキングに行こうかと思ったんだけれど、忙しいみたいね」

ブロンウェンは、いつものゆったりしたロングスカートとエスニック調のブラウスではなく、仕立てのいい綾織りのズボンに瞳とまったく同じ淡い青い色のシャツという格好だった。エヴァンはごくりと唾を飲んだ。「ぼくは――アニーにこのあたりを案内してほしいと頼まれたんだ」一度言葉を切り、彼の手を握ったままのアニーから、腰に両手を当てて立っているブロンウェンへと視線を移した。

「アニー・ピジョンとはまだ会ったことがなかったよね、ブロン？　引っ越してきたばかりなんだよ」

「そうなの？」エヴァンは、ブロンウェンがこの場を助けてくれる気がないことを悟った。

「アニー、こちらはブロンウェン・プライス、ここの学校の教師なんです。あなたたちがずっとここにいるのなら、ジェニーは彼女が教える学校に通うことになりますね」

「ミス・プライス？　お話は聞いています」アニーはエヴァンの手をようやく離すと、ブロンウェンにその手を差し出した。「お会いできてうれしいわ」

ブロンウェンは彼女と握手を交わした。

「アニーは山歩きが初めてなんだ。なので、一番簡単な道を教えてあげようと思ってね。きみもいっしょに来るかい？」

「いいえ、やめておくわ」ブロンウェンが応じた。「そういうことなら、わたしはオグウェン湖にはひとりで行くから。ずっと行きたかったのよ。それじゃあ、楽しんできてね」彼女はリュックを背負い直すと、歩き去った。

「ひょっとしたらわたし、まずいことをしたんじゃない？　表情で人を殺せるなら、わたしはいまごろ棺桶のなかだわ」アニーはエヴァンを軽く押した。「ほら、早く行ってあげて。ジェニーとわたしなら大丈夫だから。それほどばかじゃないのよ」

「いいんです」エヴァンは内心以上に自信に満ちた口調で言おうとした。「ブロンウエンとぼくはいつでもいっしょにハイキングに行けますから。いずれ、どこかの日曜日に埋め合わせをしますよ」

「あなたたちの関係を壊したくないわ。あなたにいっしょに行ってほしいと頼んだのは、まだほかにだれも知り合いがいないからだって、わたしから彼女に言ってもいいのよ」

「壊すものなんてなにもないですよ。ブロンウェンとぼくはただの友だちですから」

「ただの友だち?」アニーはくすくす笑った。「タブロイド紙でよく見る台詞よね。いっしょにベッドにいるところを写真に撮られたあとで!」

「いや、いっしょにいれば楽しいし、趣味も同じですが」エヴァンは話が妙な方向に進んだことに戸惑いながら言葉を継いだ。「でもそれ以上のことはなにもないんです」

「それなら、先に進んだほうがいいわよ。そうじゃない?」アニーは挑むように眉を吊りあげた。「それとも、ほかに目をつけている人でもいるの? たとえば、パブのウェイトレスとか? ちゃんとつくべきところについている人よね。それを見せびらかすこともためらわないし」

エヴァンは居心地悪そうに笑った。「ベッツィはいい子ですよ。でもぼくのタイプじゃない」

「じゃあ、どんな人がタイプなの？」

「まだよくわかりません」エヴァンは用心深く答えた。会ったばかりの女性に心の内を打ち明けるつもりはない。けれどそのまま歩き続けながら、同じ質問を心のなかで繰り返してみた。そのたびに出てくる答えがブロンウェンを示しているようだ。アニー・ピジョンとはなんでもないのだとブロンウェンに納得してもらわなくてはいけない。アニーには警察官としての興味以上のものはないと伝えるのだ。彼女が村の暮らしに早くなじめれば、それはみんなにとっていいことなのだから。

「金曜の夜、あなたがパブに来たのを見ましたよ。飲み物をおごろうと思ったけれど、捜したときにはもういなかった」

「気が変わったの。パブで村の人たちと会ったらいいかもしれないって思ったんだけれど、行ってみたら男の人ばかりだったから早々に帰ってきたの。来たばかりで、変な噂を立てられたくないもの。そうでしょう？」

「女性は普通、ラウンジのほうに行くんですよ。でもあなたの言うとおり、パブに行くのはたいていは男です。スランフェア村はまだまだ保守的なんですよ。それに偽善的だし。数年前から日曜日もパブの営業は許可されていますが、いまだに日曜日に酒を飲むのはいい顔をされない」

「日曜日にはだれもお酒を飲まないの？」

「そうは言っていませんよ」エヴァンはにやりとした。「みんな礼拝堂の裏口からこっそり抜け出して、パブの裏口に向かうんです」

アニーは笑ったが、不意にぞっとしたような表情になった。「いやだ、わたしも礼拝に行かなきゃいけないのかしら？」

「いい言い訳がありますよ。あなたはウェールズ語ができない。パリー・デイヴィス牧師は英語で説教をしますが、いつもじゃない。それに出席者もだんだん減っています。若い人はもうだれも行きませんよ。残念なことですが」

「若い人たちは退屈な古臭いお説教を聞きたがらないっていうこと？」

「ええ。伝統が消えつつあるんです」

アニーは足を止めた。かなり息遣いが荒くなっている。「ふう。けっこうなのぼりね」

エヴァンは、まだ山道は始まってもいないことを彼女に教えまいとした。ここは、ひつじの最初の放牧場にすぎない。本物の山はその向こうにそびえたっている。アニーたちを連れて放牧場をのぼり切るまで、かなりの時間がかかった。

「さあ、着いた」村を見おろせる場所にやってきたところでエヴァンは言った。「いい景色でしょう？」

「素敵ね」アニーは笑顔で応じた。「村が小さく見える。ドールハウスみたいね、ジェニー？　ここまでのぼってきたのよ、すごいじゃない！」

「もう疲れた」ジェニーが訴えた。

アニーは申し訳なさそうにエヴァンを見た。「この子はまだ脚も短いし、歩くのに慣れていないのよ。それを言うならわたしもだけれど」

「ここからモーガンの農場を通って帰ったほうがよさそうですね」エヴァンが言った。「この先は道が険しくなりますから。あの岩の先がどんなふうだか見えるでしょう？」

「ほかの人たちは本当にあそこを歩くの？」

「そうですよ。この道はあそこの尾根を越えて、スノードン山をのぼるメインルートのひとつに合流するんです」

「あそこをのぼるのは今度にしておくわ」アニーはまだ肩で息をしている。「その前に体を鍛えないと。それに、ちゃんとしたウォーキングシューズがいるわね、ジェニー。きれいな白い靴が泥だらけだわ」

彼女はどうやって生計を立てているのだろうとエヴァンはいぶかった。少女はきれいな服を着ている。養育費を払っているミスター・ピジョンがいるのかもしれないと思ったが、尋ねなかった。いまはアニーと必要以上に親しくなるようなことはしたくない。

エヴァンはふたりを連れて、緩やかな傾斜を村へとおりていった。その先には灰色の石造りの頑丈そうな農家があって、さらに奥にはガラスと木でできた新しいバンガローが並んでいる。

「ここがモーガンの農場です」エヴァンが説明した。「あれは、この春にテッド・モーガンが建てた貸別荘ですよ」

「気の毒な老人が滞在していたところ？　川に落ちた人よね」

「いいえ、彼が泊まっていたのは谷の向こう側のオーウェンズの農場です。見えるでしょう？　川のすぐ上ですよ」

「そしてあの小さな橋から落ちたのね？」アニーはまぶしそうに目を細め、そちらに視線を向けた。「ありえないことじゃないわね。わたしなら、夜にあそこを通って家に帰ろうとは思わない」

「大佐は普段、ポケットに懐中電灯を入れていました。あの夜はひどく興奮していたせいで、忘れたんでしょう」

「遺跡を見つけたから？　古い岩を見つけるのが、それほど興奮するようなことだとは思えないけれど」

エヴァンも川岸を見つめた。木々や低木の陰に隠れてだれかを待ち伏せするにはうってつけの場所だ。近くにある建物と言えば、パブと警察署とガソリンスタンドだけ。家はない。叫び声は水の流れる音にかき消されるだろう。だれかを殺すにはおあつらえ向きだと言っていい。

悲鳴が聞こえて、エヴァンはぎくりとした。ジェニーがあわてて母親に駆け寄り、脚にしがみついている。

「ひつじを怖がるようになったの」かたわらをゆっくりと通り過ぎる大きなひつじを眺めながら、アニーが説明した。

「ひつじはなにもしないよ、ジェニー」エヴァンは言った。「このあいだのひつじが追いかけてきたのは、きみが赤ちゃんひつじを連れ去ろうとしていると思ったからだ。きみのママだって、だれかがきみをさらおうとしたら追いかけてくるだろう?」

「ほらね？　素敵なおまわりさんがこう言っているんだから」アニーがジェニーをなだめた。「おまわりさんがちゃんと守ってくれるの。なにも悪いことなんて起きないわ」

農家に近づいていくと、なかから金づちの音が聞こえ、やがて長身でがっしりした体格の男が合板を抱えて現われた。エヴァンたちに気づくと、彼は足を止めた。

「こんにちは」男が声をかけた。「エヴァンズ巡査ですよね？　このあいだパブでは、ちゃんとお会いできなかった」彼は手を出しながら、近づいてきた。「テッド・モーガンです。タフの息子ですよ」

「初めまして、テッド」エヴァンは言った。彼の握手は力強かった。袖をまくり、帽子をかぶったその姿はほかの村人たちとなんら変わりなく見えたが、着ているシャツがラルフ・ローレンで靴はティンバーランドであることにエヴァンは気づいた。「彼女はアニー・ピジョン。つい最近、越してきたところなんですよ。アニー、こちらはテッド・モーガン。ロンドンで成功したビジネスマンです」

エヴァンは、テッドの目になにかを見た気がした。興味？　面白がっている？　だがテッドは礼儀正しくこう言った。「初めまして、ミス・ピジョン。それともミセスですか？」

「ミズです」アニーが硬い声で答えた。

「あなたもスランフェア村に引っ越してきたんですか？　それは偶然だ」

「あなたはここに住むつもりじゃないですよね、ミスター、えーとモーガンでした？」

「試してみようと思っているんですよ。父はこの土地を無駄にしていましたから、なにができるかやってみようと思いましてね。ロンドンはもうたくさんだ。シンプルな暮らしに憧れているんですよ」

「シンプルな暮らし。それがあなたの望みなんですか？」

「それで、あなたはどこから？」

「マンチェスターです。マンチェスターから来ました」

「なまりがありませんね」

「それを言うなら、あなたも。あなたがウェールズ人だとはだれも思わないでしょうね、ミスター・モーガン」

エヴァンはふたりを交互に眺めた。ふたりのあいだになにかがあることはわかったが、それはいったいなんだろう？　互いに惹かれている？　アニーが自分に対するときほど礼儀正しくないことだけははっきりしていた。

ジェニーはじっとしていることに飽きたのか、ひとりで先に歩き始めた。

「ジェニー、待って」アニーが呼びかけた。「先に行っちゃだめよ」

テッド・モーガンは興味深そうに少女を眺めた。「あなたの娘さん？」

「ええ」アニーは挑むように彼を見つめ返した。

「かわいい子だ。目を離さないようにしているのはいいことですよ。子供にはなにが起きるかわからない。たとえスランフェア村のようなところでも」

「ぼくもこのあいだ彼女にそう言ったんですよ。そうだったね、アニー？」エヴァンが言った。

「え？」アニーはエヴァンが自分に話しかけていることに不意に気づいたらしかった。「ごめんなさい、わたしったらジェニーに気を取られていて。追いかけたほうがいいみたい。失礼します」

アニーはふたりから離れ、足早にジェニーのあとを追っていった。

テッド・モーガンがにやりと笑った。「きれいな人ですね。どうしてここに来たんだろう？　あなたのような真面目な人を見つけるためかもしれない」

「あなたに興味を持ったような気がしましたけれどね」エヴァンが言い返した。

テッドは首を振った。「わたしはまったくそんなふうには感じませんでしたよ。まあ、扶養手当を払う相手はひとりで充分ですけれどね。運がよければ、別れた妻に見つからずにすむかもしれない」

エヴァンは笑った。「さて、どうぞ作業に戻ってください。改装しているんですか？」

「改装？　ここはとても住めたものじゃない。壁だけ残して、あとは一から作り直さなきゃなりません。こういう古い農家は居心地のよさを考えて建ててはいませんからね。バスルームをお見せしたいですよ！　静かな田舎で暮らしたいとは言いましたが、快適さも大切だ。完成するまでは、貸別荘のひとつで暮らします」

「自分でやっているんですか？」

テッドは顔をしかめた。「貸別荘を建てた業者が火曜日に来るんですが、とりあえず始めてみようと思ったんですよ。だがわたしはまったくの役立たずだってことがわかりました。もう二度も金づちで親指を打ってしまった。金づちで自分の手を叩いたことがありますか？　一面に血が飛び散るんですよ。まるで犯罪現場だ」テッドはエヴァンに手を振り、その場を離れようとした。「今夜パブで会えますかね」

「今夜は会えないと思いますよ。亡くなった人に敬意を払えと、大家から釘を刺されましたから、今夜は〈ドラゴン〉には近づかないつもりです。またいずれお会いしましょう」

「亡くなった人に敬意？　ああ、川に落ちた老人のことですか」

エヴァンはうなずいた。

「でも彼はよそ者でしょう？」

「それは関係ないんです。村の人間はみんな彼が好きでしたから。村じゅうが悲しんでいますよ」

テッドは信じられないというように首を振った。「人はいずれ死ぬものだ。それに橋から落ちて岩に頭をぶつけるのは、悪い死に方じゃない。あっという間ですからね。あの気の毒な老人は、大勢のほかの人間のように病院で苦しみながら死んでいかずにすんだんだ」

「確かにそうですね。それでも彼は人生を愛していたんですよ」

テッドは落ち着きなく身じろぎした。「それじゃあ、また今度ビールをおごらせてください。わたしはどこに行っても、まずは地元の警察に賄賂を贈ることにしているんですよ」テッドはにやりと笑って、家のなかに戻っていった。

エヴァンはそのうしろ姿を眺めながら、好感の持てる男だが村人たちとは明らかに波長が違うと考えていた。気がつけば、テッドがアニーについて呈した疑問を頭のなかで繰り返していた。彼はどうしてここに来たんだろう？

テッド・モーガンとの話を切りあげたときには、アニーの姿は見えなくなっていた。ジェニーを連れて家に戻ったのだろう。ブロンウェンに追いつけるだろうかとエヴァンは考えた。オグウェン湖に着くまでに追いつくのはまず無理だろうが、ひょっとしたらあそこで昼食をとっているかもしれない。そこでエヴァンは急いでオグウェン湖を目指したが、ブロンウェンの姿はなかった。彼女がどのルートで村に戻ったのかを知るすべはない。エヴァンは彼女を追ってきた自分に不意に怒りを覚えた。これではまるで、ぼくが悪いことをしたと認めているみたいじゃないか？　彼は足早に、来た道をたどって村に戻った。

夕方エヴァンは、山からおりてきたブロンウェンと会うことができた。彼女が帰ってくるころに合わせて、村の大通りにいるようにしたのだ。

「楽しかった？」エヴァンは何気なさそうに尋ねた。

ブロンウェンの顔は日焼けと興奮で上気していた。「素晴らしかった。あなたが行けなくて残念だったわ。シロイワヤギを二匹とキツネを見たのよ。でも野生動物なら、あなたもきっと見たんでしょうね」

ブロンウェンはそう言って彼の脇を通り過ぎようとした。エヴァンはその腕をつかんだ。「ブロンウェン、きみが嫉妬するようなことはなにもないんだ」

ブロンウェンの顔が赤く染まった。「ええ、そのとおりね。嫉妬するようなことはなにもないわよね。村のほかの人たちと同じで、あなたとわたしはただの友人だもの。あなたがわたしに親切にしてくれるのは、それがあなたの仕事だからなんだわ」

「そうじゃないってこと、きみだってわかっているじゃないか、ブロン」

「あら、わたしがあなたにとって特別な存在だって考える理由がどこにあるの？　わたしたち、デートすらしたことがないのよ」

「何度もいっしょに山を歩いている」

「あなたはだれとでもハイキングに行くじゃないの。チャーリー・ホプキンスとだってのぼっている」

エヴァンは大きく息を吸った。「きみはどこに行きたいんだ？」

「そうね、どこかおしゃれなところ。どこか特別なところ」ブロンウェンは顔にかかった淡黄色の髪をはらいながら言った。

「きみが、おしゃれな場所を好むような人だとは思わなかった」

「誘われてみたいわ」ブロンウェンの顔にかすかな笑みが浮かんだ。

「コンウィに新しいイタリア料理店ができたんだ」エヴァンは用心深く切り出した。「いい店らしい。よかったら、食事に行かないか？」

「素敵ね」ブロンウェンが応じた。「アニーも誘って、三人で行こうなんてあなたが考えていないのなら」

「ベッツィも誘おうかと思っていたよ。ぼくは奇数が嫌いなんだ」

ブロンウェンは思わず笑った。

「今度の土曜日はどう？」

「いいわ」

エヴァンは遠ざかる彼女を見送った。彼女の自然で品のある歩き方が好きだった。命あるもののように、背中で揺れる長いおさげ髪が好きだった。彼女と交わした会話の意味を本当に理解したのは、家に帰り着いてからのことだ。とうとう、やってしまった。イタリア料理店での食事は、どう考えてもデートだ。どれほど気をつけたとしても、そのうち村人たちの耳に入って、ふたりは婚約したも同然に思われるだろう。だが、いずれはこういうことになっていたはずだ。そうだろう？　永遠に女性から逃げ回っていることはできない。

8

「ミスター・エヴァンズ、これを見てちょうだい！　とても信じられない！」

月曜日の朝、エヴァンがひげを剃っていると、ミセス・ウィリアムスの甲高い声が階段の下から響いてきた。エヴァンはあわてて顔を拭き、急いで階下におりた。いったいなにごとだ？　ミセス・ウィリアムスが彼を呼びつける理由はいろいろある。新しい薔薇の花が咲いたのかもしれないし、外に火星人が降り立ったのかもしれない。

「どうしたんです？」エヴァンは台所に駆けこんだ。

「これを見て！」ミセス・ウィリアムスは新聞を振りまわしながら繰り返した。「新聞に載ったのよ。有名になったのよ」

エヴァンは新聞を受け取った。一面の『ザ・デイリー・ポスト　北ウェールズ新聞』と書かれた文字の下に、見出しが躍っている。〝考古学的大発見によりスランフエアの名が地図に〟。

「わたしたちが地図に載るんですよ」ミセス・ウィリアムスは興奮が収まらない様子で、豊かな胸に両手を当てた。「信じられないわ。だれがこんなことを予想できた?」

エヴァンはその記事にざっと目を通した。「大学の考古学者に確認してもらう必要があると書いていますよ」

「そうね、でももっと読んでちょうだい」ミセス・ウィリアムスはさらに言った。

「もしそれが本当なら、中世からそう名乗っているあの町よりもスランフェアのほうがベズゲレルトという名前にふさわしいと主張する権利があるって書いてある。これで、お高くとまったあの町の人たちに思い知らせてやれるというものだわ」

「もう少し様子を見たほうがいいんじゃないですかね」エヴァンは笑いながら言った。

「みんな期待しすぎだと、ぼく個人としては思いますよ。聖人の墓や礼拝堂はウェールズじゅうにあるじゃないですか。それに聖人ケレルトなんて、だれも聞いたことすらなかったんですから」

「でもなにか自慢できるものがあるっていうことでしょう? これまでスランフェアは、農場がいくつかあって、鉱山で働いていた人たちが住んでいる村にすぎなかった。鉱山が閉鎖されたあとは、なにもなかったのよ。もちろんいま噂になっているように、鉱山での採掘が再開されたら、どうなるかわかりませんけれどね。とにかく、今日はスランフェアにとって記念すべき日ですよ。今夜の集会はさぞわくわくするものになるでしょうね」

「あまり興奮しすぎないといいんですがね」エヴァンはテーブルにつきながら言った。

「気の毒な大佐の遺体が今日ここに戻ってこないかどうかが心配ですよ。礼拝堂に大佐が安置されている隣で、集会を開くわけにはいかないでしょう？」

「大佐がここに埋葬されるとは思いませんね」エヴァンが言った。「彼の家はロンドンなんですから。葬儀の手配は向こうでしてあるんじゃないでしょうか」

「それもまた残念ね。大佐はここの山がとても好きだったのに」

「ええ、本当に」エヴァンはうなずいた。警察の遺体安置所に横たわる大佐のことを思った。病理学者に不審な点を見つけてもらいたいのかどうか、自分でもよくわからない。大佐は立派な葬儀で送られ、安らかに眠っていい人だ。もし彼が殺されたのだとしたら、犯人には必ず罪を償わせるつもりだった。

ミセス・ウィリアムスはまだ喪に服しているらしく、今朝の朝食はしばらく前に焼いてトースト立てで冷たくなっているトーストだけだった。エヴァンは二枚ばかり食べてから、警察署に向かった。大通りをほんの数メートル歩いたところで、牛乳配達車が横に止まり、牛乳屋のエヴァンズが身を乗り出して叫んだ。

「あのばか野郎がなにをやらかしたか、見たか？」

「だれがなにをやらかしたって？」エヴァンは不安そうに訊き返した。また川で死体が見つかったわけではないことを祈った。

「隣の短気な男だよ」牛乳屋のエヴァンズは精肉店を頭で示した。「新聞をまだ見ていないのか？　あいつがやったんだ。昨日カナーボンに行ったら、バーに《デイリー・ポスト》の記者がいるって耳にしたらしい。わざわざそいつのところに行って、特ダネがあると売りこんだって話だ。一面に載ったところをみると、さぞ話を盛ったんだろうな」彼は牛乳瓶を三本持って車を降りると、戸口の前に置いた。「考古学者があの遺跡を見たときに、おれたちが笑いものにならないことを祈るよ。それに村の名前を変えて、世界で一番長いものにするって話だが、まだなにも決まっていないよな？」

「集会は今夜だ」エヴァンは答えた。

「あいつ、頭がおかしいんじゃないか」牛乳屋のエヴァンズはさらに言った。「根っからの国粋主義者だってことは知っていたが、スランフェアを有名にしたがるほどだとは思わなかったね。だいたい聖人の墓があろうとなかろうと、それがなんだっていうんだ？」

「肉屋のエヴァンズの前でそんな話はしないことだな。でないと肉切り包丁を持って追い回されるぞ」エヴァンはそう言って笑った。

「おれがさっぱりわからないのは」牛乳屋のエヴァンズは車に戻りながら言った。「あいつはスランフェアを世界一にして有名にしたいのに、観光客には来てほしくないってことだ。それって、まったくいかれているように聞こえないか？」

「そうなったら、観光客が来るのを止められないだろうな。あの新聞記事だけでも、増えるはずだ」

「そりゃあ、そうだ」牛乳屋のエヴァンズは運転席から叫んだ。「じゃあ、自家製のアイスクリームを売るチャンスが生まれるってことだな？　ブラックベリー味はどう思う？　女房が絶品のブラックベリージャムを作るんだ。あれを使えるんじゃないかと思う」

牛乳配達車は電気モーターの低いうなりと共に動きだし、エヴァンは首を振りながらそれを見送った。

スランフェア地域警察支署と仰々しい名前がつけられているささやかなオフィスのドアの鍵を開け、なかに入った。ワトキンス巡査部長から連絡はまだ来ていなかったが、エヴァンはこちらから電話をかけるのはためらった。病理学者は釣りで疲れて、今朝は遅刻してきているのかもしれない。エヴァンは朝の紅茶をいれると、書類仕事に取りかかった。

電話が鳴ったのは、一〇時を少しまわったころだった。

「もしもし、エヴァン、またきみが正しかったよ」受話器の向こうからワトキンスの声がした。

「検視が終わったんですね？」エヴァンは尋ねた。

「ああ。溺死ではなかった。水に落ちたときにはすでに死んでいたそうだ。肺に水は認められなかった。すぐそちらに行って、これが殺人だと判断したら報告するようにと警部補に言われている」

「警部補は、大佐が自分で自分の頭を殴ったと考えているんですか？」

「そういうわけではないが、転んで頭を打ち、そのあと水に沈んだ可能性がある」

「頭を打ってから水に沈んだ？　岩の上にどんなふうに水が流れているかを見ましたよね？　死ぬより先に顔が水につかりますよ。だとしたら、肺に水が入っているはずだ」

「まあ、きみの言うとおりなんだろうが、ヒューズ警部補はいま殺人事件が起きてほしくないんだよ。この夏は釣りに行きたがっているんだ」

「犯罪者たちに伝えたらどうでしょう」エヴァンは冷ややかに言った。「警部補が大物を釣るまでは、なにもしないでくれってね」

ワトキンスはくすくす笑った。「これからそっちに行く。鑑識の人間を連れていくが、村で騒ぎにならないようにしてくれないか？　あくまでも事故だと思わせておきたい。必要もないのに怖がらせたくはないからね」

「それに、捜査を始めたことを犯人に教えたくありませんし」

「もしこれが殺人ならばね」ワトキンスが言った。

三〇分後、白いパトカーが橋の脇に止まった。まずワトキンスが、続いてレインコートを着た真面目な顔つきの若い男ふたりが降り立った。今朝は再び雲が広がっていて、いまにも雨が降りだしそうだった。

「来てくれてよかった」エヴァンはワトキンスと握手を交わしながら言った。「残されているかもしれない証拠が雨に流されてしまわないかが心配でした」

一行はテープをくぐり、川岸に沿って歩いた。

「きみが見つけたとき、彼はどこに倒れていたんだ？」ワトキンスが尋ねた。

エヴァンは橋から一〇メートルほど先を指さした。急だった流れはこのあたりで緩やかになっていて、五〇～六〇センチほどの深さに小石や水草が見えた。ワトキンスはうなずいた。「彼があの橋から落ちたとしたら、流れの速さからしてここで引っかかっただろう」

エヴァンはふたりが立っている川岸を調べていた。「見てください、巡査部長。だれかがここにいたようだ」

そのあたりには草や野の花や低木がはびこっていた。エヴァンが示したあたりだけ、土がむき出しになっている。「だれかがここの草を抜いたんです。土も掘り返したあとがあります」

「どうしてそんなことを？」

「血痕が残っていたんじゃないでしょうか。もしくは、人が倒れたせいで草がつぶれたのかもしれない」

ワトキンスはしばらく地面を見つめていた。「犬が骨を埋めたのかもしれないし、野ブタがなにかの根を掘り返したとも考えられる。それとも、子供が泥団子を作ったのかもしれないぞ」

「ですが、土曜日はこんなふうではありませんでした」エヴァンは言い張った。「もしそうなら、気づいていたはずです」

「サンプルを取らせるよ」

「ここもお願いします」エヴァンは背の高いライ麦のあいだを示した。「ここに血痕があります」

「どこだ？」ワトキンスはしゃがみこみ、持っていたペンで草をかきわけた。数匹の大きなハエが耳障りな羽音を立てて飛び立った。

「拭き取られているから、見えませんよ。でもハエは知っているんです。ごくわずかな血の痕跡も嗅ぎつける。ここにだけ集まっているでしょう？　血の匂いに気づいているんだ」

「わかったよ、シャーロック・ホームズくん。それでは、凶器にはなにが使われたんだ？」

「わかりきったことですよ」エヴァンは答えた。「いくらでもまわりに転がっているじゃないですか」川沿いには握りこぶしほどの大きさの石がたくさんあった。「そのどれかを手に取って、身を潜めて待ち、そして殴りつける。こんな簡単なことはありませんよ。相手が倒れたあとは川に石を投げ捨てれば、水が血を全部洗い流してくれる」

ワトキンスはうなずいた。「となると最大の疑問は、何者かが彼を待ち伏せし、頭を殴りつけようと考えたのはなぜかということだ」

「村でさりげなく訊いてまわったんですが、実のところさっぱりわかりません」

「それを聞いてほっとしたよ。てっきり、単独で事件を解決したと言い出すのかと思った。実は彼は大金持ちで、不満を抱いている甥《おい》が機会を狙っていたとかね」

「ありえますね」エヴァンは言った。「ロンドンで大佐がどんな暮らしをしていたのか、ほとんど知らないんですよ。ただそれほど金がなかったことはわかっています。服はどれも着古していましたから」

「だから？　とんでもなくケチな大金持ちは大勢いる」

エヴァンは首を振った。「それは大佐には当てはまらないと思います。本来は気前のいい人です。パブでもよく酒をおごっていました。実際に、わずかな年金で暮らしていたんでしょう」

「それできみの考えは？」

エヴァンの視線はワトキンスを通り過ぎ、パブへと続く小道に流れた。「通りかかった最初の人間を殴ろうと決めて待ち構えていた頭のおかしな人間でないとすれば、大佐の習慣を知っていた何者かということになります。パブから帰るときは近道をすることを知っていたんです」

「地元の人間ということか？」

「あの夜は村の男たちのほとんどがパブにいましたし、それ以外の人間の行動もほぼ把握できています。あそこにいなかったのは、妻と家にいた男やカナーボンに映画を観に行っていた若者たちだけでした」

「となると、残るのはよそ者か女性ということになる。だがきみも言ったとおり、かなり力の強い女性だろうな」

エヴァンはうなずいた。「川から大佐を引っ張りあげたのはぼくですが、ものすごく重かった。女性ひとりではとても無理でしょう。それに女性が頭を殴りますかね？」

「切羽つまれば殴るだろう。それしか方法がなければ。だが動機はどうなんだ？　大佐はだれかともめたことはなかったのか？　音楽がうるさいと文句を言ったとか、髪を切れと若者に命令したとか？」

「一度もありませんでした。なにかあったと言えるのは、死ぬ前に山の上で遺跡を見つけたことくらいです」

「ああ、そうだった。新聞で読んだよ。かなり重要な発見だそうじゃないか」

「それが、ぼくたちの思っているようなものだったらですが」エヴァンは言った。

「大学の考古学者に見てもらう必要がありますね」

「彼が見つけたのか？」

「はい。死ぬ数時間前でした。ひどく興奮してパブに駆けこんできたんです。そのあと、ぼくたちみんなでその遺跡を見に行きました。それからまたパブに戻り、大佐はもう一杯スコッチを飲むと、急いで帰っていきました」

「それはまたどうして？」

「それが妙なんですよ。だれかを見かけたという話を始めたと思ったら、唐突に話題を変えて、ポロの最中に馬から落ちて亡くなった人間のことを話しだしたんです。明らかに動揺していました」

「どこかほかの場所で会ったことのある人間を見かけたんだろうか？」

「ですが、パブにいたのは地元の人間ばかりだったんですよ。それに大佐が帰ったあとも、みんな残っていたことは間違いありません。パブに来る前にだれかを見かけた可能性はありますが、だとしたらどうして急に話題を変えたりしたんでしょう？」

「まったく筋が通らないな」ワトキンスは言った。「たとえ大佐がだれかを見かけたのだとしても、その人物が彼を殺したとは限らない。いったいだれが彼のような老人を殺そうと思う？　なにか恨みがあったにせよ、数年待てば彼は死ぬんだ」

「そもそも、大佐に恨みを持つ人間がいるとは思えません。この村の人たちはみんな大佐が好きだったんです。愉快な老人だと思っていて、笑っていましたよ——少しも悪意なんてなかった」

「頭を殴りつけて川に突き落とすのは悪意の塊だな」ワトキンスはつぶやいた。「彼はどこに滞在していたんだ？　大家と話がしたい」

「あそこにあるオーウェンズの農場です」エヴァンは丘の上にある灰色の四角い石造りの建物を指さした。「土曜日にミセス・オーウェンズに話を聞きましたが、これといってなにもありませんでした。ここに滞在しているあいだ、大佐はだれとも連絡を取っていなかったようです。電話も手紙もこなかったし、だれも訪ねてこなかったと彼女は言っていました。あなたなら、もっとなにか聞き出せるかもしれませんね。ぼくが会ったときはとても動揺していて、何度も話を中断しては洟をかんでいましたから」

「とにかく話を聞きに行こう」ワトキンスが言った。「ヒューズ警部補のことは知っているだろう？　きみがわたしの代わりに話を聞いたなどということがわかったら、こっぴどく叱られる」

「そのあとはどうしますか？」エヴァンは橋を渡って、オーウェンズの農場に向かいながら尋ねた。

「警部補は現場を見たがるだろう。サンプルの鑑定結果が出たら、我々は大佐の遺言書と近親者を探そう。おそらくロンドン警視庁に連絡を取って、向こうでの大佐の暮らしを調べてもらうことになるだろうな。警部補がいらつくのが目に見えるようだ。まったく」

「ぼくも腹が立っていますよ」エヴァンは言った。「大佐のことは本当に好きだったんだ。犯人を捕まえたい。ぼくにできることはなんでもします」

「きみなら、このあたりのことに目を光らせていられる。犯人が地元の男なら、いずれなにかが出てくるはずだ。殺人犯というのは、犯行を自分だけの胸にしまっておけないものだ。不安があまりにも大きくなった結果、なにかを言ったり、あるいはしたりして、正体を現わしてしまう。なにか手伝おうと申し出てくるかもしれないな。人一倍事件に興味を示す人間がいたら、注意するんだ」

「わかりました、巡査部長。殺人を疑っていることを認めたほうがいいですか？」

「警部補が来ればわかることだが、それまでは黙っていよう。我々がどこまで感づいているのかわからず、いらだった犯人が我々に接触してくるかもしれない」

「いらだちのあまり、またたれかを殺さなければいいんですが。あの遺跡をどうするかについて、今夜村で集会が開かれるんです」

「あの遺跡をどうするか？」ワトキンスは面白そうに訊き返した。

　エヴァンもにやりと笑った。「ええ。村の名前を変えようなんていうばかなことを言い出している人間がいるんですよ。どうなりますかね」

「きみも行くのか？」

「行かなきゃならないでしょう。荒れるかもしれませんから」

「なるほど。ひょっとしたら、なにか出てくるかもしれないな。動機とか」

「たとえばどんな？」

「それはわからないが、その遺跡にとりわけ興味を抱いている人間に注意してほしい」

「どうにも筋が通りませんよね」エヴァンは言った。「遺跡を見つけてもらいたくなかった人間がいたとしても、みんなに知られたあとで大佐を殺すのはまったくの無意味だ。そもそも、どうして遺跡を発見されたくないんです？　ただの古い岩なのに」

　ワトキンスはエヴァンの背中をぽんと叩いた。「きみがその答えを見つけるんだよ、ホームズくん」

9

村の集会所はおんぼろの木造で、屋根は波形鉄板だった。ベテル礼拝堂の裏にあって、村で唯一仮設に見える建物だが、実は第二次世界大戦前に建てられたものだ。月曜日の夜、エヴァンがやってきたときには、そこはすでに満員だった。椅子はすべてふさがり、壁際にもずらりと人が立っている。エヴァンは入口近くに体を押しこむようにして立った。

「選挙のときだって、これだけの人数は集まりませんよ」エヴァンといっしょに来たミセス・ウィリアムスが言った。「村にこれだけの人間がいたなんて知らなかったわ。見たことのない人もいるじゃないの」

「よそ者が大勢いるわね」集まった人々をひとしきり眺めたあとでミセス・ウィリアムスがつぶやいた。「新聞記者が交じっていても驚きませんよ。そうしたら明日の新聞の一面にまた載るかもしれない。それどころかテレビに映るかも」彼女は人ごみをかきわけながら進んでいき、メアリー・ホプキンスがすでに座っていた一番前の列の椅子に大きなお尻を半分乗せた。

パリー・デイヴィス牧師が、集会所の奥の一段高くなった演壇にあがった。張りつめたような沈黙が、満員の集会所に広がった。

「こんばんは、みなさん」吟唱詩人大会で何度か優勝したことのあるよく響く声で牧師が切りだした。「今夜は、スランフェア村の長い歴史における記念すべき夜となるでしょう。みなさんご存じのとおり今日の集会では、アーバスノット大佐が先週の金曜日に発見した重大な遺跡について話し合うことになっています。ですがその前に、歓喜の瞬間の直後に悲劇的な死を遂げた大佐を追悼して、祈りを捧げたいと思います」

一〇〇人を超える人々が立ちあがり、椅子が床をこする音が響いた。エヴァンは、頭を垂れて黙禱《もくとう》する人々を観察したが、落ち着きなく身じろぎしたり、不安げにあたりを見まわしたりといったうしろめたそうなそぶりを見せる者はいなかった。犯人がこのなかにいるとしたら、いたって冷静で自信のある人間だということだ。エヴァンは首を振った。ばかげている——知り合って一年以上になるこの村のだれかが、殺人に関わっていると考えるなんて。

　黙禱が終わって再び椅子をきしらせながら人々が腰をおろすと、興奮まじりのささやき声があちらこちらから聞こえてきたが、パリー・デイヴィス牧師が片手をあげてそれを黙らせた。「すでにみなさんはお聞きになっているでしょうが、大佐は自分が発見したものをアーサー王の砦だと考えていました。わたしを含め、何人かの人間が大佐の発見したものを確かめに行きました。そしてわたしはその遺跡の形状と大きさから、それが礼拝堂であろうと判断したのです。必ずどこかに存在していると信じられてきたが、いままで見つけられなかったもの――聖人ケレルトの本当の永眠の地に違いありません。本物の、真実のベズゲレルトです！　犬の墓のでっちあげの伝説などではなく、聖人が本当に眠る場所なのです！」

　ざわめきが広がったが、パリー・デイヴィス牧師は再び手をあげ、さらに言葉を継いだ。「バンガー大学の考古学科に連絡を取ったところ、その遺跡を調べるため、できるだけ早く専門家を送ると約束してくれました。本当にあの遺跡がわたしたちが考えているとおりのものであれば――そうであることを心から願っていますが――スランフェアにとって栄光の日となるでしょう。スランフェアが本物のベズゲレルトとなるのです」

　うしろから数列めに座っていた男性が立ちあがろうとしたが、両側の人間がそれを押しとどめた。演壇の片側に立っていた肉屋のエヴァンズがパリー・デイヴィス牧師にしきりに合図を送っている。牧師はそれに気づき、どこか不安そうに咳払いをした。

「地元の精肉店主ミスター・ガレス・エヴァンズが発言したいことがあるそうなので、彼にこの場を譲ります」

肉屋のエヴァンズは勢いよく演壇にあがった。血の染みのあるエプロンをつけていない彼は、いつもとまったく違って見える。ダークスーツを着て髪をきれいに撫でつけたその姿は、金も権力もある人間と言っても通りそうだ。「スランフェア村のみなさん」彼は重々しい口調で切りだした。「今夜は実に誇らしい夜だ。ウェールズの偉大な歴史のなかでほかの村々が美化され、称賛されるのを、これまでおれたちは指をくわえて見ていなければならなかった。この村で吟唱詩人大会が開かれたこともなかったし、ケルトの伝説や偉大な戦闘を祝うこともできなかった。だがいま、この村に聖人ケレルトの本当の墓があることがわかった。ウェールズの人々におれたちのことを知らせるときが来たんだ。そこでおれは、世界じゅうにおれたちの偉大な発見を知ってもらうため、この村の名前を正式にスランフェアベズゲレルトに変えることを提案する」

まばらな拍手が起こり、開店時間から〈ドラゴン〉にいたらしいおんぼろ車のバリーとその友人たちが下品な歓声をあげた。だがその最中に、止めようとするまわりの人間を振り切ってひとりの男性が勢いよく立ちあがって叫んだ。「なにを言っているんだ！　そんなことができると思うなよ。絶対にさせないからな。村の名前をスランフェアベズゲレルトに変えるだって？」男は強引に前に出てくると、通路を進んだ。ツイードの上着を着た大柄な男だ。えらの張った顔は怒りで紫色に染まり、顎が震えている。「言っておいてやるが、スランフェアなんて村ができる前からベズゲレルトという名前を名乗っている場所があるんだ。もう何百年も前から、我々がこの世で唯一のベズゲレルトだった。これからだってずっとそうだ。我々は自分の町にもゲレルトの墓にも誇りを持っている。こんなばかげた話はなんとしてもやめさせてやるからな。それでもやるっていうなら、裁判所で会うことになるぞ！」

「座れ！　黙れ！」抗議の声があちこちであがった。これ以上騒ぎが大きくならないようにエヴァンが前に出ようとしたところで、大柄な男がきびすを返した。

「言いたいことはそれだけだ。こんなばかげた考えに流されないくらい、ここにいる人間に分別があるといいがな。こいつが裁判沙汰になったら、おまえたちみんな破産させてやるからな」

男はじろりと人々をにらみつけたが、不意に自分がどこにいるのかわからなくなったかのように、顔をしかめてあたりを見まわした。人を押しのけながら中央の通路を戻ってくると、そのまま集会所を出ていった。しばしの沈黙のあと、不安そうな笑いが広がった。

「あんなものは気にしなくていい」肉屋のエヴァンズが再び声をあげた。「口先だけの脅しだ。ただのたわごとにすぎない。大事な観光客をおれたちに奪われると思っているんだろう。観光客は彼が自由にすればいい。そんなものは彼に任せておいて、おれたちは名誉を手にするんだ！」

さっきよりは品のいい歓声があがった。

「村の名前を変えるという話だが」肉屋のエヴァンズは言葉を継いだ。「いっそ、徹底的にやるのはどうだろうか。スランフェアベズゲレルトというだけではなく、犬ではなくカラマツの上の大きな岩の近くの峠の上の山に埋葬されていた聖人のスランフエアベズゲレルト……」その先は笑い声にかき消された。

「絵葉書からはみ出ちまうぞ！」うしろからだれかが叫んだ。

肉屋のエヴァンズはうっすらと顔を赤らめたが、手をあげてみなを黙らせた。「なにが言いたいかはわかるだろう？　アングルシーにある、もうひとつのスランフェアのことを考えてみてくれ。あそこにあっておれたちにないものはなんだ？　なにもない。あそこは名前が世界で一番長いというだけだ。だれもがあっちのスランフェアは知っているのに、おれたちのことはだれも知らない。名前の長さが違うというだけで。おれたちのスランフェアを地図に載せようじゃないか。あいつらよりも一音節長い名前をつければ、おれたちが世界一になってギネスブックに載るんだ！」

前列に近いところで数人が立ちあがった。威厳のある男が演壇につかつかと歩み寄る。「わたしはスランフェアプールグウインゲルゴウゲールウクウィールンドロブウリスランダスイハオゴゴゴッの町長だ」誇らしげに告げる。「きみたちがとんでもないことを考えていると新聞で知った。わたしがここに来た理由は、さっきのベズゲレルトの代表の男が代弁してくれた。本当にそんなことをするつもりなら、法的措置を取ってでもやめさせてやる！」

「やめさせることなんてできないぞ。わかっているだろうが！」肉屋のエヴァンズが真っ赤な顔で叫び返した。「どんな名前をつけようと、おれたちの自由だ」

「違うね。世界一長い名前の持ち主はあくまでもわたしたちだ」

「世界一長い名前だって？　はん、笑わせるね。その長い名前をつけたのはいつだ？　鉄道の駅ができたときにすぎないじゃないか。ただ目立つ駅名をつけたかっただけだろうが」

「それは違う！」

反論しようとした町長を肉屋のエヴァンズが遮った。「おれの大伯母のマヴァヌイはアングルシーの出身なんだ。鉄道が通るまでは、あんたの村がただのスランフェアって呼ばれてたことを覚えていたよ」

「ほお、あんたの大伯母さんは一五〇年も生きているのか」スランフェアPGのべつの男が言った。「それくらい昔から鉄道は通っているんだ。それに村の名前は、もっと以前からあった。ただ公式に使っていなかっただけだ。書くのに時間がかかりすぎるからな」

「あんたたちの村には字が書けるやつがいなかっただけだろう」集会所のうしろからやじる声がした。

「静粛《せいしゅく》に！　静粛に！」パリー・デイヴィス牧師が演壇を叩いた。

「いつから名乗っているかなど関係ない」町長が言葉を継いだ。「あの名前はわたしたちのもので、わたしたちはそれを誇りに思っている。そんなに注目を浴びたいのなら勝手にするといい。だが訴訟を二件抱えることになるぞ。あんたたちにそれだけの資金があるといいがね。弁護士費用は高くつくからな」彼はいっしょに来た男たちに向き直った。「さあ、帰るぞ。言いたいことは言った。あとは彼らが正気に戻るのを待つだけだ！」

町長はそう言うと、取り巻きたちを連れて集会所を出ていった。

「ほかになにか言いたいやつは？」ざわめきのなかに、おんぼろ車のバリーの声が響いた。「あれは自分の墓じゃないと言っておきたい聖人ケレルトはいないのか？」

すると人々が一斉に大声で喋りだし、パリー・デイヴィス牧師は再び演壇にあがった。「お願いです、みなさん、落ち着いてください」怒号が少しずつ収まっていく。

「こういう事態になりましたから、これ以上の議論は次の機会にしたいと思います。トラブルに首を突っこんでしまう前に、弁護士に相談してアドバイスをもらうのが賢明かもしれません。ここにいるだれもが、裁判沙汰になるようなことは避けたいと思っているはずです」

「おれは少しも怖がってなんかいないぞ」肉屋のエヴァンズが声をあげた。「あいつらには好きにやらせればいい。ばかを見させてやるまでだ」

「ですがミスター・エヴァンズ」牧師が言った。「キリスト教徒としての寛容さを思い出してください。隣人を愛せ――わたしたちはそう教えられています。これが隣人にとって許しがたいことなら、それを推し進める権利がわたしたちにあるでしょうか？」

「あんなやつらなんて、どうでもいいさ」肉屋のエヴァンズは言い返した。「勝手に地獄に落ちればいいんだよ」

「わたしの前で、そういうことを言うのはやめていただきます」パリー・デイヴィス牧師はきっぱりと告げた。「みなさんの気持ちが落ち着いて、この問題を再検討する時間ができるまで、集会は延期しましょう」

黒い服に身を包んだ痩身の男性が立ちあがった。「わたしも彼とまったく同じ意見だ」パウエル＝ジョーンズ牧師が人々に向かって言った。

「初めてじゃないか」だれの耳にも届くような声だった。「あのふたりが同じ意見だったことなんて、一度もないぞ」

「それでは、今夜の集会はこれで終わりにしていいですね？」パリー・デイヴィス牧師が訊いた。

「ちょっと待ってくれ。言っておきたいことがある」テッド・モーガンが演壇にあがった。これまで壇上にあがったふたりは上着を着ていたが、彼は水色のゴルフシャツに仕立てのいいスラックスという格好だった。室内はとたんに静まりかえった。「解散する前に、みんなに発表しておくことがあるんだ」テッドはいかにも満足そうな表情で人々を見まわした。「〈ドラゴン〉に来ていなくて、まだわたしと会っていない人のために言っておくと、わたしはタフ・モーガンの息子のテッドだ。大人になってからはほぼずっとロンドンで過ごして、それなりの成功を収めた。そして最近になって、生まれ故郷に戻ってこようと決めたわけだ。なかには耳にしている人もいると思うが——村の情報網を考えれば、ほとんどだろう——わたしは古いスレート鉱山を購入した」人々がざわついた。「本当だ。数か月前に買ったんだが、ようやく今後の計画を話せることになった」テッドはズボンのポケットから封筒を取り出した。「建築許可がおりたことを知らせる手紙が今日、届いた」

「なんの建築許可だ？」だれかが訊いた。

テッドは一歩前に出た。「鉱山で働いていた人間は、あそこがどれほどドラマチックで美しい場所かを覚えていると思う。巨大なスレートの洞窟に地下湖。閉鎖したままにしておくのはもったいない。蘇《よみがえ》らせるべき場所だ。そういうわけでわたしは、あそこにアドベンチャー・パークを造ることにした。〈呪われた鉱山〉というテーマパークを建てるつもりだ。うってつけだと思わないか？　あちらこちらからお化けが飛び出してくる狭いトンネルを走る幽霊列車、洞窟のなかのジェットコースター、湖を使ったウォータースライダーといったものを想像してみてほしい。なかなかに素晴らしいだろう？　そして、パークとわたしの古い農場に建てる大きな新しいホテルは、モノレールでつなぐんだ」

肉屋のエヴァンズがテッドに詰め寄った。「気でも狂ったのか？〈呪われた鉱山〉？　モノレール？　大きなホテル？　ここを観光客どもでいっぱいにしようっていうのか？　おれを殺してからにするんだな！」

「落ち着いて、ガレス」テッドは笑いながら言った。「スランフェアにとっていいことじゃないか。働く場が増えるんだぞ。どれだけの金が入ってくるかを考えてみろ。きみは自分の村を地図に載せたいんだろう？　わたしが願いをかなえてやる」

「おまえの安っぽい金儲けに乗せられるのはまっぴらだ」肉屋のエヴァンズはわめいた。「おまえはこの村のよさをまったくわかっていない。ここをめちゃくちゃにしようとしているだけだ」

「止めようとしても無駄だ」テッドはさらに笑った。「言っただろう？　グウィネズ州議会とウェールズ観光局の認可はもうおりたんだ。それどころか、助成金まで出そうと考えているくらいだ。スランフェア村のように衰退している地域には、この手のものがぜひ必要だと言っていたよ」

「衰退している地域だって？」肉屋のエヴァンズの声が大きくなった。

「あんたみたいな保守的なばかが集まっているからな」テッドがあざ笑った。

肉屋のエヴァンズは怒りの咆哮《ほうこう》と共にテッドに飛びかかった。集会所のうしろでその様子を見守っていたエヴァンはふたりに駆け寄り、テッドの喉をつかんでいる肉屋のエヴァンズの手を引きはがそうとした。おんぼろ車のバリーを始めとするほかの数人も加わって、ふたりを引き離した。

「落ち着くんだ。でないと留置場でひと晩過ごすことになるぞ」エヴァンは静かに言ったが、肉屋のエヴァンズはそれでも抗《あらが》うのをやめなかった。

「放せ。その前にやつを殺してやる」半分抱えられるようにして通路を引きずられていきながら、わめき続けている。「絶対に殺してやる。あいつがここを出ていったときは、せいせいしたってみんなで言っていたんだ。いまだって、だれも帰ってきてほしくなんかなかったさ」

彼の息はぷんとビールの匂いがした。気持ちを奮い立たせるため、集会の前に何杯か引っかけてきたらしい。エヴァンたちは彼をひんやりした夜の空気のなかに連れ出した。

「こいつをどうすればいい?」バリーの友人がエヴァンに訊いた。

「放せ。あの卑劣で陰険なモーガンの野郎に、思い知らせてやる」

「留置場で夜を明かしたいのか?」エヴァンが言った。「パトカーを呼びたくはないが、きみがそんなばかなことを言い続けていたら、呼ばなきゃならなくなるぞ」

　肉屋のエヴァンズの体から徐々に力が抜けていった。「あんたはやつを知らないんだ。やつはこの村にはふさわしくない。昔からそうだったし、これからだってそうだ。トラブルを引き起こすだけだ」

「いまトラブルを起こしているのは、きみのようだけれどね。家まで送っていくから、おとなしくベッドに入るんだな」

　雨が降りだしていた。冷たいシャワーのおかげか、店の二階にある自宅に帰り着くころには肉屋のエヴァンズの頭も冷えたようだ。

「奥さんはいるのか？」エヴァンは鍵を受け取りながら訊いた。

「ドルゲラウの母親のところに行っているよ。しょっちゅう行くんだ」

「おとなしくベッドに入るだろうな？　これからパブに行って、またトラブルを起こしたりしないだろうな？」

「行かないよ」肉屋のエヴァンズは小さくため息をついた。「いい子にしているさ。考えることがたくさんあるからな」

「いいだろう」エヴァンはためらいながらもうなずき、肉屋のエヴァンズはドアを閉めた。

「これ以上用がなければ、おれたちも帰りますよ」おんぼろ車のバリーがエヴァンの肩に手を乗せた。

「手を貸してくれてありがとう」エヴァンは彼と握手を交わした。「もう大丈夫だと思います」

通りの向こうから話し声が聞こえてきた。集会は終わり、人々が今夜の出来事について興奮気味にあれこれと話しながら、雨のなかを家路についているのだろう。エヴァンに気づいたミセス・ウィリアムスが小走りに近づいてきた。顔を紅潮させ、目をきらきらと輝かせている。

「想像もしていませんでしたよね、ミスター・エヴァンズ？　あんな騒ぎを見たのは、戦時中に失速したドイツの爆撃機がスノードン山に墜落して以来ですよ。まあすごい騒ぎでしたよね。怒鳴ったり、暴れたり」彼女は人目を忍ぶようにあたりを見まわした。「肉屋のエヴァンズをおとなしくさせることはできたんですか？」

「なんとか」エヴァンは答えた。「力の強い男なんで、四人がかりでしたよ」

ミセス・ウィリアムスは小さく舌を鳴らしながら、首を振った。「昔から彼はひどい癇癪《かんしゃく》持ちだったんですよ」そう言うと、通りを見まわした。「それじゃあ、あなたも家に帰るのかしら？」

「しばらくここにいることにしますよ。これ以上騒ぎが起きないことを確かめておかないといけませんからね。でもあなたは帰ってください。雨が強くなってきた」

「でもびしょ濡れになってしまうわ。わたしがレインコートを持ってきましょうか?」

「大丈夫ですよ、ありがとう。少ししたら帰りますから」エヴァンは笑顔を作った。ミセス・ウィリアムスといっしょにいると、これから小学校に通う五歳の子供に戻ったような気になることが時々ある。エヴァンは彼女が急ぎ足で通りを進み、街灯の向こうの暗闇に消えていくまで見送った。それから篠突《しのつ》く雨を少しでも防ごうと上着の襟を立て、ゆっくりと来た道を戻り始めた。集会所もすでに暗くなっていて、パリー・デイヴィス牧師がこちらに向かって歩いてくるのが見えた。

「全員、帰しましたよ、巡査」牧師が言った。「あれ以上長引かせても意味はないと思いましたから」

「そうですね。そうしてくれてよかったです。ひと晩であれだけの騒ぎが起きれば充分ですよ」

車のエンジン音とタイヤのきしむ音が聞こえた。

「わたしも帰りますよ」パリー・デイヴィス牧師が言った。「今夜はあなたがいてくれてよかった、エヴァンズ巡査。危ない状況でしたね?」

「もっとひどいのも経験していますよ。だが、ひと晩であれはさすがにうんざりだ」

牧師はくすくす笑いながらゲートを開けた。エヴァンはあたりに目を配りながら、通りをゆっくりと歩いた。どこにも人気はなく、閉じたカーテンの隙間から漏れる幾筋かの細い光は、スランフェア村の住人がみな、テレビをつけた居間でくつろいでいることを教えている。エヴァンは再び精肉店の外で足を止め、明かりのついた二階の窓を見あげた。もう自分にできることはなにもない。肉屋のエヴァンズの頭が朝までに冷えることを祈るだけだ。

ミセス・ウィリアムスはエヴァンの帰りをいまかいまかと待っていたらしく、彼が鍵を鍵穴に挿す間もなくドアが開いた。

「なにか問題でも？」どこか期待まじりの口調で彼女が尋ねた。

エヴァンは首を振った。「みんな家に帰りましたよ」

ミセス・ウィリアムスはエヴァンが濡れた上着を脱ぐのを手伝った。「まあまあ、びしょ濡れじゃありませんか。台所にいらっしゃいな。温かいココアを作りますから」

「大丈夫ですよ、ミセス・ウィリアムス。ちょっと濡れたくらい、どうということはありません」エヴァンは廊下の鏡に映る自分の姿に目をやった。「大変な夜でしたね。

肉屋のエヴァンズが頭に血がのぼりやすいのは知っていましたが、あんなことになるとは思わなかった」

ミセス・ウィリアムスは首を振った。「びっくりしましたよ。まあ、以前からあのふたりは仲が悪かったんですけれどね」

「肉屋のエヴァンズとテッド・モーガンがですか？」エヴァンは興味を引かれた。

ミセス・ウィリアムスは大きくうなずいた。「そうですよ。お互い嫌いあっていたんです。小学校のころからね。喧嘩をしては、そのたびに鞭《むち》で打たれていましたよ。お尻は青あざだらけだったでしょうね。テッド・モーガンは、どうすれば肉屋のエヴァンズを怒らせることができるのか、よく知っていたんです。いつも彼をからかっていた。エヴァンズのほうは子供のころから気が短かったですしね」だれかに聞かれるのを恐れているかのように、ミセス・ウィリアムスはエヴァンに顔を寄せて囁《ささや》いた。「トミー・ヒューズという少年に笑われたことに腹を立てて、顎の骨を折って病院送りにしたこともあるんですよ」

「それじゃあ、ぼくがぎりぎりのところで止めたのをテッド・モーガンには感謝してもらわなきゃいけませんね」

エヴァンはミセス・ウィリアムスについて台所に入り、彼女はケトルを火にかけた。

「今夜はほかにも癇癪持ちがいましたね。ベズゲレルトから来たというあの男は、肉屋のエヴァンズと同じくらいひどかった。あんなふうに怒鳴っていては、血管が切れるんじゃないかと思いましたよ」

「〈ローヤル・スタッグ・ホテル〉の経営者のミスター・ドーソンですよ」ミセス・ウィリアムスが言った。「蔦《つた》のからまる橋の向こうにある、大きくておしゃれなホテルを知っています？」

エヴァンはうなずいた。「ベズゲレルトから観光客が奪われると思えば、あれほど怒るのもうなずけますね」

「昔はあんなふうじゃなかったんですよ」ミセス・ウィリアムスは食器棚からカップをふたつ取り出しながら言った。「あんな悲劇を味わったんですから、無理もないと思いますね。気の毒に」

「なにがあったんです？」

ミセス・ウィリアムスは悲しそうに首を振り、また舌を鳴らした。「娘さんが自殺したんですよ」ほかにはだれもいないにもかかわらず、声を潜めて言う。「ひとりきりの娘さんで、それはそれはかわいがっていたんです。実際にかわいらしい子でしたしね。彼はちょっとばかり、娘を守ろうとしすぎたんでしょうね。厳しくしすぎた。

そのせいで娘さんは家出して、悪い仲間と付き合うようになったんです。薬をやるようになって、最後は自分で命を絶ったって聞いています」ミセス・ウィリアムスはカップにココアを注ぎ始めた。「ずいぶんとショックが大きかったようでねえ。そうしたら奥さんも耐えられなくなったみたいで、突然出ていってしまったんですよ。それからですよ、彼がすっかり変わってしまったのは。相手かまわず喧嘩を売っては、怒鳴っているんです」

エヴァンは椅子を引いた。「肉屋のエヴァンズもしょっちゅう喧嘩を売っていますが、彼のほうは言い訳すらできませんからね。落ち着いてくれることを願いますが、彼がテッド・モーガンの提案に賛成することは絶対にないでしょうね」

「あなたはどう思います、ミスター・エヴァンズ?」

「悪い考えじゃないとぼくは思います」エヴァンは言葉を選びながら答えた。「働く場が増えますし、いまは遊んでいる場所を有効に活用できるわけですから。大きなホテルやモノレールを村に造るのはあまり賛成はしませんが、趣味のいいものにすることはできるでしょう」

「車が増えたり、知らない人に家のなかをのぞかれたりするのはいやですけれど、でも変わっていくのを止めることはできませんからね。お腹は空いていますか、ミスター・エヴァンズ?」ミセス・ウィリアムスはなにかないかと台所を見まわした。「チーズ・サンドイッチでもつくりましょうか? 冷えたベーコンパイとピクルスにしますか? それともエクルズケーキがいいですか?」

エヴァンが答える前に、玄関ホールで電話が鳴った。

「こんな時間にいったいだれかしら?」ミセス・ウィリアムスは電話が鳴るたびに、こう尋ねる。ぼくのことを千里眼かなにかだと思っているんだろうか?

エヴァンが受話器を取った。「もしもし。ウィリアムス宅のエヴァンズ巡査です」

「ミスター・エヴァンズですか? アニーです。アニー・ピジョン」囁くような声だった。「だれかがわたしの家に押し入ろうとしているみたいなんです」

10

エヴァンが急いで家を出たときには、雨はすでにあがっていた。通りに人気はなく、テレビから流れているらしいドラマチックな音楽と爆発音がどこかの家の厚手のカーテンの向こうから聞こえている。街灯が歩道を照らしてはいるものの、次の街灯が立っているのは学校の前で、そこまでは闇に沈んでいた。山の斜面には幽霊の影のような雲が垂れこめていて、走りだしたエヴァンの足音があたりに反響した。

アニーはエヴァンの到着を待ちわびていたらしく、彼がコテージに着いたときにはドアはすでに開いていた。化粧をしていないアニーの顔は赤い髪の下でひどく白く見える。身につけていたのは黒っぽい色の古いスエットで、寝るために着替えたのだろうとエヴァンは思った。アニーは不安そうに外を見まわしながら、エヴァンを狭い廊下へと招き入れた。

「なにがあったんです？」エヴァンは尋ねた。

アニーは裏口に目をやり、それから階段に視線を向けた。「まだあそこにいるかもしれない」小声で告げる。「台所に入れなかったの。だって煙草の火が見えた気がしたのよ」

「ここにいて」エヴァンは廊下を進み、明かりのついていない小さな台所に足を踏み入れた。裏口は閉まっている。窓も。エヴァンはためらうことなく裏口に近づき、さっと開いた。

「だれかいるのか?」

答えはない。エヴァンは小さな裏庭とその向こうの茂みを懐中電灯で照らした。息を止めて耳を澄ましたが、聞こえるのは風の音だけだ。足跡が残ってはいないかと両側の花壇を調べながら、コンクリートの通路を裏のフェンスまで進んだ。台所までやってくるのに、侵入者が通路を踏みはずすはずもないだろうが。裏のゲートはぐらぐらしていて、掛け金もきちんとかからなかった。ここから逃げたのかもしれない。エヴァンはゲートを開き、その先の小道の両側を懐中電灯で照らしたが、風に揺れる枝以外、動くものはなにもなかった。

「見つけた?」エヴァンが戻ると、アニーが不安そうに尋ねた。

エヴァンは首を振った。窓とドア枠に懐中電灯を向ける。どちらもペンキがはがれかけていたが、押し入ったような形跡はなかった。

「なにがあったのか話してください」家のなかに入り、ドアを閉めながらエヴァンは言った。

「二階でジェニーを寝かしつけていたの」アニーは声を潜めて言った。「外から話し声が聞こえて、そのあと静かになった。家の裏側にあるわたしの寝室に物を取りに行ってなにげなく窓の外を見たら、裏庭をこっちに進んでくる人影が見えた気がしたの。そうしたら、なにか引っかくような音が聞こえた。だれかが家に無理やり入ってこようとしているみたいな。音を立てないようにして下におりてみたら、煙草の火が見えたのよ。暗がりのなかに立っていたんだわ」

「なにか心当たりは？」エヴァンはもう一度窓の外に目を向けた。

アニーは首を振った。

窓に近づいたエヴァンは、やがて笑顔で振り向いた。「これを煙草の火と見間違えたということはありませんか？」電気ストーブの小さな赤い光を指さして尋ねる。その光が窓ガラスに反射していた。

アニーは唇を噛んだ。「まあ。そうかもしれない。わたし、怯えていたのね」

「風が妙な音を立てることはよくあるんですよ」エヴァンはなだめるように言った。

「木の枝がなにかにこすれる音を聞いたのかもしれない。それに街灯に照らされた木が変わった形に見えることもある」

アニーはうなずいたが、その目は見開かれたままだ。「きっとあなたの言うとおりね。ありもしないものを想像してしまったのかもしれない。でも……」

「でも、なんです？」

アニーは顔を背けた。「こんなこと言うとばかみたいに聞こえるかもしれないけれど、昨日、だれかがこの家に入ったような気がするの。わたしたち丘をのぼったでしょう？　戻ってみたら、台所の窓が開いていたのよ。出かけるとき、絶対に閉めたのに。ざっと見たけれど、なにもなくなってはいないようだった。でもだれかが家のなかをこっそり調べて、きちんと元通りにしていないような感じがしたの」

アニーはエヴァンを連れて暗い台所を出ると、わずかに家具が置かれただけの居間に向かった。緑色のプラスチックの肘掛け椅子、ビーンバッグ・チェア、玩具でいっぱいの洗濯籠。数冊の絵本が並んだ本棚の上には小さなテレビ。

「泥棒ではないですね。もしそうならテレビを盗んでいたはずだ。だれかがあなたの家に侵入する理由に心当たりはないんですね？」

アニーはうなずいた。「ええ」

エヴァンはまっすぐ彼女を見つめた。「だれかがあなたの居所を突き止めたということはありませんか？　あなたの行方を捜していて、ここまで追ってきたということは？」

口を開く前にアニーがためらったような気がした。「ありません。ジェニーとわたしに身よりはいません。ふたりきりなんです」

「そうですか」そう答えはしたものの、エヴァンは納得していなかった。ひょっとしたらこれは、彼をこんな時間に家に来させるための策略ではないだろうか？　ミセス・ウィリアムスならそう考えるだろう。ブロンウェンも。だがアニーは明らかに動揺している。視線は落ち着きなくさまよっているし、無意識なのか右手の指輪をしきりにいじっていた。

「ママ？　どこにいるの？　ここに来て」ジェニーの声がした。

「行ってやらなくちゃ。かわいそうに。わたしが怯えているのがわかったのよ。気づかれないようにしたつもりなんだけれど」アニーは階段へと歩きだした。「すぐに戻るから、そうしたらワインでもいかが？　安物だけれど、スペインワインがあるの」

エヴァンの答えを待つことなく、アニーは階段を駆けあがっていった。いまのうちに帰るべきだろうかと逡巡しながら、エヴァンは居間に立ったままでいた。彼女には届けを出してもらわなくてはいけないが、それは朝になってからでもいい。侵入者はなにが目的だったのだろうと、部屋を眺めながら考えてみた。カーテンを開けて、通りを眺める。それから再び台所に戻り、家の裏を調べた。フェンスは低いから、隣の裏庭から出入りするのは簡単だ。だがなにも盗まれていないのなら、目的はなんだ？　それともアニーがなにか隠しているのだろうか？

「どうしても寝てくれないの」気づかないうちに、アニーがすぐうしろに立っていた。「泥棒が自分の部屋に来たらどうしようって、とても怖がっているのよ」訴えるようなまなざしをエヴァンに向ける。「あの子の部屋に行って、おやすみって言ってやってもらえないかしら？　おまわりさんがここにいるとわかれば、安心すると思うの」

「わかりました。あなたがそうしてほしいのなら」

「本当に助かるわ」アニーはそう言うと、先に立って階段をあがっていった。ジェニーの部屋も人形とぬいぐるみでいっぱいの棚以外はがらんとしていたが、ベッドカバーはかわいらしい動物柄で、ベッド脇のテーブルにはノアの箱舟のランプが置かれていた。アニーが娘のために、自分にできるすべてをしてやっていることがよくわかった。ジェニーは大きな目に恐怖をたたえてエヴァンを見あげた。この小さな部屋では、ぼくはきっと巨人のように見えているのだろうとエヴァンは思った。

「こんばんは、ジェニー。ぼくがこの家を全部調べたからもう安心だよって、きみのお母さんに頼まれて言いにきたんだ」

「ほらね、なにも怖がることなんてないのよ」アニーが言った。「だから目をつぶって、おやすみなさい。そうだわ、ミスター・エヴァンズに本を読んでもらう？」彼女はエヴァンに向き直った。「この子、本を読んでもらうのが大好きなの。何時間読んでやっても満足しないんだから。お願いできるかしら？」

とても断れる雰囲気ではなかった。「うまく読めるかどうかわかりませんが。あまり読んだことがないので」

「ジェニーが喜ぶわ。これがこの子のお気に入りの本よ」アニーは一冊の本をエヴァンに差し出した。

「それじゃない。『いたずらな三匹のサル』がいい」ジェニーは不意に目を輝かせて、体を起こした。

「でも、あなたはこれが好きでしょう？　先週のお気に入りだったじゃないの」

「いまは『いたずらな三匹のサル』が好きなの」

アニーは部屋のなかを見まわした。「サルの本は、いまどこにあるのかわからない。これで我慢してくれない？」

だ。


「わかった」ジェニーは再び、ベッドに仰向けになった。

「それじゃあ、ここに座って。楽にしてね」アニーはエヴァンに言った。「わたしは下でワインとコルク栓抜きを探してくるわ」

エヴァンは『長くつをはいたネコ』を開いた。彼の記憶が正しければ、これは怖い話で、不安がっている子供が寝ようとするときに読み聞かせるような本ではないはずだ。

エヴァンが読み進んでいくと、ジェニーは絵を見たがって体を起こし、ページごとに言葉をはさんだ。「見て、この人、服を着ていないんだよ！　ほら、これは悪い鬼なの。人間を食べちゃうの」

長い時間をかけて読み終えると、ジェニーはもう一冊読んでほしいとねだった。エヴァンはアニーの姿を探したが、見当たらない。

「もう寝たほうがいいんじゃないかな」

「あと一冊だけ」

「わかった。一冊だけだよ。そうしたら目をつぶって寝るって、約束するかい？」

「うん」ジェニーはかわいらしい笑みを浮かべてうなずいた。

エヴァンは、忙しい子犬が主役の本を読み始めた。読み終えるころにはジェニーの目は閉じられていたので、音を立てないようにして立ちあがると、ベッド脇の明かりを消してからそっと階段をおりた。グラスを手にしたアニーがちょうどあがってくるところだった。

「びっくりした」不意に現われたエヴァンに気づいて、アニーは息を呑んだ。

「ジェニーが眠ったんで、音をたてないようにしていたんですよ」

「ワインは見つかったんだけれど、あなたたちをふたりだけにしておこうと思って。そうすれば、仲良くなれるでしょう？」

さっき抱いた疑念はやはり正しかったのかもしれないとエヴァンは思った。アニーはぼくをここに呼びつけるために作り話をした可能性がある。そのうえ、ジェニーを使ってぼくの気を引こうとしているんだろうか？

「ぼくはもう帰らないと」ワイングラスを差し出したアニーに向かってエヴァンは言った。「不審者についての報告書を作らなくてはいけませんが、それは明日の朝、警察署でしましょう」

「そんなに急いで帰らなくてもいいんでしょう？　いっしょにワインを飲んでいってくれるでしょう？　気持ちを落ち着けるには、まだ時間がかかりそうなんですもの」

エヴァンはグラスを持つ彼女の手が震えていることに気づき、口実を作って自分を呼び寄せたのかもしれないと考えたことを恥じた。グラスを受け取って尋ねる。「あなたの分は？」

「食卓にあるわ」アニーは台所に向かった。

そこがあまりにも寒々しいことに、エヴァンは改めて驚いた。赤いフォーマイカのテーブルと二脚の椅子、合板の白い食器棚、小さな冷蔵庫、シンク、そしてコンロがあるだけだ。壁に絵も飾られていなければ、植物も写真の一枚すらない。ほかの家の居心地のいい台所とはまったく違っていて、彼女がよそ者であることをありありと感じさせた。

「ああ、なんていう夜かしら！」アニーはクロムめっきとプラスチックの椅子にぐったりと座りこむと、ごくりとワインを飲んだ。「安らぎを求めてここにきたはずなのに。笑っちゃうわよね？」残りのワインを一気に飲み干し、グラスをテーブルに置く。「最初の週には娘が危うく車にひかれそうになって、そして今度はこの騒ぎ」アニーはエヴァンを見た。「この世に安全なところなんてないのかしらね？」

「本当になにか隠していることはないですか？　例えば、だれかから逃げていると か？　話してくれて大丈夫ですよ。ぼくは警察官だ。人々を守るのがぼくの仕事です」

アニーは大きく首を振った。「いいえ、言ったはずよ。べつに逃げているわけじゃない」

「この村に来た理由があるはずです。ここはマンチェスターから遠い」

アニーの口元に悲しげな笑みが浮かんだ。「ばかみたいって思われるでしょうけれど、昔、写真を見たの。ルームメイトが壁に貼っていたのよ。このあたりの出身だったの。こんなきれいなところはないって思ったわ。青い湖、山、野の花、橋の脇に建つ小さな白いコテージ。映画で観るおとぎ話の一場面のようだった。ルームメイトはいつもここの話をしていた。犯罪も暴力もない、どれほど平和なところかを。きっとホームシックだったんでしょうね。まるでここがパラダイスみたいなことを言っていた」アニーはワインボトルを手にすると、自分のグラスにお代わりを注いだ。「ほら、あなたも飲んで」

「それじゃああなたは、犯罪と暴力から逃げるためにここに来たんですね」

「ジェニーをちゃんとした人たちがいるちゃんとした場所で育てたかったの」

「ここにいるのはほとんどがちゃんとした人たちですが、それでも犯罪と暴力から完全に逃げることはできませんよ。あなたは今夜の集会には来なかったんですね」

「ジェニーをひとりにしたくなかったから。なにかあったの？」

「危うく殴り合いが起きそうでしたし、言い争いもありましたね」

「大佐が見つけたあの遺跡のことで？」

「それだけじゃないんですよ。村の名前を変える話もあったし、テッド・モーガンがアドベンチャー・パークを造ると言い出しましたからね。だから、どこでもいろいろと騒ぎはあるっていうことですよ。スランフェアのような村でもね」

アニーは再びうなずいた。「そうね、やっぱりここはわたしが住むべき場所じゃないかもしれないって考えていたの。ここにいたら娘はウェールズ語を話すようになって、わたしはあの子と話もできなくなるんだわ。違う？」アニーがワイングラスを揺すると、テーブルにワインがこぼれた。「これもまた、わたしのばかな夢だったのね。おかしなことばかり考えていると、いつか困ったことになるぞってよく父に言われていたのよ。きっと父はいまごろ、自分が正しかったことがわかって、雲の上から満足そうな顔でわたしを見おろしているんだわ」

「それじゃあ、ここを出ていくつもりですか？」

「ここで暮らすのは無理だと思うの。どこかほかの場所のほうがうまくやれるような気がする」

「どこで？」

「わからない」

「アニー、試してみないと」エヴァンが言った。「だれかが家に押し入ろうとしたからといって、逃げてはいけない。なにもかもあなたの想像かもしれないんだから。もしくは、なにかもっともな理由があるのかもしれない。例えば、地元の若者が新しく来た人間にいたずらをしたとか。ありえることですよ」

「あなたもわたしにここにいてほしいの？」アニーが静かな声で訊いた。

「ぼくはただ、試してみるべきだと言っただけです」エヴァンはあわてて答えると、立ちあがった。「もう行かないと。ミセス・ウィリアムスがぼくを心配して、警察に捜索を依頼したら困る」

「夜のこんな時間にわたしとワインを飲んでいたことがわかったら、村じゅうの噂になる？」アニーはまたいたずらっぽい笑みを浮かべた。

「噂？　この村の噂話はすごいですからね」エヴァンも笑みを返した。「それどころか、もうすでにみんなの耳に入っているかもしれない」

「あなたの評判を台無しにしてしまったなら、ごめんなさい」

アニーは玄関までエヴァンを送った。

「たいていの女性は、ぼくが彼女たちの評判を台無しにするんじゃないかって心配しますよ」

「わたしには台無しになるような評判はないもの」

エヴァンはドアを開けて、外に出た。また雨が落ちてきている。霧雨がまつげや髪にからみついた。

「来てくれてありがとう、エヴァン。あなたがいろいろとしてくれて、本当に感謝しているの」

「ぼくはただ――」言いかけたエヴァンをアニーが遮った。「わかっているわ。自分の仕事をしただけだって言うんでしょう？　でもそのおかげでどれほど助かったか、あなたにはわからないのよ。もし――」アニーは不意に言葉を切った。「またね」そして、あわててドアを閉めた。

11

　翌朝、エヴァンが朝食のテーブルについた直後に、裏口のドアをノックする音がした。ミセス・ウィリアムスは、ふわふわしたスクランブルエッグとぱりぱりしたベーコンをのせたお皿をコンロからテーブルに運んでいるところだった。いつもの食事を作り始めたところを見ると、喪に服すのはもう充分だと考えたらしい。ふたりは突然のノックの音に、驚いて顔をあげた。裏口からだれかが訪ねてきたことはない。

「いったいだれかしら？　それもこんな時間に」ミセス・ウィリアムスがつぶやき、エヴァンは立ちあがって裏口に近づいた。

　そこにいたのは、作業着を着て布製の帽子をかぶった若い男だった。初めて見る顔だ。

「地元の警察官がここに住んでいるって聞いたんで」若い男は喉仏を大きく上下させながら、ごくりと唾を飲んだ。

「なにかあったのか？」エヴァンが訊いた。

「見に来てもらったほうがいいと思います」彼が必死になって冷静さを保とうとしているのがわかった。

「でも朝食の用意ができたところなのよ」ミセス・ウィリアムスがエヴァンのすぐ背後に立った。「あなた、朝食抜きで彼を連れ出すつもりじゃないでしょうね？」

「いいんですよ。オーブンに入れておけば冷めませんから。すぐに戻ります」エヴァンはそう言うと、若い男に向かってうなずいた。「それじゃあ、行こうか」

若い男は裏庭を抜け、村の裏手に延びる道を進み始めた。その足取りはとても速くて、エヴァンはほとんど走るようにしてついていった。

「今朝は八時に来るように言われてたんで、そのとおりにしたんです」彼は肩越しに言った。「でもだれもいないみたいだったんで、そのへんを探してみました」

彼は、最近砂利が敷かれた道へと進んだ。その先は四軒の新しい貸別荘で、目的地は一番手前の建物らしい。エヴァンはようやく若い男がだれなのかを悟った。道の少し先に止められたトラックが、それを裏付けていた。E・ロイド、総合建設請負業者、バンガー。

「きみは、テッド・モーガンのところの工事をしに来たんだね？」

「そうです」振り返った彼の顔は真っ青だった。

「農場は見たかい？　きみが来るのを待たずに作業を始めているのかもしれない。週末にいろいろとやっていたよ」

若い男は激しく首を振った。「そうじゃないと思います。自分の目で見てもらったほうがいいですけれど、ミスター・モーガンは具合が悪いんじゃないかと思うんです」

彼はそう言うと、大きなはめ殺し窓に近づいた。カーテンが閉じられていたが、中央にわずかな隙間がある。「あそこです。ソファのうしろ。見えますか？」

部屋は薄暗かったが、床の上の水色のシャツはよく見えた。

「ああ、見える。玄関は試してみたのか？」

「鍵がかかっていました」

「きみは鍵をもらっていないんだな？」

「はい。ここに来るように言われただけで」

「裏口は？」

「行ってみましたが、そこも鍵がかかっていました」

エヴァンは玄関のドアを調べた。「あまり頑丈そうじゃないな。ふたりでやれると思うか？」

「ぶち破るってことですか？」

「ほかに方法はないだろう。どうにかして、なかに入らなきゃいけない」

「わかりました。やりましょう」

三度目でドアが開いた。「このドアを作ったのはおれたちじゃない。きっと、カナーボンのハリソンズだ。いつも安い鍵を使うんですよ」若い男は言わずにいられなかったようだ。

彼が躊躇《ちゆうちよ》しているあいだに、エヴァンは家のなかに入った。「なにも触るんじゃない」肩越しに叫ぶ。「きみは外で待っていたほうがいい」

「死んで……いるんですか？」

エヴァンは、驚いたような表情を浮かべて倒れている、額の中央に赤い穴のあいたテッド・モーガンの遺体を見つめた。「ああ」静かな口調で告げる。「死んでいる。ぼくが警察署に戻って本部に連絡してくるあいだ、ここで見張りをしていてもらえるだろうか？」

エヴァンが警察署に到着すると同時に、白いパトカーが止まった。車から降り立ったワトキンス巡査部長をあっけに取られて眺める。「早いじゃないですか。あなたは霊能力でもあるんですか？　それともほかのだれかから連絡があったんですか？」

「なんの話だ？　きみの勘がまた当たったことを教えに来たんだ。土のサンプルから血液が検出された。ヒューズ警部補は正式に捜査を開始する決定をした。警部補もあとから来る」

「それはよかった。ほかにも警部補が見たがると思われるものがあるんですよ」

「また証拠が出たのか？」

「いえ、新しい死体です」エヴァンは言った。「あなたに電話をしようとしていたところでした。見に来てもらえますか」

「その死にも疑わしいところがあるのか？」ワトキンスは、コテージに向かうエヴァンのあとをついて歩きながら尋ねた。

「疑わしいと言っていいでしょうね。両目のあいだに、大きな弾痕がありますから」

「なんてこった。まさかここに連続殺人犯がいるんじゃないだろうな」

「そういう感じではないですね。ですがふたりの死にはなにか関係があるような気がします」

「きみの知っている人間なのか？」

「はい。テッド・モーガンという男です。父親から農場を相続して、ここで暮らすために二〇年ぶりに戻ってきたんです」

若い男は、開いたドアの前で見張りを続けていた。エヴァンたちの姿を見て、その顔に安堵の色が広がる。

「不法侵入なのか?」ワトキンスは壊れた鍵を見て、尋ねた。

「いいえ、これはぼくたちが。彼は建設業者で、テッド・モーガンとここで会うことになっていたそうです。窓ごしに彼を見つけて、ぼくを呼びにきたんです」

ワトキンスは彼に向かって言った。「このあたりにいてほしい。あとで訊きたいことが出てくるかもしれない」

ワトキンスは先に立って家のなかに入った。玄関から入ってすぐが居間になっている。置かれているのは、貸別荘であることがひと目でわかるような家具だ。合成皮革の応接三点セットに安物の木のテーブルと椅子、角には小さなテレビとビデオデッキ、本棚には女性向け雑誌と安っぽいペーパーバックが数冊並び、壁にはウェールズの風景写真が何枚か飾られていた。なんの特色もない、ただ必要なものが置かれているだけの部屋で、テーブルの上のビール瓶のみがいまここで暮らしている人間がいることを物語っていた。

「なにか動かしたか?」ワトキンスが訊いた。

「なにも触っていません。死んでいるのがわかったので、すぐに部屋を出ましたから」

ワトキンスは部屋を見まわした。「争ったあとはないな」ハンカチを取り出し、慎重にカーテンを開いた。「なるほど、謎は解けた」その声には安堵の響きがあった。しゃがみこみ、ソファの下に半分隠れているテッド・モーガンの右手を指さす。そこには、とても小さな銃が握られていた。「自分で撃ったんだ。自殺だよ」

エヴァンは命を失ったテッドの顔を見た。高価な服や金の指輪を見た。そして首を振った。

「なんだ？　おいおい、自殺ではないと言うつもりじゃないだろうな。遺体は手に血のついた銃を持って倒れているんだ。これ以上なにが必要なんだ？」

「彼が自殺したとはとても思えません。辻褄が合わないんですよ、巡査部長。ぼくは昨日、集会で彼と会っています。この村で大がかりな計画を立てていることをみんなの前で発表したんですが、いたってご機嫌でした。それに、今日は農家の改築を始めることになっていたんです。そんな人間が自殺するとは思えません」

「彼は躁うつ病で、急に気持ちが落ちこんだのかもしれない」ワトキンスは言った。

「越してきたばかりだと言ったね？　きみは彼のことをどれくらい知っている？」

「あまり知りません。悪い男じゃないように見えましたが。まあこのあたりの人間はみんな、彼の父親が生きていたころに散々話を聞かされていますけれどね。父親は口を開けば、息子の話ばかりしていたんですよ。ロンドンでどれだけ土地を持っているとか、どれくらい稼いでいるとか。自慢で仕方がなかったんでしょうね。気の毒な話ですよ。この二〇年、テッドは一度も父親を訪ねてこなかったそうですから」

「だがいまになって現われた」ワトキンスは考えこみながら言った。「金銭トラブルだろうか？　仕事が行きづまったとか？」

「その逆です。彼はテーマパークと大きなホテル、それをつなぐモノレールの建築許可を取ったと言っていました」

「ここに？」ワトキンスは驚いた顔になった。

「古いスレート鉱山を買ったんですよ。そこをアドベンチャー・パークにするつもりだったようです。〈呪われた鉱山〉と名付けて」

「本当に？」ワトキンスはあきれたように首を振った。「きみの言うとおりだ。自殺をするような男には思えない。それで、裏庭にテーマパークができることを地元の人間はどう受け止めたんだ？　〈エヴェレスト・イン〉ができたときですら、喜ばなかったと聞いているが」

「なんとも言えません。気に入らない人間もいましたが——」エヴァンはそこまで言ったところで口をつぐんだ。そんなことをする前にテッドを殺してやると叫んだ肉屋のエヴァンズの姿が、ありありと脳裏に蘇った。

「殺してでもやめさせようとするくらい、気に入らなかったとか？　ずいぶんと過激だな。家のうしろに新しいショッピングセンターができたときはわたしもうんざりしたが、業者を撃ち殺したりはしなかったぞ」

エヴァンはうなずいた。肉屋のエヴァンズは頭に血がのぼっているときなら、テッドを殺したかもしれないが、冷静になればそんなことはしないはずだ。

「自殺の可能性が完全に消えたわけじゃない」ワトキンスは言葉を選びながら言った。「財政状態が悪くなっていることがゆうべ判明して、その計画を進められないと気づいたとしたら？　プライドの高い人間だったなら、屈辱を味わうよりは死を選ぶかもしれない」

エヴァンはテッド・モーガンについて知っていることを思い出そうとした。「彼の財政状態を調べるのは難しくはありませんよね？　それに、この家に電話はないようですが」

ワトキンスはため息をついた。「わかった。警部補に電話して、鑑識をよこしてもらったほうがよさそうだ。警部補が死体を見れば、なにかもっとわかるかもしれない。それまで、ここは立ち入り禁止にしなくてはいけないな」

エヴァンは彼について外に出た。「テープを取ってきます」

「ほかの建物にだれが住んでいるのか知っているか？」ワトキンスは興味深そうにまわりを眺めながら訊いた。

「あれは週単位で貸している別荘なんです。いまどれが使われているのかはわかりません」

「使っている人間がいるなら、ゆうべなにか見たり聞いたりしなかったかを尋ねてみよう。それに、下のほうにある家の人間もなにか耳にしているかもしれない。谷では音は下に伝わるものだろう？」

「ぼくが訊いてきましょうか？」エヴァンが言った。

「まずはテープを張ってからだ。それはきみに任せるから、そのあいだにわたしは警部補に連絡を取る。警部補はおそらく、自分が行くまでなにもするなと言うだろう」

若い男は落ち着きなく身じろぎしながら、家の外に立っていた。「もう帰っていいですか？」

「もう少しだけいてもらえるかな？」エヴァンが訊いた。「このあたりを立ち入り禁止にしなくてはいけないんだ。手伝ってくれると助かる」

エヴァンはワトキンスを連れて警察署に戻ると、本部に電話をかけている彼をそこに残し、再びコテージに戻ってまわりの茂みを黄色いテープで囲った。

「これって殺人だってことですか？」若い男は内心の興奮を表に出さないようにしながら訊いた。

「いまの時点であれこれと憶測するのはやめておいたほうがいいと思う。すぐに警部補と鑑識が来るから、そうすればもっといろいろわかるだろう。協力してくれてありがとう。供述書を書いてくれたら、きみはもう帰ってくれていい」

「なにを書けばいいんですか？」

「役にたつときみが思うことならなんでもいい。テッド・モーガンに仕事を頼まれたいきさつ。彼がなにを言ったか。今朝、きみが見たもの。残念だがきみは、大きな改築仕事を請けそこねたようだね」

若い男はうなずき、それから肩をすくめた。「まあ、人生なんてこんなものですよ。少なくともおれは生きている。気の毒なあの人のことを思えば、それで充分だ」

ふたりが警察署に着くとほぼ同時に、ワトキンスは受話器を置いた。「いまこちらに向かっている。警部補が開口一番、なんて言ったと思う？」

「なにも触っていないだろうな、ですか？」エヴァンはにやりとしながら言った。「違う。〝またエヴァンか？　あの男はどうしてそう死体ばかり見つけるんだ？〟」

「ぼくは静かに暮らしたくてここに来たんですよ」言いかけたところで、エヴァンの顔から笑みが消えた。「皮肉なものですね。日曜日、テッド・モーガンが同じことを言っていましたよ」エヴァンは若い男に向き直った。「ぼくの机を使ってくれ。巡査部長がその椅子を使わせてくれるとありがたいが」ワトキンスにちらりと目を向ける。

「供述書を書いてほしいと頼んだんですよ」

「そうか」ワトキンスは立ちあがった。「ここに座って」エヴァンが若い男にペンと紙を渡すのを確認してから、外に出ていようと合図を送った。雲が途切れて山頂がのぞき、霧のなかに太陽の光が射しこんでいた。

「いい天気になりそうだ」エヴァンが言った。

ワトキンスは、窓に朝日が反射している村の上の斜面の新しい貸別荘を眺めた。

「テッド・モーガンについてきみが知っていることを教えてくれないか？　戻ってきたばかりだと言ったね？　彼があそこで暮らしていたのはそのせいなのか」

「あそこの所有者は彼なんです。父親から受け継いだ農地に建てたんですよ。あの上に古い農家があります。そこを改築して住むつもりだったようです。建設業者がいたのはそのためです」

「いっしょに暮らしていた身内はいなかったということだね？」

「ナントグウィナント峠の先の農家に姉とその夫が住んでいますが、あまりうまくいっていなかったようです」

「姉弟は不仲だったんだな」

「そういうことです」

「ほかに彼に悪感情を抱いていた人間は？」

エヴァンは息を吸った。「います」ようやく言葉を絞り出す。「地元の肉屋です。子供のころから仲が悪かったようです」エヴァンはゆうべの出来事を語った。「ですが、ぼくたちが家まで連れ帰ったときには、もう落ち着いていました。気の短い男なんです。すぐに頭に血がのぼる。ぼくは、パブでもしょっちゅう、仲裁に入っていますよ」

「彼に人は殺せると思うか？」

「逆上しているときならありえるかもしれません。たくましい男ですし、自分でも気づかないうちにたまたまだれかを殺してしまったということはあるでしょう。ですが人を射殺し、手に銃を握らせて自殺を装おうというのは、とても彼がしたこととは思えない」

「ヒューズ警部補はまず間違いなく、彼から話を聞きたがるだろう」ワトキンスが言った。

「それなら先に彼のところに行って、このあとどうなるかを教えておいたほうがいいですね」

「殺人的な癇癪を起こす以外は、いいやつなのか？」

エヴァンは笑顔で答えた。「いいやつですよ。ただ動揺すると、口が暴走する傾向があるんです。くだらないことを口走って、困った羽目に陥るのは見たくありませんから」

「それは証人テストではないのか？　まあいい。あの男が供述書を書き終えたら、怒れる肉屋に会いに行こう」

12

ふたりの警察官が店に入ってきたとき、肉屋のエヴァンズはラム肉の半身を抱えて大型冷蔵庫から出てきたところだった。

「まだ開店前だ」そう言うと大理石の板の上に肉の塊をどさりとおろし、肉切り包丁を手に取った。大きな包丁と血まみれのエプロンを目にしたワトキンス巡査部長の動きが止まった。肉屋のエヴァンズはようやくふたりがだれであるかに気づいて、言った。「ああ、あんたか。なんの用だ？」

「頭痛はどうだい、ガレス？」エヴァンが尋ねた。

「まあ、こんなもんだろう」肉屋のエヴァンズは肉を切りながら応じた。

「こちらはカナーボンから来たワトキンス巡査部長だ。きみに訊きたいことがあるそうだ」

「ゆうべのことで、おれを通報したんじゃないだろうな？」肉屋のエヴァンズが言った。「おれが飲みすぎて、あの間抜け野郎のせいで頭に血がのぼったって――」

「その間抜け野郎は死んだよ、ガレス」エヴァンは静かに告げた。

肉屋のエヴァンズはあんぐりと口を開けた。「テッド・モーガンが死んだ？」

「ゆうべ、自殺したらしい」

肉屋のエヴァンズは片手で顔を撫でた。「テッド・モーガンが？　自殺？　おいおい、おれをからかっているのか？」

「真面目な話です」ワトキンスが言った。

肉屋のエヴァンズは落ち着かない様子で笑った。「彼が死んで悲しいとは言えないが、そいつはとても信じられない。あんたはテッド・モーガンを知らないんだ。あいつはなにがあっても自殺するようなやつじゃない。自信たっぷりな男だったんだ、昔から。ほんの子供のころから胸ポケットに櫛《くし》を入れて、ショーウィンドウの前を通るたびに自分の姿を確かめているようなやつだった。間違えて薬をやりすぎたとかそういうことじゃないのか？」

「手に銃が握られていた」エヴァンが言った。

「テッド・モーガンが、自分で自分を撃った？」肉屋のエヴァンズは首を振った。

「なんだってそんなことをするんだ？」

「それを突き止めようとしているんですよ、ミスター・エヴァンズ」ワトキンスが言った。「あなたたちふたりは昔から仲が悪かったそうですね」

肉屋のエヴァンズは不安そうに唇をなめた。「ああ、だがもう二〇年以上も会っていなかった。それに、やつは偉そうなことを言ってほくそ笑んでいたのに、どうして自殺する必要があるんだ？」

「上司の警部補がすぐにここに来ます。あなたから話を聞きたがると思うので、無断で村の外に出ないでもらえますか？」

「おれ？　どうしておれに話を聞くんだ？」肉屋のエヴァンズの声が大きくなった。広い額に大粒の汗が浮かんでいる。「おれはなにも関係ない」

「決められた手順なんだよ、ガレス。訊かれたことにだけ答えて、余計なことは言わず、落ち着いているんだ。いいね？」

「おれがなにをしたって思われているんだ？」ふたりが店を出て行こうとすると、肉屋のエヴァンズはそうわめきながら肉切り包丁をすさまじい勢いで振りおろし、肉の塊をまっぷたつにした。

「きみの言うとおりだ」ワトキンスがつぶやいた。「彼は確かに怪しく見える。いかにもうしろめたそうだった。だが彼は犯人ではないときみは言うんだね？」

「もし彼だとしたら、素晴らしい演技でしたね。知らせを聞いたとき、顔から血の気が引いていました。心底驚いていたのは間違いありませんよ。それに、モーガンは自殺するような人間じゃないと彼は言った。彼が犯人なら、自殺の線を強調しようとするんじゃありませんか？」

「それならどうしてあんなに汗をかいていたんだ？」

警部補の姿はなかったが、ふたりが警察署に入ろうとしたところで峠をのぼってくる車の音が聞こえてきた。やがて年代物の黒のダイムラーが現われたかと思うと速度を落とし、道路の向こう側で停止した。降りてきたのは、色あせたセーターにコーデュロイのズボンをはいた、灰色の髪がぼさぼさの中年男性だった。

「検視官がひと足先に来たんだろう」ワトキンスが言った。「ずいぶん早いな」

「べつの事件でこのあたりにいたのかもしれませんね」

男性は戸惑ったような顔であたりを見まわしている。

「急な要請を受けてきたんですが、だれに呼ばれたのかがわからないんですよ」男性はふたりに歩み寄りながら言った。「発見されたものを見に来たんです。案内してもらえますか？」

「お待ちしていました、先生」エヴァンが言った。「ずいぶん早かったですね。一番乗りですよ」

「ほかにも見に来る人がいるんですか？」男性は驚いた様子だった。「知りませんでした」

「カナーボンの本部のいつもの人間だけです。ですが、彼らが来る前にあなたが見ても問題ないと思いますよ」

「ほかの人が来る前にぜひ見たいですね」男性が言った。「現場を荒らされるのは我慢できないので」

「わかります、サー」エヴァンは言った。「こちらです」

「かなり歩きますか？」男性は頂上を見あげながら言った。「雨具を持っていくべきですかね？」

「ここを少しだけあがったところです。目と鼻の先ですよ」

「そんなに近いんですか？　意外です。わたしはてっきり……」エヴァンたちは彼を連れて道路沿いの家の裏側にまわり、その上の貸別荘が見えるところまでやってきた。

「あそこです、サー。左側の奥のほうです」

「奥のなんですって？」男性はあっけにとられたような口調で訊き返した。

「貸別荘です」

男性はぞっとしたように黙りこんだが、やがて言った。「わたしをからかっているんですか？」

「とんでもない。それどころか、いたって真面目です」エヴァンは答えた。「あのコテージの床に死体があります。それを見ていただきたいんです」

「ミイラ化した死体ですか？　それとも白骨？」

「普通の死体です。今朝、見つけたんです」

「どうしてわたしに死体を見せようとするんです？」男性の声が悲鳴に近くなった。

「わたしにいったいなにをしろと？」

「死亡時刻を推定していただきたいんです」エヴァンの困惑は大きくなるばかりだった。「あなたは検察医ですよね？」

男性の顔に安堵の表情が広がった。「まさか。わたしはバンガー大学の考古学者です。最近発見された遺跡を調べてほしいと頼まれたんです」

エヴァンは笑い始めた。ゆうべから今朝にかけてずっと神経が張りつめていたせいか、笑いが止まらない。

「大丈夫か？」エヴァンが全身を震わせ始めたのを見て、ワトキンスが心配そうに声をかけた。

「すみません」エヴァンは涙をぬぐった。「てっきり遺体《リメインズ》を調べに来た検察医だと思ったら、丘で見つかった遺跡《リメインズ》を見に来た考古学者だったんですから」申し訳なさそうに、男性に声をかける。「ぼくの頭がどうかしたのかと思われたでしょうね」

「ちょっと変わった人だなと」男性は笑顔になっていた。「ですがこれまでの経験から、こういう小さな村に住んでいる人たちは、少しばかり……ユニークなことは知っていますから」額に落ちてきたぼさぼさの髪をうしろに撫でつけながら言う。「遺跡に行く道を教えてもらえますか？」

「パリー・デイヴィス牧師に会われたらいかがですか？　あなたを呼んだのは彼ですし、じきじきに案内してくれるはずですよ。ぼくも行きたいところですが、いまは不審な死体を調べなければならないので」

エヴァンはベテル礼拝堂への行き方を考古学者に教えると、警部補の到着を辛抱強く待っているワトキンスのところに戻った。

「ここでぶらぶらしていても仕方がない。貸別荘の客と下のほうの家の住人に話を聞かないか。ひとりくらい、銃声を聞いた人間がいるはずだ」

「そうですね」エヴァンは言った。「テッドの隣の貸別荘から始めましょうか」

真ん中の二軒は使われておらず、一番奥の貸別荘にいた一家はビーチチェアや浮き輪を車に載せ、海岸に向かう準備をしているところだった。「いいえ、ゆうべはなにも聞いていないし、妙なものも見ていません」女性がいらだたしげに言った。「主人はいつも九時にはテレビの前でうたたねをしてしまうんですよ。はじけるような音を聞いた気がしますけれど、峠をのぼってくる車のバックファイアだろうと思ったんです。時間はわかりません。子供たちがベッドに入った九時から、わたしが眠った一一時のあいだのいつかです。暗くなったときにカーテンを閉めましたから、なにも見ていません。ほかの別荘に泊まっている人を見かけたこともありません」

「たいしたことは聞けなかったな」ワトキンスは再び丘をくだりながら言った。「銃声を聞いていないということは、テレビの音量をずいぶんとあげていたんだろう」

「ですが、小さな銃でしたし」

「大通りの先の家の住人がなにか耳にしている可能性も低いだろうな。裏の窓を開けて眠っていたのでもないかぎり」

エヴァンは笑って言った。「このあたりで窓を開けて眠る人はあまりいませんよ。凍えて死んでしまいます」ほんの数メートル先に遺体が横たわっていることを思い出し、自分の言葉が不適切だったことに気づいたエヴァンの顔から笑みが消えた。昨日、テッド・モーガンは笑っていた。活気にあふれていた……。

ワトキンスがエヴァンの腕を軽く叩いた。「話を聞くのはあとまわしにしなきゃならないようだ。警部補たちのおでましだ」

大きな白いパトカーが丘をのぼってきた。車がまだ完全に止まらないうちからヒューズ警部補が降り立った。エヴァンの記憶にあるとおりだ——小粋な身なりの小柄な男で、鉄灰色の髪も口ひげも完璧に整えられている。今日は淡い青色の蝶ネクタイをして、同じ色のシルクのハンカチを胸のポケットからのぞかせていた。彼を手ごわい警察官だと考える人間はだれもいないだろうとエヴァンは思った。だが実はテリアのように、煩わしいほど粘り強い。ワトキンスがあわてて彼に近づいたときには、においをたどろうとして鼻をひくつかせている犬のように、すでにあたりを見まわしていた。

「死体はどこだ？」ヒューズが訊いた。

「あそこの貸別荘のなかです」ワトキンスが答えた。

「観光客なのか？」

「いいえ、地元の人間ですが、つい最近戻ってきたばかりです。あの貸別荘の所有者で、自分の農家を改築するあいだ、あそこで暮らしていたようです」

「第一発見者は？」ヒューズの足取りのあまりの速さに、ワトキンスはついていけずにいた。

「農家の工事をしにきた地元の業者です」

「その業者はまだここに？」

「もう帰しましたが、供述書は書いてもらいましたし、電話番号も聞いてあります」

「よろしい」

エヴァンは自分がこの場に必要とされているのか、それどころかここにいていいものかどうかもわからず、少し離れたところに立っていた。このあいだの殺人事件のときは、村の巡査に口出ししてほしくないと、警部補にはっきり釘を刺されたのだ。

黒い鞄を手にした検察医がパトカーから降りているあいだに、ふたりの鑑識課員はトランクから必要な道具を取り出した。

「あの上ですか？」検察医はエヴァンに機嫌よく尋ねた。

「そうです。あの左側の家です」エヴァンは答えた。

「ウェールズでは、死体を見るのになんだっていつも山をのぼらなくちゃならないんでしょう？　あなたが最初に現場に駆けつけた警察官ですか？」

エヴァンは現場に行く口実ができたことに安堵しながら、彼らと並んで歩きだした。

「建設業者が窓から家のなかをのぞいて不審に思い、ぼくを呼びに来たんです。八時ちょっと前でした」エヴァンは言った。「床に死体らしきものが倒れているのが見えたので、ふたりでドアを壊したんです」

「死体に触りましたか？」

「その必要はありませんでした。死んでいることはひと目でわかりましたから。額の中央に弾痕がありました」

「凶器は見つかったんですか？」

「彼の手のなかに」

「なるほど。自殺ですね」

「そうともかぎりません」エヴァンは用心深く応じた。捜査は刑事に任せろと言われたくはない。

検察医は鋭いまなざしをエヴァンに向けた。

「彼は、大がかりな計画があることを村じゅうに発表したばかりだったんです。それに自信たっぷりの男だったと、彼を知る人たちは言っています。自殺したとは考えにくいんです」

「内心の不安を隠すのがうまい人間はいますよ。まあ、自殺かどうかはじきにわかると思います」

検察医は先に立って、小さな居間へと入っていった。ヒューズ警部補が手のなかの銃を調べているところだった。「間違いなく自殺だと思いますがね」歯切れのいい声で言う。「死亡推定時刻をお願いします。それくらいですかね」

「万一、なにか不審な点があとで出てきたときのために、写真を撮って、鑑識に部屋を調べさせます」検察医はエヴァンを振り返りながら言った。

ヒューズ警部補はじろりとエヴァンをねめつけた。「またこの巡査が突拍子もないことを言い出したんじゃないだろうな」大げさにため息をつく。「警察に素人探偵は必要ないんだ」

「ですが」ワトキンスが切り出した。「彼がゆうべ自殺したというのは、確かに妙なんです。ここに新しいテーマパークを造るという計画を村じゅうに発表したばかりだったそうです。そのうえ、農家の改築を始めたところだった。そんな人間がどうして自殺するでしょう?」

「彼の手の写真を撮るようにドーソン巡査に言ってくれ、ワトキンス」ややあってから警部補が言った。「彼の指が引き金を引いたのかどうか、判断できるかもしれない。鑑識には残留火薬を調べさせてくれ。それから銃の指紋も」

「近所の人間に銃声を聞いたかどうかを確かめてきましょうか?」エヴァンは言葉を

選びながら言った。

「いいだろう」警部補はたいして気乗りしない様子だった。「きみもいっしょに行くといい、ワトキンス」

「警部補はぼくを信用していないみたいですね。ぼくがなにかすると、問題が起きると思っているようだ」

「というより、またきみに出し抜かれたくないんだよ。このあいだの殺人事件のあとは、いろいろ言われたらしいから。田舎の巡査にしてやられたと思うと、面白くないんだろう」

「ぼくが先に犯人を見つけたのは、単に運がよかっただけです」

「それは違う。あのときもきみは、最初から正しい線を追っていたんだ」ワトキンスは言った。「考えれば考えるほど、わたしも今回の件が自殺ではないという気がしてきたよ。わざわざ建築許可を取り、業者を雇っておきながら、どうして自殺したりする？　それに遺書もない。自殺する人間は、その行為を正当化するために遺書を書くことが多いんだ」

「それに、自殺するようなタイプには見えませんでしたしね」エヴァンは言った。「二日前に彼と話をしましたが、いかにも人生を謳歌しているように見えました」

ワトキンスはうなずいた。「つまり、ふたりの殺人犯を追うことになったわけだ。きみは同一人物の犯行だと思うか？　手口は違うように見えるが」

「この付近に殺人犯がふたりもいるとは思いたくないですね。それにふたつの事件には共通点があります」

「どんな？」

「ふたつとも卑劣な犯罪ですよね？　最初の事件は事故に見せかけていたし、今回は自殺を偽装している。どちらも、機転のきく男の行動です」

「あるいは女か。モーガンは姉夫婦と仲が悪かったときみは言っていたね。肉屋のエヴァンズと険悪だったこともわかっている。それ以外に彼を殺したいと思うような人間はいただろうか？」

「ぼくが知るかぎりではいません」エヴァンは答えた。「ですが彼はここに来たばかりでしたから。ロンドンでの暮らしのことはなにも知りません。だれかがここまで彼を追ってきたのかもしれない」

「同じ人間が大佐にも恨みを抱いていたんだろうか？」

エヴァンは峠を見おろしながら考えた。「それは考えにくいです。テッド・モーガンと大佐はまったく違う世界の人間です。若くて派手なビジネスマンと年金暮らしの老いた退役軍人。いったいどんな人間が、このふたりに恨みを抱くというんでしょう？」

「ふたりには共通点があるぞ。ふたりともロンドンに住んでいて、ここに来たばかりだ」

「それはそうですが、いま現在このあたりには、ロンドンからの行楽客は五〇〇人はいると思いますね」

「ふたつの事件につながりがあると言ったのはきみだ。なにか考えるんだな」

ふたりは大通り沿いに建つコテージにやってきた。エヴァンが一軒目のドアをノックした。次々に話を聞いていったが、返ってくるのは同じ答えだった。銃声を聞いた者はいない。だが驚くことではなかった。昨夜は、爆発や銃声でいっぱいのアーノルド・シュワルツェネッガーの映画が九時半からテレビで放映されていたのだ。視聴率調査員だったなら、全員がひとつのチャンネルを見ていたことに大喜びしていたかもしれない。

なにか変わったものを見たり聞いたりした人間はだれもいないのかと思われたが、ようやくミセス・リーズから興味深い話を聞くことができた。

「ええ、だれかを見ました」彼女は自分の記憶を確かめるかのように、窓の外に目を向けた。「家の表側にある二階の寝室にいたんです。娘に熱があったので、水を持っていってやったときにたまたま窓の外を見たら、あそこの家と警察署のあいだの路地からだれかが出てきて急ぎ足で通りを渡ったんです。そのあと、ある家の玄関のドアが開くのも見えました」

「それはだれでしたか？」

「だれだったのかはわかりませんが、どの家かはわかります。一番奥のお店でした。きっと肉屋のエヴァンズだったんだと思います」

「肉屋のエヴァンズ？　集会のあと、ぼくたちが彼を家まで連れて帰ったときのことですか？　九時頃でした」

「いいえ、もっと遅い時間でした。みんな帰ったあとで、通りに人気はありませんでしたし、彼はひとりでした」


「今度はなんだ？」エヴァンとワトキンスが再び店を訪れると、肉屋のエヴァンズは喧嘩腰で尋ねた。「警察官がうろうろしていると、商売に差し支えるんだ」

「ゆうべは家から出るなと言ったはずだ、ガレス・エヴァンズ」エヴァンは言った。

「すぐに寝ろと」

「そうしたさ！」

「きみは通りを渡るところを目撃されている。テッド・モーガンの貸別荘のある方向からやってきたことも」

「おれは絶対に――」

ワトキンスが前に出た。「ミスター・エヴァンズ、あなたはいまとてもまずい立場にあります。あなたには黙秘権があり、あなたが口にした言葉は不利な証拠として採用される可能性があることを、いま警告しておきます」

肉屋のエヴァンズは怯えたようなまなざしをエヴァンに向けた。「助けてくれ、エヴァン。おれはだれも殺してなんかいない。誓ってもいい」

「きみはテッドを脅していた。村じゅうの人間が聞いている」

「頭に血がのぼったときのおれがどんなふうだか、あんたも知っているだろう？　心にもないことを言っちまうんだ」

「そして、心にもないことをしてしまう？」ワトキンスが訊いた。

「おれの頭がすぐに冷えることは、エヴァンズ巡査がよく知っているよ。家に帰ってきたときには、もう落ち着いていたんだ」

「だがきみはテッド・モーガンの家に行った。そうだろう？」エヴァンが追及した。

「そうでなきゃ、どうして通りを渡る必要がある？　あの路地の先には、テッドの貸別荘しかない」

「わかったよ、確かに行ったよ」肉屋のエヴァンズは白状した。「いろいろ考えていたら、やっぱりあいつとよく話し合わなきゃいけないって思ったんだ。あの間抜け野郎によく言い聞かせて、あのばかばかしい計画を進めれば、スランフェア村がめちゃくちゃになるってことをわからせてやろうと思った」

「それで彼の貸別荘に行ったわけだ。それは何時でしたか？」ワトキンスが訊いた。

肉屋のエヴァンズは首を振った。「遅くとも九時半か四五分くらいだったはずだ」

「彼になんて言ったんです？」

「家には入らなかった。行ってみたら、だれかが来ているのがわかったんだ。カーテンが閉まっていたが、ふたつの人影が見えた。テッドの話し声も聞こえた。笑い声も。だからおれはそのまま回れ右して帰った」

「それがだれだったかわかりますか？」ワトキンスが訊いた。

「いいや、カーテンが閉まっていたし、部屋のなかはそんなに明るくなかったしな。おれが見たのは影だけで、話をしていたのもテッドだけだった」

「彼がなにを言っていたのか、聞こえましたか？」

「古い友人同士が旧交を温めるみたいなことだった」肉屋のエヴァンズは肩をすくめた。「だが村の半分の人間に当てはまることだろう？　おれたちはみんな同じ学校に通っていたんだから」

「別荘の前にどれくらいいたんです？」

「ほんの少しだ。あそこに立っているのをだれかに見られたらまずいと思って、すぐに家に帰ったんだ」彼はエヴァンの袖をつかんで訴えた。「信じてくれよ。おれはあいつを殺してなんかいない！」

13

テッド・モーガンが死んだというニュースはすでに村じゅうに広まっていた。二階の窓ごしに、あるいは玄関先で、主婦たちは興奮気味に話を伝え合った。

牛乳屋のエヴァンズがエヴァンとワトキンスの横に車を止めた。「みんなの話は本当なのか？　ゆうべテッド・モーガンが自殺したっていうのは？　とんでもないことがあるもんだ。ミセス・ホプキンスから聞いたときは、仰天したよ。ロンドンで暮らすとこういうことになるのかね。ふしだらな生活と体に悪いスモッグのせいかもしれないな」彼は通りの先々にまで話を伝えるため、再び車を発進させた。

「こういう村ではなにかを秘密にしておくのは無理なようだな」ワトキンスは通りを渡りながらエヴァンに言った。

「噂話の伝わる速さは驚くほどですよ」エヴァンが応じた。「いまごろは、ぼくたちが肉屋のエヴァンズと話をしたことも、村じゅうに広まっているでしょうね。ぼくたちが報告する前に、だれも警部補に話したりしないことを祈るばかりだ」

「これが自殺だと断定されることも祈ったほうがいい。きみの友人の肉屋のエヴァンズにとって、状況はいいとは言えない」

エヴァンは精肉店を振り返った。肉屋のエヴァンズはその場に立ち尽くしたまま、彼らを見つめている。

「理由はあったようですが」

「信じる陪審員はいないだろう。彼には動機もあるし、脅すところを目撃されているんだ」

「わかっています。彼にとってまずい状況だ。警部補に報告しないといけないでしょうか？」

「しない理由があるのか？」

「ぼくは彼の犯行ではないと思います」

「だが彼は、テッドの死を望んでいた。一〇〇人以上の人間の前で彼の首を絞めようとした。彼の家に行ったことを認めたし、家のなかに入らなかったと本人は言っているが証明できない。脅しを実行しなかったと考える理由はあるか？　ほかになにが必要だ？」

「なにもありません。ただ……」エヴァンはためらいがちに切り出した。

「なんだ？」

「彼と手口が結びつかないんです。テッド・モーガンが絞殺されたとか、肉切り包丁で真っ二つにされたとかいうのなら、確かに彼が怪しいです。ですがそれも酔っぱらって、頭に血がのぼっているときに限られます。でも眉間に銃弾を一発というのは――まったく彼らしくない」

「今度きみと鉢合わせしたときのために、ポケットにあれくらいの小さな銃を隠しているかもしれないぞ」

エヴァンは不安そうに笑った。「彼があの手の銃を持っているとは思えませんね。大きな猟銃なら持っているかもしれないが、あんな小さなものは持たない」

「きみの言うとおりかもしれないな。まずは、警部補がどんな見事な結論にたどり着いたかを聞きにいこう。いまごろは、事件を解決しているかもしれない」ワトキンスはウィンクをすると、警察署のドアを開けた。

スランフェア地域警察支署と仰々しい名前がついてはいるものの、そこは実際は大きなクローゼットと洗面所があるだけのひと部屋きりのオフィスだった。ふたりが入っていくと、本部に電話をしていたヒューズ警部補は、静かにしていろと身振りで命じた。

「いつ遺体を返せるかは、間もなくわかるはずだ」警部補は電話口で言った。「ああ、それからメイヴィス、コーヒーをいれておいてくれないか？　もうすぐ帰るから。ありがとう、メイヴィス。感謝するよ」受話器を置いた警部補は、ワトキンスとエヴァンが視線を見交わしたことに気づいた。「まもなく検察医が来るはずだ。死亡推定時刻は午後一〇時前だということだった」

「面白い」エヴァンは思わず口にしていた。

「どういう意味だ？」警部補が冷ややかに訊いた。

「ぼくが殺人犯を見かけていてもおかしくなかったということです——殺人犯がいるのなら、という話ですが」エヴァンはあわてて言い添えた。「集会のあとなにも問題が起きないように、外にいたものですから」そう言ったとたんに、エヴァンは後悔した。

「問題？　どんな問題だ？」

「村の集会があったんです」エヴァンは説明した。「よくあるように、ちょっと議論が白熱しまして」肉屋のエヴァンズがテッド・モーガンにつかみかかって、引き離されたことには触れないでほしいと願いながら、彼はワトキンスを見た。

「モーガンは集会に出ていたのか？」ヒューズが鋭く尋ねた。

「はい。村の人間全員が出ていました」今度もワトキンスが口を開く前にエヴァンが答えた。警部補はゆうべの話を聞いた瞬間に肉屋のエヴァンズを容疑者と決めつけ、きっとそれ以外のことに目を向けようとしないだろう。

「その集会は何時に終わったんだ？」警部補が訊いた。

「九時頃でした。全員が家に帰ったのを確かめるまで、ぼくは通りに立っていました。九時一五分くらいまでだったと思います。そのあとまた九時半に呼び出されたんです」

「呼び出された——なぜだ？」メモ帳にいたずら書きをしていたヒューズが顔をあげた。

「家にだれかが押し入ろうとしていると思った女性がいたんです。間違いでしたが」

エヴァンは顔が赤くなるのを感じた。

「外にいるあいだ、きみはなにも不審なものは見なかったんだな？」

「はい、サー。あたりにはだれもいませんでした」

「自殺という線で矛盾はないということだ」警部補は再びいたずら書きを始めた。文字のまわりに何重にもなった箱の絵をきれいに描いている。警部補らしいとエヴァンは思った。

ドアが開いて、検察医が入ってきた。椅子を引き出し、警部補の正面に座った。

「すべて終わりましたか？」警部補が尋ねた。

検察医はうなずいた。「いまできることは、全部やりましたよ。内務省の法医学者に確認してもらったほうがいいでしょうが、自殺ではないと言うことはできます」

「自殺じゃない？」ヒューズ警部補の顔から表情が消えた。彼は間違いを犯すことが嫌いだったし、部下の前で――村の巡査ならなおさらだ――それを指摘されるのはもっと嫌いだった。「どうしてそう言い切れるんです？」

検察医はにやりと笑った。「自殺するには、とんでもなく長い腕が必要だったでしょうからね。彼は、少なくとも一・五メートル離れたところから撃たれています。あ、それにあなたのところの鑑識が、銃から二組の指紋が検出されたと言っていました。モーガンのものともうひと組ですが、何者かが拭いて消そうとしたのかどちらもにじんでいました」

「部屋のなかにほかの指紋は？」警部補が訊いた。

「山ほどありました。毎週、違う人間に貸していたんですよね？　そのたびごとに壁を洗ったりはしないでしょうから」

警部補は眉間にしわを寄せ、再びいたずら書きを始めた。「そうなると、まったく事情は変わってくる。一・五メートルに間違いはないんですね？」

「射入口と弾丸による損傷から判断しました。至近距離から自分を撃った人間は大勢見ています。あんなにきれいな傷にはならないんですよ」

「くそっ」警部補がつぶやいた。「よし、一からやり直した。テッド・モーガンを殺したいと思うような人間に心当たりは？」

「彼ともめていた人間は何人かいます」エヴァンは答えた。「ですが、彼はロンドンから越してきたばかりなので、まったくのよそ者という可能性もあります」

「まずはわたしたちにわかるところから始めよう。そのもめていた人間というのは？」

エヴァンが答える前に入口のドアが開き、不意に風が吹きこんできた。若い女性が入ってくると同時に、警部補は机の上の書類が飛ばないようにとっさに片手で押さえた。警部補とアニー・ピジョン、どちらも同じくらい驚いた顔をしている。

「あら」アニーはぴたりと足を止めた。「どなたかいらしていたのね」

「なにか用ですか、アニー？　いまちょっと手が離せないんですよ」エヴァンが言った。「警部補と巡査部長がカナーボンから来ているんです」

「聞いたわ。村じゅうで噂になっている。気の毒な人よね。わたしと同じで、ここに来たばかりだったのに。話を聞いて、震えあがったわ」

「なにかわたしたちにお手伝いできることはありますか、ミズ……」ヒューズ警部補が我慢できなくなって口をはさんだ。

「ピジョンです。アニー・ピジョン。届けを出すために来たんです」

「届け？」

「ゆうべの不法侵入について。朝のうちにここに来て正式な届けを出すようにって、巡査に言われたので」

「ああ、それじゃあ、あなたがゆうべエヴァンズ巡査を呼び出したという人ですか」警部補が改めてアニーをしげしげと眺めたことにエヴァンは気づいた。ぴったりとフィットしたジーンズに胸元が大きく開いたバックス・バニーの絵柄のTシャツは、ホルターネックとショートパンツよりはいくらかましという程度だ。

「わたしの家にまただれかが侵入しようとしていると思ったんです」アニーは机に近づくと、内緒話をするように警部補に顔を近づけた。「裏口からなにか聞こえた気がしたんです。怖くなったんで、エヴァンズ巡査に電話しました」

「だがエヴァンズ巡査はなにも見つけられなかった？」

エヴァンはうなずいた。「くまなく探したんですが。風かもしれません。妙な音を立てることがありますし、彼女の家の裏には茂みがあるので」

「また、と言いましたか？」部屋の隅で椅子に座っていたワトキンスが、突然口をはさんだ。「以前にもだれかが侵入しようとしたことがあるんですか？」

「日曜日に」アニーはワトキンスに顔を向けた。「エヴァンズ巡査と少し山を歩いたあと家に帰ってみたら、台所の窓が開いていたんです。確かめてみましたが、なにもなくなっているものはなかったので、記憶違いだろうと思っていました。娘とふたりきりで暮らすのは初めてだし、知らない場所なので、ちょっと神経質になっていたんだろうって」

「つまりあなたは、二度とも自分の思い違いだと考えているわけですね？」ヒューズ警部補はいらだたしげに鉛筆でこつこつと机を叩いた。早くアニーに出て行ってもらいたいと思っていることがよくわかった。そうすれば仕事に戻れる。

「そう考えていました。ただの思いこみだって自分に言い聞かせていたんです」アニーは思わせぶりに言葉を切った。「今朝、銃が使われたという話を聞くまでは。それを聞いて、銃のことを思い出したんです。どうしていままで忘れていたのかしら。急いで見に行ってみたら、なくなっていました」

ヒューズ警部補の手が止まった。いたずら書きもしていなければ、鉛筆で机を叩い

てもいない。身を乗り出し、アニーをじっと見つめている。「あなたは銃を持ってい
て、それがなくなっているということですか?」
「ええ。だから急いでエヴァンズ巡査に会いに来たんです」
「あなたはどうして銃を持っていたんですか、ミス・ピジョン?」ワトキンスが尋ね
た。「許可はお持ちでしょうね?」
「ええ、もちろん」アニーが答えた。「ロンドンの治安の悪いところに住んでいたこ
とがあったんです。すぐ近くでレイプ事件があって、万一のときのためにって友人が
買ってくれたんです。ありがたいことに一度も使ったことはないですけれど、手放し
ませんでした。下着の引き出しの奥に隠してあったんです。こんなことになるまで、
すっかり忘れていました」アニーは興奮した面持ちで警部補たちを見まわした。「ま
さか、わたしの銃で殺されたわけじゃないですよね?」
警部補は座ったまま身を乗りだした。「どんな銃なのか教えてもらえますか、ミ
ス・ピジョン?」
「とても本物の銃には見えません。持つところが真珠貝でできていて、小さくてかわ
いらしいんです。こんな小さなものが人を殺せるなんて信じられないって言ったこと
を覚えています……」アニーはワトキンスの表情に気づいたらしかった。「そうなん

ですね？　それじゃあやっぱり、日曜日にだれかが侵入したんだわ。もう一度、荷物を調べないと。ほかにもなにかなくなっているかもしれない」

「昨日の夜、あなたはなにをしていたのか教えてもらえますか、ミス・ピジョン？」ヒューズ警部補が尋ねた。

「わたし？」アニーはショックを受けたようだ。「ゆうべはどこにも行きませんでした」

「村の集会にも？」

「行く必要がありますか？　この村に越してきたばかりだし、ウェールズ語も話せないのに。それに幼い娘がいるんです。ひとりで家に残していくわけにはいきません」

「それでは、ずっと家にいたということですね？」

「いったいなにがおっしゃりたいんです？　まさかわたしがその人を殺したとでも考えているんですか？　まったく知らない人なんですよ。前の日に一度会ったきりなんです。わたしは見知らぬ人を殺したりなんてしません」アニーは男たちの顔を順番に眺めた。「その人が殺されたのは何時なんですか？」

「一〇時前だと検察医は言っています」ワトキンスが答えた。

アニーの顔がぱっと明るくなった。「あら、それならエヴァンズ巡査が証人になってくれるわ。彼はゆうべ九時半頃から一〇時一五分過ぎまでうちにいたんです」

エヴァンは全員の視線が自分に注がれるのを感じた。「さっきもお話ししましたが、不法侵入の疑いがあると彼女から通報があったんです」

「だれもいないことを確かめるのに四五分もかかったのかね？」警部補の口調には皮肉っぽい響きがあった。

「違うんです」エヴァンより先にアニーが答えた。「エヴァンズ巡査はジェニーを寝かしつけてくれて、そのあとふたりでワインを飲んだんです。わたしの神経がとてもたかぶっていたので。彼のおかげでとても安心できました」

「そうでしょうとも」警部補と検察医は冷たい表情で目と目を見交わした。そういうことじゃないんだとエヴァンは叫びたくなった。「きみとミス・ピジョンは九時半から一〇時一五分までいっしょにいた、間違いないね、巡査？」

「はい、サー」ばつの悪さに顔が熱くなるのを感じながら、エヴァンは答えた。「彼女がとても動揺していたので」

ヒューズ警部補は立ちあがった。「速やかに来ていただいてありがとうございました、ミス・ピジョン。おかげで時間も労力も無駄にせずにすんだ。感謝しますよ。お帰りになる前に、指紋を取らせてもらっていいですか？」

「指紋？　わたしの？　なんのために？」アニーはエヴァンに不安そうなまなざしを向けた。「言ったじゃないですか、わたしはひと晩じゅう家にいたんです。だれかが家に侵入して、わたしの銃を盗んだんです。探すなら、その人間の指紋じゃないんですか」

ヒューズ警部補はきれいに手入れしてある手をアニーの肩に乗せた。「心配することはなにもありませんよ、ミス・ピジョン。あなたの指紋を取らせてもらうのには、ちゃんとした理由があるんです。あの銃があなたのものなら、あなたの指紋がついているはずですよね？」

「だと思います」アニーはためらいがちにうなずいた。「でも、もう何年も触っていないんです。古いネグリジェにくるんでありましたから、わたしの指紋はこすれて消えているかもしれません」

「それでも見つけられるものなんですよ」ワトキンスが言った。「どれがあなたの指紋なのかを知っておく必要があるんです。そうすれば、ほかのだれが銃に触ったのかがわかりますから」

「あら、そういうことね」アニーは見るからにほっとした様子だった。エヴァンに手を差し出す。「マニキュアに気をつけてもらえる？　昨日、塗ったばかりなの」

「爪には触らないようにします」エヴァンはインクパッドを開いて、彼女の手を取った。「ミス・ピジョンの言うことには一理あると思います」警部補に向かって言う。「彼女の家の窓枠と裏口のドアの指紋を調べたらどうでしょうか。銃を盗んだ人間と殺人を犯した人間は同一人物かもしれない」

「わたしが気になるのは、彼女が銃を持っていることをどうやって知ったかということだ」警部補がつぶやいた。「銃のことをだれかに話しましたか、ミス・ピジョン？」

「ここではだれにも。まだだれも知り合いがいないんです。もちろん、ロンドンの友人たちは知っています」

「だれかが銃を奪う目的で、あなたを追ってここまで来た可能性はありますか？」ワトキンスが尋ねた。「そんなことをしそうな人間に心当たりはないですか？」

アニーは大きく首を振った。「いいえ。まったくだれも」

「ここに越してきたばかりだと言いましたね、ミス・ピジョン？」警部補が尋ねた。

「どうしてスランフェア村を選んだんです？　ここで働いているんですか？」

「いいえ。わたしは家で三歳の娘の面倒を見ています。ここに来たのは、犯罪や暴力のないところで娘を育てたかったからなんです」アニーは苦々しく笑った。「皮肉なものですよね。ここに来て二週間にしかならないのに、二件も殺人があったなんて」

「二件？」警部補は当惑の表情を浮かべた。「ああ、大佐か。確かに、彼の死も事故ではないようだ。スランフェア村での暮らしがこんな形で始まることになったのは、お気の毒でしたね、ミス・ピジョン。ウェールズの片田舎はいつもこんなふうではないんですよ」

アニーは硬い笑みを浮かべながら、エヴァンが差し出したペーパータオルを受け取り、指を拭き始めた。「わたしが呪われているのかもしれません。行く先々に不運をもたらしてしまうのかも」男たちの顔を見まわしながら尋ねる。「もう帰ってもいいですか？」

「ええ、ありがとうございました。いまのところはこれでけっこうです」警部補は確かめるようにワトキンスの顔を見た。「ですが、無断でどこかに行かないようにしてください」アニーが警察署を出ていこうとしたところで、警部補が言い添えた。

アニーは不安そうな顔で振り返った。「わたしはどこかに行っちゃいけないんですか？　どうして？」

「審問であなたに正式に銃を確認してもらう必要がありますので」ワトキンスが説明した。

「どちらにしろ、ビーチより遠くに行くつもりはありませんけれど。いまは旅行に行くお金なんてないんですもの。それじゃあ、帰ります。またね、エヴァン」

そして彼女は帰っていった。

「興味深い」ドアが閉まったところで、ヒューズ警部補がつぶやいた。「ここに越してきた直後、何者かが彼女の家に侵入して銃を盗んだ。あの女性には、なにか隠していることがあるような気がする。きみはどれくらい彼女のことを知っているんだね、エヴァンズ巡査？」それは質問というよりは、詰問に近かった。

エヴァンは再び顔が赤らむのを感じ、自分の色白の肌を恨んだ。「彼女から聞いたとおりです。先週初めて会い、日曜日にこのあたりを案内してほしいと頼まれ、だれかが侵入したとゆうべ呼ばれただけです」

「不法侵入は本当だと思うかね？」

エヴァンは肩をすくめた。「彼女は心底おびえていました。手がひどく震えていて、ワイングラスが持てなかったくらいです。そのあと、ワインを一気にあおっていました」

「アルコールの問題を抱えているのかもしれない」

「いままでそんなふうに感じたことはありませんでしたが」エヴァンは言った。「初めて会ったときも、酒のにおいはしませんでした」

「だが不法侵入の痕跡は見つからなかったんだろう？」

「ありませんでした」

「二度目だと彼女は言っていました」ワトキンスが口をはさんだ。何者かが日曜日に侵入して銃を盗んだのなら、どうしてまた翌日の夜に戻ってきたんでしょう？」

「それに彼女はどうして今朝になって銃がなくなっていることに気づいた？　まずはそれを調べるべきだとは思わないか？」

「彼女が一度も銃を使ったことがないのなら話は別です」エヴァンは言った。「これまでの習慣で手元に置いていただけかもしれません」

「きみは彼女に鉄壁のアリバイを作ってやったわけだからな、巡査。だが彼女はなんらかの形で関わっているんじゃないかと思う。たちの悪い恋人が背後にいるのかもしれない。彼女が銃を持っていることを知っている人間だ」

「脅されていることを認められないくらい、怖がっている相手ということですね？」ワトキンスが言い添えた。「彼女はだれかから逃げていて、それで突然ここにやってきたんでしょうか？」

警部補はうなずいた。「彼女の素性を調べるんだ、ワトキンス。なにかつかめるかもしれない。それからエヴァンズ、きみは彼女と親しくしておくように。彼女は明らかにきみに興味を抱いている。優しくしてやるといい。いずれきみに気を許して、なにか打ち明けるかもしれない」

エヴァンは顔をしかめたくなるのをこらえた。アニー・ピジョンに優しくしろと警部補が言うのは簡単だ。警部補には、彼のあらゆる行動に目を光らせているブロンウエンがいないのだから。これが仕事の一環だということを、どうすれば彼女にわかってもらえるだろう？

アニー・ピジョンを気の毒だと思い、助けてやりたいと考えたのは事実だ。だが警部補と同じように、彼女がなにか隠しているとも感じていた。エヴァンがそばにいることで、暴力をふるう恋人から彼女を守れるかもしれない。もしその恋人がテッド・モーガンの殺人に関わっているのなら、いまこの瞬間も彼女の身には危険が迫っているのかもしれない。なぜなら、アニーは間違いなく、口にしている以上のことを知っているからだ。たったいま彼女はそれを明らかにした。エヴァンが細心の注意をはらって、大佐の死は事故だと村人たちに思わせてきたにもかかわらず、彼女は殺人だと言い切ったのだ。

14

「捜査を進める前に、話し合いをしておく必要がありそうだ」ヒューズ警部補は、テーブルにつくようにとエヴァンに合図を送りながら言った。「ミス・ピジョンは重要な点を指摘してくれた。この村で起きたのは、一件ではなく二件の殺人だということだ」

警部補はちゃんと人の話を聞いていたようだとエヴァンは思った。

「このふたりの死に関連があるのかどうかを考えなくてはならない。きみの意見を聞かせてくれ、巡査部長」

「そうですね」ワトキンス巡査部長が口を開いた。「一見したところでは、関連があるようには見えません。手口が違いますよね？　ひとつは暴力的な犯罪だ。頭を殴って川に突き落とすのは、力のある暴力的な人間がすることです。ですが二番目の殺人はだれにでも可能です。ごく華奢な女性にも。テッド・モーガンの不意をついて、しつかり狙いをつけるだけでいいんです。それに、あれは女性用の銃でした」

「ふたりの死になにか共通点はあるかね、巡査？」

エヴァンは咳払いをした。学生時代に戻って、気難しい教師と向き合っている気分だ。「わかっているのは、被害者はふたりとも最近この村にやってきた人間で、どちらもロンドンに住んでいたということだけです」

「大事な点だ！」警部補が言った。「メモを取ってくれ、ワトキンス」

「ですが、ふたりがロンドンで接点があったとは思えません」エヴァンはさらに言った。「テッド・モーガンは成功したビジネスマンですが、大佐はわずかな年金で暮らしていて軍のクラブに顔を出す程度でした。それにロンドンは大きな町です」

「それからミス・ピジョンだが、彼女もロンドンから来たのかね？」

「いいえ、マンチェスターからです」

「マンチェスター？　ランカシャーなまりはなかったようだが」

「ここに来る前にマンチェスターに住んでいたという意味かもしれません」

「なるほど。ともかく、彼女もここに来たばかりだという共通点があるわけだ。それもメモしておいてくれ、巡査部長」

ワトキンスは顔をしかめながら、メモ帳に書きつけた。

「だがまずは、もっとも考えられる線から調べるべきだろう」エヴァンたちの顔を眺めるヒューズ警部補は、いかにも楽しそうだ。「われわれ刑事が最初に尋ねろと言われている質問はなんだ？　その死で得をする人間はだれか、だ。だれなんだ？」

「テッド・モーガンには姉がいます」エヴァンは答えた。「結婚して、ベズゲレルト近くの山の麓に住んでいます」

「それではワトキンス巡査部長、その姉に話を聞いてくるように。すべてはそれからだ。わたしは現場に戻る。鑑識が見逃した証拠が必ずあるものなのだ」警部補はポケットから拡大鏡を取り出し、検察医に声をかけた。「いっしょに行きますか、先生？」

「ホームズとワトソンの退場だ」ふたりが出ていくと、ワトキンスがつぶやいた。「あの拡大鏡を見たか？　警部補は本当にあれを使うんだ。まあ、警部補がご機嫌で我々を放っておいてくれるなら、文句を言うこともない」彼は立ちあがった。「それじゃあ、モーガンの姉に会いに行こうか？」

「ぼくもいっしょにですか？」行きたいのはやまやまだったが、エヴァンは不安だった。「警部補がいやがるんじゃないでしょうか？」

「いっしょに来てもらわないと困るんだよ。わたしはウェールズ語があまりうまくないんでね。通訳が必要なんだ」ワトキンスはにやりと笑うと、ドアのほうへと歩きだした。

エヴァンとワトキンスがドアをノックしたとき、サムとグウィネスのホスキンス夫妻は昼食のテーブルにつこうとしているところだった。グウィネスに案内されてふたりが天井の低い暗い台所に入っていくと、サムはラムレッグから大きなピンク色の肉片を切り分けていた。

「それじゃあ、本当なんですね？」グウィネスは落ち着かない様子でエプロンで手を拭きつつ、尋ねた。

「では、もうお聞きになったんですね？」エヴァンが訊いた。

「エルズペス・リーズが今朝電話をくれたんです。すぐには信じられませんでしたよ。あのテッドが自殺？」彼女はきっぱりと首を振った。「うちの一家には、頭のおかしな人間はひとりもいないはずなのに」

サム・ホスキンスは肉を切り終え、今度はキャベツのピクルスをたっぷりと皿によそっている。「食べながらで悪いが、すぐにひつじたちのところに戻らなきゃならんのでね。農民には、ゆっくりと昼食をとっているような贅沢《ぜいたく》は許されないんだ」

「たったいま戻ってきたところなんですよ」グウィネスはサムにちらりと目を向けた。

「どうすればいいのかわからなくて。サムも絶対信じないだろうって思ってました。あのテッドが。自殺するようなタイプじゃなかったのに」

「そのとおりです、ミセス・ホスキンス。彼は自殺するようなタイプじゃなかった」ワトキンスが素っ気なく言った。「どうも引き金を引いたのはべつの人間で、自殺に見せかけようとしたみたいです」

「そっちのほうがうなずけるね」サム・ホスキンスはラム肉とパンを口いっぱいに頬張りながら言った。「テッドを穴だらけにしたがっていた人間は大勢いただろうからな」

「黙って、サム。そんなこと、言うもんじゃないよ」グウィネスはぎょっとしたようにたしなめた。「死んだ人間のことを悪く言うのはよくないよ」

「当然の報いだよ」サムは大きく切ったラム肉を口に放りこんだ。

グウィネスは訴えるような目でふたりを見た。「テッドとわたしは仲がよかったとは言いません。テッドが死んで悲しくてたまらないとは思えない。テッドはうちのおちびちゃんで、なにをやっても許されていたんです。でも実際は残酷な子供でした。わたしが飼っていたウサギを殺しておいて、父の前では狩りに行ってウサギを撃ったっていうふりをするくらい図々しかった。それで褒美までもらったんですよ。母が死んだあとは、わたしがテッドを育てたようなものです。あの子が六歳で、わたしは一〇歳だった。それなのに大人になっても、これっぽっちも感謝してもらったことなんてありません。さっさとここを出ていって、つい最近まで一度も戻ってこなかったんですから」

「クリスマスカードすらよこしたことがなかったな、グウィネス？」サムはそう言いながら、紅茶のカップを手に取った。

「テッド・モーガンを穴だらけにしたいと思うような人間に心当たりはありませんか、ミスター・ホスキンス？」エヴァンは静かな口調で尋ねた。「あなた以外に？」

「どういう意味です、ミスター・エヴァンズ？」グウィネスが問いただした。「サムが関わっていると言いたいんじゃないでしょうね？」

「とんでもない。ぼくはただ、テッド・モーガンを殺したいくらい嫌っている人間を知っていたら教えてもらいたいと思っただけです」

「大勢いると思うね」サムが言った。「あの男は人をからかって、喧嘩をふっかけるのが好きだったからな。肉屋のエヴァンズがいい例だ。あいつらは子供のころから、ずっといがみあっていた。それにゆうべの村の集会で、あいつはテッドにつかみかかったっていうじゃないか」

「あなたは集会には行かなかったんですか？」エヴァンは尋ねた。

「どうして行く必要があるんです？　スランフェア村でなにがあろうと、わたしたちには関係のないことです」グウィネスが急いで答えた。「それに、わたしたちは夜は早く寝ますから」

「ゆうべの八時以降、どこにいたのか教えてもらえますか？」

「くだらない質問だな」サムが吐き捨てるように言った。「この時期、おれたちは朝四時に起きる。ベッドに入るのは九時頃だ」

「それでは、家にいたわけですね？　ベッドのなかに？」ワトキンスが訊いた。「証明はできなさそうだ」

「寝室のクローゼットにハーレムを隠してはいないからな。だれかいれば、おれのために証言してくれたんだろうが、残念ながら女房がひとりいるだけだ」

エヴァンは思わずにやりとした。

「まだ彼の遺言書は見つかっていませんが、あなたが第一の相続人かもしれません」ワトキンスが言った。

「テッドのお金をわたしが相続するっていうこと？」グウィネスの顔が輝いた。

「それに農場もだろう」サムが言い添えた。

「うれしいね」グウィネスは頬を鮮やかなピンク色に染めてサムを見た。「まだ本当とは思えませんよ。あまりに突然すぎて」彼女は胸に手を当て、首を振った。「いつわかりますかね？」

「遺言書が明らかにされれば、彼の弁護士から連絡があるはずです」ワトキンスが言った。「あとは、あなたの弟さんを殺した犯人が見つかったときに。ところでミスター・ホスキンス、あなたたちのどちらかが銃をお持ちですか？」

「もちろん持っているさ。おれのひつじの近くでキツネを見かけたら、躊躇せずに使うね」サムは台所の隅に置かれている戸棚を開けて、年代物の散弾銃を取り出した。

「ありがとうございます。いまのところは以上です」ワトキンスがお礼を言った。

「昼食を邪魔してすみませんでした」

「いいさ。いい知らせを持ってきてくれたんだからな、そうだろう？」サム・ホスキンスは玉ねぎのピクルスにフォークを突き立てながら言った。

　グウィネスはふたりの警察官を玄関まで送り、ドアを閉め、それから台所に戻った。

「やっぱり、ゆうべあんたがどこにいたのかを話したほうがよかったんじゃないの？どっちにしろ探り出すだろうし、そうなったらわたしたちの立場が悪くなるよ」

「おまえがしゃべらなければ、あいつらはなにひとつ見つけられやしないさ」サム・ホスキンスは静かに言うと、落ち着いた態度で食事を続けた。

「どう思った?」ワトキンスは再び車で丘をのぼりながら、エヴァンに訊いた。「彼がやった可能性はあるだろうか?」

「可能性はあるでしょうが、考えにくいですね。彼があの小さくて上品なピストルを撃つところを想像できますか? 自分のだと言って見せてくれたのは、ばかでかい散弾銃だった。彼がテッドの頭を殴るところは想像できますよ、大佐が殴られたみたいに。ですが、あんなふうに撃つとは思えない。そもそもサムを前にしたら、テッドは身構えたはずだ。彼の表情を見れば、不意をつかれたことがわかります」

ワトキンスはうなずいた。「彼女はどうだろう?」

「グウィネスですか? 彼女にそれだけの度胸があるとは思いませんね。臆病な女性のように感じましたが」

「だが、そう思われたがっているほど純真でもない。わたしたちが行く前から、財産のことを考えていたのは確かだよ。驚いたり、喜んだりして見せたのは、明らかに演技だった。彼女は相当な金持ちになるんだ」

「ですが、村じゅうの人間が集まっている夜をどうしてわざわざ選ぶんです？　普段であれば、一〇時に村の大通りを歩いてもだれにも会わないのに」

「もっともだ。つまり、テッドにアドベンチャー・パークの計画を進めてもらいたくなかった人間の仕業だということになる。やはりここでも肉屋のエヴァンズが浮かんでくるな。残念だが、警部補に報告しなければならないようだ」

エヴァンはうなずいた。「仕方がないでしょうね。彼ではないとぼくは確信していますが」


「よくやった」ヒューズ警部補は珍しく興奮した様子で、机をぴしゃりと叩いた。「見事に的を射抜いたようだな。難しい事件ではないと思っていたんだ。あとは指紋か泥の痕跡でもあれば、逮捕できる。鑑識の作業ももうすぐ終わるだろう。すべて分析にまわすように命じてある」

「そうでしょうとも」ワトキンスの素っ気ない返事を聞いて、エヴァンは笑いたくなるのをこらえた。

「では、昼食にするかね？」ヒューズが言った。「この村のパブではちゃんとしたものが食べられるのか、エヴァン？」

「ミートパイとソーセージロールがお好きなら」エヴァンが答えた。

警部補は身震いした。

「昼はたいしたものがないんです」エヴァンは申し訳なさそうに言い添えた。「パブのハリーもベッツィも料理ができないので」

「そういうことなら、カナーボンまで行ったほうがよさそうだ。〈プリンス・オブ・ウェールズ〉なら、まずまずのフェットチーネが食べられる」警部補は上機嫌だった。「喧嘩好きな肉屋を連れてきて、尋問してみてもいいかもしれない。たいていの人間はそれですくみあがるからな。ふむ、彼を連れてきてくれ、ワトキンス」

「ここにですか？　いま？」ワトキンスは訊き返しながら、ちらりとエヴァンを見た。

「そうだ。さっさとこの事件を片付けたい。なにをぐずぐずしているんだ？」

「サー、彼は犯人ではないと思います」エヴァンはおそるおそる進言した。「疑わしく見えるのはわかっていますが、でも――」

「ばかばかしい。これ以上なにが必要だ？　彼は村じゅうの人間が見つめるなかで、テッド・モーガンの首を絞めようとした。酔っぱらっていて、家まで連れて帰らなければならなかった。その後、モーガンの家に行ったことを認めている。彼には動機があった。機会もあった」ワトキンスとエヴァンを見つめる警部補の顔には、満足そうな笑みが浮かんでいた。「これで昇進するかもしれないぞ。さあ、さっさと彼を連れてくるんだ」

「いっしょに来てくれないか、エヴァン」ワトキンスが言った。「手錠を持って。おとなしく同行してくれないかもしれない」

「おとなしく来るわけがないですよ」署をあとにしながら、エヴァンが言った。「やってもいないことのために逮捕されたら、ぼくなら暴れますね」

ワトキンスはエヴァンに顔を寄せて言った。「あまり彼に肩入れしすぎないほうがいい。こうと思いこんだときの警部補がどんなふうだか、きみも知っているだろう？彼に考え直させるには、モーガンを殺すもっと強い動機を持つ人間を見つけるしかない。それに、きみが間違っているという可能性もあるわけだし」

「肉屋のエヴァンズの犯行かもしれないという意味ですか？」エヴァンは首を振った。「彼はテッドを殺したかもしれませんが、大佐の頭を殴ったりは絶対にしません。大佐とは仲良くやっていましたし、大佐が遺跡を見つけたときにはものすごく興奮していたんですから」

だがそうではない人間がいたのだと、エヴァンは車の往来が途切れるのを待ちながら考えていた。考古学者に連絡するのを阻止しようとした人間。スランフェア村が開発されたり、有名になったりすることを望まない人間。当てはまる人物はいるだろうか？

「おいおい、またか！」エヴァンたちが再び店に入っていくと、肉屋のエヴァンズはうんざりしたように顔をしかめた。「今度はなんだ？」

「警部補が話を聞きたがっていまして」ワトキンスが言った。「警察署で」

「ここに来させればいい。おれは忙しいんだ」肉屋のエヴァンズがうなるような声で応じた。

「警察署に来てもらいます、エヴァンズ。いますぐに」

肉屋のエヴァンズの顔が真っ赤に染まった。「偉そうに命令しやがって、いったいなに様のつもりだ？　ゲシュタポでもあるまいし」

「訊きたいことがあります、エヴァンズ。指紋も取らせてもらいます。いっしょに来てください」

「ゆうべなにがあったかは話したはずだ」肉屋のエヴァンズの声が大きくなった。

「テッドの家には行ったが、なかには入らなかったと言っただろう」

「警部補に直接そう言ってください」

肉屋のエヴァンズは、手のなかの肉切り包丁を握りしめた。「おれはテッドの死には無関係だと言ったはずだ。これ以上話すことはないから、もうおれのことは放っておいてくれ。仕事があるんだ」彼は乱暴にポークリブを切り始めた。「帰れ。さっさと失せろ」

「手錠はあるか、巡査?」ワトキンスが訊いた。エヴァンはしぶしぶ手錠を出した。

「こんなことはしたくないんだ、ガレス」エヴァンは肉屋のエヴァンズに言った。

「おとなしく来てくれないか?」

「おれはなにもしていないって言っただろう!」肉屋のエヴァンズが叫んだ。「おれはどこにも行かないぞ。自分の権利は知っている。弁護士がいないところでは、おれには触れないはずだ」

「弁護士とはそのうち話ができる」ワトキンスは開いた手錠を持ち、肉屋のエヴァンズに近づいた。罠《わな》にかかった動物のように、肉屋のエヴァンズの視線があたりをさまよった。「やめろ! 手錠なんてかけるな!」肉切り包丁を持つ手が途中まであがった。

「なにをぐずぐずしているんだ、巡査部長?」ヒューズ警部補の歯切れのいい声が響き、全員がぎくりとした。戸口に立った彼は嫌悪感も露わに肉屋のエヴァンズを見つめている。「抵抗しているのか？　ばかな男だ。手錠をかけて、本部に連れて行くんだ、ワトキンス。向こうでわたしが尋問する」

　肉屋のエヴァンズは手をおろした。しぼんだ風船のように、その体から力が抜けた。手首にかけられた手錠をおののいたようなまなざしで見つめる。「やめてくれ。留置場に連れて行かれるところを客に見られたら、どうなる？　ここらの人間がどんなだか、知っているだろう？　商売が立ちゆかなくなる。おれはまともな人間なんだ。エヴァンズ巡査に訊いてくれればわかる。彼が説明してくれる。そうだろう、エヴァン？」

「これ以上、事態を悪くしないことだ、ガレス」エヴァンは言った。「おとなしく訊かれたことに答えるんだ。なにもしていないのなら、心配することはないさ」

「心配することはない？　独房に閉じこめたあと、警察がどうやって自白させるのか、知っているぞ。カナーボンには拷問部屋があるんだ。おれをそんなところに連れていかせないでくれ、エヴァン。助けてくれ」

　肉屋のエヴァンズがワトキンスのパトカーの後部座席に押しこまれるのを、エヴァンは顔をしかめて見つめていた。発進する車から彼の叫ぶ声が聞こえてくる。エヴァンは吐き気がこみあげてくるのを感じていた。

15

エヴァンは机の前に座り、壁を見つめていた。あんなことがあったあとだったから、静けさに押しつぶされそうだ。肉屋のエヴァンズの打ちひしがれた表情が脳裏から離れず、彼の信頼に応えられなかったことに責任を感じていた。

やがてエヴァンは立ちあがり、外に出た。山頂からひんやりとした心地いい風が吹いていて、空にはタンポポの綿毛のような雲が漂っている。エヴァンは腕時計を見た。昼食の時間はとうに過ぎていたが、空腹は感じなかった。朝食をとり損ねているのだから、本当なら午前のなかほどにはひどくお腹がすいて、ガソリン屋のロバーツのところでポテトチップを数袋買っていてもおかしくない。いま家に帰れば、ミセス・ウィリアムスが用意した山盛りの食事がオーブンのなかで彼を待っているだろう。彼女もまた、山ほどの質問を用意して待ち構えているに違いない。

エヴァンは衝動にかられ、オーウェンズの農場に向かってひつじ道をのぼり始めた。

向かい風のせいで息苦しかったが、それでも農家の脇を通り過ぎ、村が眼下に見渡せるあたりにやってくるまで、足取りを緩めることはなかった。ここからだとこんなにも整然として見えるのに。殺人が起きた場所だとはとても思えなかった。

この数日の出来事は、なにひとつ筋が通らない。老いた大佐が古代の遺跡を発見したあとで頭を殴られて殺された。何者かがアニーの家に侵入し、銃を盗み、その銃がやはりここに越してきたばかりの男の命を奪った。肉屋のエヴァンズが容疑者として逮捕された。

エヴァンは大きな岩の上に腰をおろした。灰緑色の地衣にうっすらと覆われた岩は、日光でほどよく温まっていた。ブロンウェンがいてくれればよかったのにとエヴァンは思った。彼女に話をすると、頭のなかが整理されてくるのだ。けれどいまブロンウェンは授業中で、エヴァンはひとりで霧のなかをさまよっている気分だった。

肉屋のエヴァンズ。まず考えるのはそこからだ。彼はテッド・モーガンを殺した犯人ではないとぼくが確信しているのはなぜだ？　殺してやると脅したのだし、実際に首を絞めようとした。テッドのバンガローに行ったことも認めている。だがあの小さな銃が手に入る唯一の凶器だったなら、集会所で怒りにかられていたときにどうして引き金を引かなかったのだろう？　そもそも彼はどうやってアニーの銃を手に入れた？　アニーが銃を持っていることをどうして知っていた？

　エヴァンは丘の斜面に目をやり、ぎくりと体をこわばらせた。だれかが足早にこちらに近づいてくる。ひるがえる長いスカートを見れば、だれであるかはすぐにわかった。なにか緊急事態に違いないとエヴァンは思った。彼を捜しにきたのだ。エヴァンは立ちあがった。

「どうかしたのか、ブロン？」

　ブロンウェンはぎょっとして足を止めた。「あなたは岩のうしろから不意に現われるのが趣味なの、エヴァン・エヴァンズ？」不安そうに笑いながら言う。「喉から心臓が飛び出るかと思ったわ」

「すまない。ぼくを捜しにきたのかと思ったんだ」

「あなたを？」

「村でなにか起きて、きみをよこしたのかと思った」エヴァンは顔が赤くなるのを感じた。「きみは学校があるんじゃないのかい？　今日は火曜日だろう？」

　ブロンウェンはけげんそうな彼を見て笑った。「保護者面談があるから、授業は午前中で終わりだったの。成績表を見ておかなきゃいけないんだけれど、ちょっと休憩しようと思って」

「不思議だね。たったいまきみのことを考えていたところだ」

「うれしいわ」ブロンウェンは紫がかった青い瞳で彼を見つめた。

エヴァンはうなずいた。「きみに話をすると、なぜか物事がはっきり見えてくるんだ」

ブロンウェンは岩に腰をおろした。「いいわ、話してちょうだい」

「面談があるんだろう？」

「一時間後よ」ブロンウェンは自分の横の岩を叩いた。「ほら、座って。わたしにできることがあるなら、手伝うわ」

エヴァンは言われたとおり、座った。「今朝、テッド・モーガンの死体が見つかったことは聞いているだろう？」

ブロンウェンはうなずいた。「大声でわめいている肉屋のエヴァンズが連れて行かれたことも」

エヴァンはため息をついた。「彼は明らかに怪しい。ゆうべ、テッドを殺してやると脅したところはみんなが見ている」

「でもあなたは、彼の仕業じゃないと思っているのね？」

「そう思っていた。だがいまは確信が持てなくなった。ぼくは彼のなにを知っているだろうと考えていたんだ。過激なほどの国粋主義者で、癇癪持ちで、おいしいビールが好きだということ以外に」

「どうして彼がテッド・モーガンを殺していないと思ったの？　友だちだから？」

エヴァンは首を振った。「彼らしくないからだ。握り部分が真珠の小さなリボルバー。眉間に一発」

「肉切り包丁で真っ二つにしていたなら、彼らしい？　それとも素手で首を絞めるとか？」

「そうだな」エヴァンはうなずいた。「だがそれも、酔って頭に血がのぼっているときだけだ。冷静になったら、そんなことはしない。だが、考えていたことがあるんだよ、ブロン。家のまわりに不審者がいたとアニー・ピジョンは言っている。それが肉屋のエヴァンズだとしたら？　奥さんは頻繁に留守にするそうだ。彼が、魅力的な女性をのぞき見するような男だとしたらどうだろう？」

「茂みを抜ければ、彼の家から彼女の家の裏庭まで行くのは簡単ね」ブロンウェンが言った。「でも、もしそうなら噂になっていたはず。ここのような村では、なにもかも筒抜けだもの」

「彼がのぞいていたのはアニーだけだったのかもしれない。妻が留守にしているときに、突然セクシーな女性がスランフェア村にやってきたんだ。彼女は思わず振り返るような女性だからね」

「ええ、そうね」ブロンウェンは冷ややかな口調で言った。

エヴァンは気づかないふりをして、言葉を継いだ。「銃のことを忘れていたと言ったアニーの言葉は、本当じゃないのかもしれない」

「銃？　彼女のものだったの？」

「持っていることも忘れていたと彼女は言っている。不審者が侵入して盗んだに違いないというのが彼女の言い分だ。だが肉屋のエヴァンズがのぞいているときに彼女が銃を取り出したのでないかぎり、テッド・モーガンを殺すのに使えるはずがないだろう？」

「確かにそうね」

「もうひとつ筋が通らないのが、大佐の件だ」

ブロンウェンは驚いて顔をあげた。「大佐？」

「肉屋のエヴァンズは絶対に大佐を殺したりしない。そうだろう？」

ブロンウェンの目がいっそう大きくなった。「大佐は殺されたということ？　事故だとばかり思っていたわ」

「内密にしていたんだ。みんなを不安にさせたくなかったから。何者かが大佐の頭を殴って、川に突き落とした」

「肉屋のエヴァンズはそんなことはしないってあなたは思うのね？」

エヴァンはうなずいた。「彼は大佐が好きだった。それに、大佐が古い遺跡を発見したおかげで、スランフェアに歴史的な記念物ができると言って大喜びしていた」

「でも、観光客が増えるのはいやがっていたわよ」

「だからといって大佐を殺す理由にはならないよ。テッド・モーガンがテーマパークを造るのをやめさせたいとは思ったかもしれないが、それとは話が違う」エヴァンは言葉を切り、記憶をたぐった。「それに、肉屋のエヴァンズには大佐を殺せない。大佐が出ていったあとも、彼はパブにいたんだ。それは間違いない」

「ということは、殺人犯がふたりいることになるわね。スランフェアのような小さな村で、ほんの数日のあいだに。考えにくいわ」ブロンウェンは顔に落ちてきた髪をはらうと、立ちあがった。「ごめんなさい、わたしはそろそろ戻らないと。最初の面談が二時半からなのよ。フレディ・プライスのお母さんよ。息子を甘やかしすぎだって、うまく伝える言葉を考えないといけないの」

エヴァンも笑顔で立ちあがった。「ぼくたちはそれぞれに問題を抱えているわけだ。

ぼくもいっしょに戻るよ」

　ふたりは山道をおり始めた。

「これからどうするの？」

「わからない。ワトキンス巡査部長の言うように、肉屋のエヴァンズを容疑者リストからはずすためには、もっと怪しい人間を見つける必要がある」

「たとえば？」

　エヴァンは肩をすくめた。「テッド・モーガンの死で利益を得るのは、彼の姉夫婦だ。だがふたりは大佐を知らない。アニー・ピジョンのことも知らないし、もちろん彼女が銃を持っていることを知るはずもない」

「どうして犯人が地元の人間だと決めつけるの？　大佐とテッド・モーガンがどちらもロンドンから来たのなら、犯人だってロンドンの人間かもしれないでしょう？　わたしなら向こうでのふたりの生活をロンドン警察に調べてもらうわ」

「それはすでに警部補が依頼している。そもそも、ぼくには関係ないことなんだよ。ぼくは死体を見つけて、本部に連絡した。あとは村の巡査に戻って、いつもの仕事をしていればいいんだ」

「でもそのつもりはないんでしょう？」ブロンウェンは挑発的な笑みを浮かべた。

「ぼくは自分の手で真実を見つけたい」

ふたりは学校に通じる小道までやってきた。ブロンウェンが足を止める。「わたしにできることはなんでもするわよ、エヴァン」

「ありがとう、ブロン。それじゃあ」

「土曜日を楽しみにしてる」

「土曜日?」エヴァンはぽかんとして訊き返した。

「イタリア料理よ。まさかもう忘れたなんて言わないでね。初めてのデートなのよ」

ブロンウェンは傷ついたような表情になった。

「もちろん忘れてなんていないよ。ただここ数日、考えることがいっぱいあったものだから。イタリア料理――いいね」

「まるで、歯医者に行くみたいな口ぶりね」ブロンウェンがとがめた。

「そんなことないって。本当に楽しみにしているんだ。上等のスーツを用意しておくよ」

ブロンウェンは声をあげて笑った。「お葬式のときにだけ着る、あのスーツ? ただのディナーなのよ、エヴァン。そんなに深刻なものじゃないわ」

ブロンウェンは三つ編みにした長い髪を背中にはらい、学校の裏門へと歩きだした。

エヴァンは笑顔でそのうしろ姿を見つめていた。もう女性とは深く関わりたくないなんて考えたのは、ばかだった。いいかげん、過去は忘れて人生を楽しんでもいいころだ。自分には関係のない殺人事件の捜査など忘れて……。

時計の針が〈レッド・ドラゴン〉の開店時間を指したときには、エヴァンはほっとした。その後本署からなにも連絡はなかったし、肉屋のエヴァンズも戻ってきていない。彼が妙なことを口走っていっそう困った事態に陥っていないことを祈るばかりだ。今夜はパブに行くもっともな理由があった。男たちのほとんどが集まっているだろうから、なにか耳新しい情報を得られるかもしれない。それどころか、犯人があそこにいる可能性だってある。殺人犯はうぬぼれているものだろう？　事件について嬉々として話したがるだろうし、警察の捜査がどれくらい進んでいるのかを知ろうとするはずだ。なにひとつ見逃すつもりはなかった。

　パブはがらんとしていた。ベッツィがひとりでもの思いにふけっているだけだ。今夜の彼女は珍しくシンプルな花柄のワンピース姿だった。光の筋に照らされた彼女は、普段は見られない純粋で無垢《むく》な雰囲気を漂わせている。エヴァンはその場で足を止め、彼女を見つめた。好みのタイプではないと決めつけたのは、性急だったかもしれない。

エヴァンに見つめられていることに気づいたのか、ベッツィは顔をあげて微笑んだ。「大変な一日だったわね、エヴァン」彼が注文するのを待たず、マグにビールを注ぎ始める。「さあ、飲んで。これで新しいあなたになれるわよ。もちろん古いあなたも充分素敵だったけれど」ベッツィはうっとりしたまなざしで彼を眺めた。

「ありがとう、乾杯」エヴァンはマグの中身を半分、一気に喉に流しこんだ。「これが飲みたかったんだ」

「今日はあの話でもちきりだったわ」ベッツィが言った。「みんな信じられないって言ってた。テッド・モーガン——自信満々みたいに見えたじゃない？　あたしはいままで大勢の男の人を見てきたから、自分を重要な人間だって思っている人はわかるのよ。テッド・モーガンがあたしを見る目は——まあ、彼はあたしの父親にしてもおかしくないくらいの年だったし、いくらお金持ちでもデートするつもりなんて絶対になかったけど」

エヴァンは残りのビールを飲み干した。「彼が自分で引き金を引いたようには見えないんだ」

「あたしもそう考えていた。肉屋のエヴァンズが尋問のために連れて行かれたって聞いたけど、彼がどう関わっていると思われているの？」

「ゆうべ彼は、みんなの目の前でテッド・モーガンの首を絞めようとしたんだ」

「あら、あのこと？　いかにも彼らしいじゃない。あなただって彼のことはわかっているでしょう？　すぐ頭に血がのぼるのよ。でも実は無害なの。警察の人に教えてあげなきゃいけないかしらね。同じものでいい？」ベッツィは答えを待つことなく、マグにお代わりを注ぎ始めた。「彼が、あとから後悔するようなことを言ったりしないといいんだけれど。ほら、イギリスの女王を殺してやると脅すとか、警部補がイギリス人だからってけちゃもんをつけたりとか」

エヴァンは笑って言った。「確かに。彼は時々、とんでもなくばかみたいなことをしでかすからね。だがきみは、彼には人殺しはできないと思っているんだね？」

「たまたま殺してしまったっていうなら、あるかもしれない。でも、わざわざだれかの家に押しかけて撃ち殺すとは思えない」

「だが、だれかがそうしたんだ」

「どうしてここで犯人を捜すわけ？　だって、あたしたちはだれもテッド・モーガンのことを知らないのよ。あたしが生まれる前にこの村を出ていって、それっきりだれとも連絡を取っていなかった。この二〇年、彼がなにをしていたかなんてだれも知らないんだから」

エヴァンはうなずいた。

「彼に棄てられて、恨みを抱いている女性がいたのかもしれない。あの人、浮気っぽい感じだったもの。服を脱がせたいって思っているみたいな目で、あたしを見ていた。わかるでしょう？　その女性がここまで彼を追ってきて、思い知らせたっていう可能性はあると思うけど」

「このあたりをうろついている怪しい女性を見たのかい？」エヴァンはくすくす笑いながら訊いた。「そんな女性がいたら、だれかが気づいているはずだ」

「そうとも限らない」ベッツィはわかったような顔で言った。「大規模な集会があった夜だったのよ？　みんなが集会所に集まっていた。だれだって村にやってきて、テッド・モーガンのバンガローで彼を待ち伏せすることはできた。車で来ていた人は大勢いたわ。見たことのない車がたくさん止まっていたもの」

「ベッツィ、きみは探偵になるべきだったね」

「それよりは、いずれ結婚したいわ」

「本部に独身の男がいないかどうか、ワトキンス巡査部長に訊いてみようか？」

ベッツィは顔をしかめた。「ここで働いているんでなかったら、このグラスをあなたに投げつけているところよ。永遠に逃げているわけにはいかないのよ、エヴァン・

エヴァンズ」

「女性のことで頭を悩ませなくても、人生は充分に複雑だよ」

「それならロンドンに行って、テッド・モーガンを殺す動機がある人間を探すことね」

「無理に決まっているだろう？　ぼくは犯罪捜査課の人間じゃない。スランフェア地区の地域警察官にすぎないんだ」

「空いている時間になにをしようと、あなたの自由なんじゃないの？」

エヴァンはにやりとした。「それはそうだ」

「もしだれかをいっしょに連れていってもいいと思うなら……ウェスト・エンドのショーを観たくて、オックスフォード・ストリートでショッピングがしたくてたまらないと思っている人間がいるかもしれないわよ？」

「この週末、ワトキンス巡査部長に予定がないかどうかを訊いてみるよ」

ベッツィは今度こそ、角氷をエヴァンに投げつけた。素早くかわしたエヴァンだったが、あとずさった拍子に、ちょうど店に入ってきただれかにぶつかりそうになった。

「あ、すまない、アニー。見えなかったんだ。彼女にいじめられていてね」

「そうみたいね」アニーが言った。「ゆっくりはしていられないの。テレビを見ている娘を置いてきたから。あなたがパブに入るのが見えたから、一杯ごちそうしようって思っただけなのよ。あなたがしてくれたことへのお礼に」

「お礼？　ぼくはなにもしていないよ、アニー。自分の仕事をしただけだ」エヴァンは顔が熱くなるのを感じた。どうにも気まずい。ベッツィに非難するようなまなざしを向けられていることを強烈に意識した。

「あら、あなたはそれ以上のことをしてくれたわ」アニーはさらに言った。「あなたがいるから安心できた。それだけでとても心強かったの」

「安心？」

「守ってほしかったのかもしれない。ひとりでもちゃんと生きていけるって思っていた。でも、強くてたくましい男の人にそばにいてもらいたくなることもあるのね」

「なにか飲みますか？」ベッツィがウェールズ語で訊いた。

アニーはぽかんとした顔になった。

「アニーはウェールズ語ができないんだ、ベッツィ」エヴァンは言った。「越してきたばかりなんだよ」

「早く覚えることね。みんながなにを言っているのかを知りたいのなら」ベッツィが再びウェールズ語で言った。

エヴァンはアニーに向き直った。「なにを飲むのかって訊いているよ。あ、ぼくがおごるから」

「でも、わたしがごちそうしたかったのに」

「なにをごちそうするんだか」ベッツィがウェールズ語でつぶやく。

「それは絶対にだめだ」エヴァンが言った。

アニーはまぶしいほどの笑顔を彼に向けた。「強引な男の人って好きだわ。それじゃあ、お言葉に甘えて、ライムを入れたラガーを急《クイック》いで飲んで帰ることにするわね」

「ラガーと生石灰《クイックライム》？」ベッツィの顔にはうっすらと笑みが浮かんでいた。

ベッツィの頭がどうかしたわけではないとエヴァンにはわかっていた。彼女はときに頭の弱い金髪娘のような振る舞いをするが、実はとても機知に富んでいる。ベッツィがラガーを注ぎ、エヴァンがそれをアニーに渡した。

「座って飲んでいく時間はあるかい？」エヴァンが訊いた。

アニーはドアに目を向けた。「あまり長いあいだ、あの子をひとりにしておきたくないんだけれど、窓のそばに座れば家の玄関を見ていられるわね。戻ってくるまで、じっとしていなさいって言ってきたの。大丈夫だと思う」

アニーは窓の近くのテーブルに腰をおろした。

「今日は本当にショックだったわ。銃がなくなっていたことにも驚いたし、警察がなにを考えているかを知って震えあがった。いままで気がつかなかったなんて本当にばかみたいだけれど、荷ほどきをしたときに銃を見かけたかどうかすら覚えていないのよ。下着をまとめて引き出しに入れただけだから、銃もそのなかに紛れていたんだと思う」

「そうでなかったとしたら？　引っ越してくる前に、だれかが盗んでいたとしたら？　ありえることだろうか？」

「だれがそんなことをするの？」

「きみに心当たりはないのかい？」

アニーは首を振った。「だれも。わたしは女友だちといっしょに住んでいたの。前にも言ったとおり、もう何年も銃のことなんて思い出しもしなかった。でも、不審者がいたのは運がよかったということね？　そうでなければ、あなたはわたしの家に来ることもなかったから、わたしが疑われていたわ」アニーはラガーをひと口飲んだ。

「でも、犯人はもう捕まったって聞いた。あなたとわたしが日曜日に散歩をしているあいだに侵入したのは、その人だと思う？」

「わからない。警察は今日、きみのコテージから指紋を取ったんだろう？　一致するものがあるかどうか、結果を待とう」

「静かで平和なスランフェア村。だれがこんなことを想像したかしら」アニーは声をあげて笑うと、グラスの中身を飲み干した。「さあ、もう帰らないと。冷蔵庫にワインが冷えているの。よかったら、いつでも寄ってちょうだいね」

エヴァンは、アニーと親しくしろと命じられたことを思い出しながら答えた。「時間があれば」

「ごちそうしてくれてありがとう。あなたって、本当に優しいのね」アニーは立ちあがった。「カウンターのなかにいる人にも挨拶しておいてくれる？　わたしはウェールズ語ができないんですもの」


翌朝ベッツィは早起きをして、ブロンウェンに会いに行った。大きく深呼吸をしてから、校庭の中央で子供たちに囲まれて立っている彼女に近づいていく。

「ブロンウェン・プライス、話があるの」ベッツィは言った。

ブロンウェンは真剣な表情の子供たちを眺めた。

「いまはだめ、ベッツィ。この子たちを並ばせないといけないの」そう言って手を叩く。「ほら、みんな並んで。押さないのよ、グウィラム。走ってもだめよ」

子供たちはもみあいながらも、なんとか二列に並んだ。男の子の列と女の子の列。

「急ぐ話なのよ、ブロンウェン。すぐに話さなきゃいけないことなの」ベッツィは、列の先頭に歩いていくブロンウェンのあとを追った。「でないと、手遅れになる」

ブロンウェンはけげんそうにベッツィを振り返った。「なにが手遅れになるの？」

「あたしたち。あなたとあたし。あなたの味方をする日が来るなんて夢にも思わなかったけど、スランフェア村の女は手を組まなきゃいけないみたい」

「どうして？」

「あの女と会った？」

「越してきたばかりの人？」

「エヴァンに狙いを定めている女」

ブロンウェンの顔が赤くなった。「エヴァンは絶対に――」

「絶対なんてない」ベッツィは譲らなかった。「彼が頼まれたらいやと言えないことも、どれほどナイーブかも知っているでしょう？　彼女がまつげをぱちぱちさせて、助けてくれて本当にうれしかったって言えば、エヴァンは大喜びするのよ」

ブロンウェンは不安げに笑った。「エヴァンはそういう人だもの。だれかの役にたつことが好きなだけよ」

「ゆうべ彼女はまた、ワインを飲みに来てってエヴァンを誘ったのよ。エヴァンは断らなかった。あたしはこの耳で聞いたんだから」

ブロンウェンは、子供たちがそわそわしだしていることに気づいた。「それじゃあみんな、教室に入りましょう。押さない、喋らない。さあ、行って。シアン、女の子が先よ」

二列に並んだ子供たちは校舎へと進んでいき、ブロンウェンはベッツィに視線を戻した。「わたしたちになにができると思うの？」

「なにかしないと。あの女が彼に色目を使うのを、黙って見ているわけにはいかない。そうでしょう？」

「ちょっと大げさなんじゃないかしら、ベッツィ。エヴァンはばかじゃない。助けてあげたいだけだって彼が言っているなら、きっとそうなのよ」

「それがあの女の手口なんだってば」最後尾の子供が教室へと入っていくのを見ながら、ベッツィは言った。「男っていうのは、頼られるといい気分になるの。このあいだの夜は、自分の娘をエヴァンに寝かしつけてもらったくらいよ。彼女がそう言っていた。彼に父親役なんてやらせたくないでしょう？」

ブロンウェンはじっと考えこんだ。「それじゃあ、どうすればいいと思うの？　わたしは彼を呼び戻すために、か弱い女性を演じるつもりはないわ」

「もちろんよ。ブロンウェン・プライス、あなたはもっとセクシーな格好をしなきゃいけない」

ブロンウェンは呆気に取られていたが、やがて笑いだした。「わたしが？　セクシーな格好？」

「そうよ。あの女と競わなきゃいけないんだから。彼女がはいているジーンズを見たでしょう？　ぴったりしすぎて、まるで脚に描いたみたいじゃない。それなのにあなたときたら長いスカートばかり。その下に脚があるんだかどうかすらわからないわよ」

「でもそれがわたしなのよ、ベッツィ。わたしは変われない。エヴァンにもわかっているはずよ」

ブロンウェンは校舎の入口へと歩きだした。「もう行かないと。子供たちを放っておけないわ」

「よく考えてみて、ブロンウェン・プライス。男っていうのは、女の体を見たいものなの。あたしはそっちのほうでがんばってみたけど、いまエヴァン・エヴァンズはあなたを見ている。あんな女に彼を取られるくらいなら、あなたのほうがずっといいもの。だから、あたしにできる協力はする。あたしの服を貸してもいいわ。大きく胸元が開いた、蛍光グリーンのスパンデックスのトップスがあるの。シースルーのブラウスもあるし、ストラップレスのサンドレスはどう？　いつでも来てくれれば、喜んで貸すわよ」

ブロンウェンはまた不安げに笑った。「親切にありがとう、ベッツィ。でも自分がスパンデックスを着るところは想像できないわ」

「彼を失いたくはないでしょう？」

「ええ、もちろん」ブロンウェンは顔を赤く染めた。

「それなら、考えてみて。それとも、べつの相手を見つけてもいいかもしれない。エヴァンに嫉妬させるのよ。それって魔法みたいにうまくいくことが多いのよ」

「ベッツィ、わたしは恋愛ゲームをするようなタイプじゃないの。エヴァンがありのままのわたしを気に入らないなら、彼とわたしはうまくいかないっていうことよ」

「わかった。あなたがそうしたいなら、そうすればいいわ。でもあたしは戦う前からあきらめたりしないから。胸を押しあげる黒いブラジャーを通販で買ったのよ。それじゃあね、ブロンウェン」

ベッツィは親しげに手を振ると、校庭を走り去っていった。ブロンウェンは向きを変えて、校舎に入った。とんでもないとブロンウェンは思った。ベッツィが親切で言ってくれたことはわかっていたが、蛍光色のスパンデックス？　考えただけで笑いが漏れた。とはいうものの、エヴァンが自分を女性として見ているのか、それとも村の友人にすぎないと思っているのかどちらだろうと考えることは時々あった。土曜日のデートのために新しい服を買ったほうがいいかもしれない。蛍光色のスパンデックスではないにしろ、もう少し体にぴったりしたものを。

16

　エヴァンのポケベルが鳴ったのは、警察署に向かっているときだった。最後の数メートルは足を速め、オフィスからワトキンス巡査部長に電話をかけた。

「悪い知らせだ、エヴァン。肉屋の友人に対するきみの意見は間違っていた」

「肉屋のエヴァンズですか？　彼がなにか喋ったんですか？」

「もっと悪い。戸口から彼の指紋が検出された。彼はあの家の外まで行っただけじゃなかったんだ。警部補にはそれで充分だ。彼を殺人容疑で逮捕したよ。警部補にとっては、これで事件解決だ」

「ですが大佐の事件のほうはどうなんです？　それはどう説明しているんです？」

「まだそこまで調べは進んでいない」

「彼は大佐を殺していませんよ。殺せたはずがない。ぼくもパブにいたんです。大佐が帰ったあとも、肉屋のエヴァンズはあそこにいた」

「もうひとり殺人犯がいるということか？」

「もしくは、間違った人間を逮捕したかです」エヴァンは大きく息を吸った。「実はロンドンに行ってこようと思うんです。この週末にでも。いっしょに行く気はありますか？」

「非公式にということだな？」

「ぼくはそうです。あなたは許可が取れるかもしれない。ロンドンでの大佐の暮らしを調べる必要があります。肉屋のエヴァンズが彼を殺していないことは確かなんですから」

「もっともだ。指紋を発見したことで、今朝の警部補はご機嫌だ。金曜日に休みをもらえるように頼んでみよう。実を言うと、この週末は家にいたくなくてね。妻が台所の模様替えをしたがっているんだ。壁紙の店に行こうと言われている。わたしがその手のことが大好きなのはきみも知っているだろう？」

エヴァンはくすくす笑ったが、やがて真面目な顔になって言った。「その指紋ですが、銃にも残っていたんですか？」

「なかった。ふき取ったのか、持つときにハンカチを使ったのだろうと警部補は考えている」

「つまりエヴァンズは、愚かにも家に入るときにはドアに素手で触り、銃の指紋だけぬぐったということですか？」

「それが警部補の見解だ」

「あなたはどう思うんです？」

「わたしは……いまは先入観を抱かないようにしている。実際に彼と会ってみて、きみの意見がもっともらしいと思えてきた。あれは彼の手口じゃない」

「部屋のなかに、ほかに指紋はなかったんですか？」

「山ほどあった。あの家は週単位で貸し出されていたんだろう？　だが銃に残っていたのは被害者ときみの友人のアニーのものだけだった。アニーが撃ったのでないことははっきりしている。きみといっしょにいたんだからね。そうそう、彼女の経歴も調べているところだが、なかなかつかめないそうだ。なにかの犯罪に関わっていないことを祈っておいたほうがいい。警部補はきみと彼女の仲を勘ぐっているから」

「彼女はなにも話してくれません」エヴァンは言った。「いろいろほのめかしてみたんですが、口が堅いですね」

「きみはさぞかしいらだっているんだろうな」ワトキンスはくすくす笑って言った。

「勘弁してくださいよ。アニー・ピジョンは肉屋のエヴァンズと同じで、ぼくが守らなきゃいけないスランフェア村の住人のひとりというだけです」

「だが魅力的だろう?」ワトキンスは笑い声をあげた。「週末の件については、また連絡するよ。警部補が許可してくれたら、経費で落とせる」

「そうしたら、ドーチェスター・ホテルに泊まりましょう!」

「許可してもらえなければ、クラパムの安宿だ」

「ぼくはかまいませんよ。なにか前向きなことをしていると感じたいだけなんです。ここでなにもせず、自分の無力さと向き合っているのは我慢できなくて」

「きみといっしょに行く許可がもらえるように頼んでみる。大佐を知っているのはきみだからね。きみがいれば助かるはずだ。それにわたしを見張っている人間がいれば、妻が喜ぶ」

「あなたを女性のいるバーに行かせないようにするためですか?」エヴァンは笑いながら訊いた。

「わたしが迷子にならないようにするためだよ」ワトキンスは白状した。「妻はわたしの地図を読む能力に信頼を置いていないんだ。リバプールから帰ってくるとき、道をだれにも尋ねなかったものだからスコットランドに行ってしまったことがあってね。それ以来だ」

エヴァンは笑いながら受話器を置いた。テッド・モーガンを殺した犯人は、おそらく以前から彼を知っていた人間で、それはつまりロンドン時代の知人だと言ったベッツィの意見はおそらく正しい。ベッツィは頭のいい娘だ。もしブロンウェンがいなかったら――そこまで考えたエヴァンは、あることに気づいてぞっとした。ブロンウェン！　土曜日の夜に彼女とのデートがあるんだった。延期しなくてはならない。彼女がわかってくれることを祈るばかりだった。

ブロンウェンは笑顔でバスに乗り、バンガーをあとにした。新しくできたショッピングセンターで、気に入ったワンピースを見つけたのだ。ベッツィの蛍光色のスパンデックスからはほど遠いが、彼女によく似合っていた。上半身に細かい花が刺繡《ししゅう》された青いデニム地の袖なしワンピースで、背中のリボンを結ぶと体の線がしっかり出る。目の色とよく合っていたし、すらりとして見えた。そのうえ、あの女性にはない日に焼けた健康そうな肌の色を引き立ててもくれる。

彼女に対抗意識を抱いている自分に気づいてブロンウェンはぞっとしたが、それも仕方のないことだった。密かな疑念がベッツィの言葉によって裏付けられたのだ。あの女性はエヴァンを狙っている。娘とセクシーな服を使って、エヴァンを誘惑しようとしている。そして彼のほうもまんざらではないようだ。彼女がエヴァンといるところを二度見かけているが、どちらのときもエヴァンは楽しそうだった。

けれど土曜日のデートで、なにも問題はなくなるはずだ。ふたりきりで食事をし、いつもしているようにたくさん話をして、たくさん笑うだろう。ロマンチックな海辺の夜の散歩に行くことになるかもしれない。エヴァンは、わたしといっしょにいることがどれほど楽しいかに気づくだろう。ふたりに共通点がどれほどあるかをわからせれば、あの女性など過去の存在になる。

バス停からの道を歩きながらそんなことを考えて胸を躍らせていたブロンウェンは、学校の敷地から出てきたエヴァンを見て驚いた。

「やあ、ここにいたのか、ブロン。きみを捜していたんだ」彼は言った。見るからに不安そうな様子だ。殺人事件の捜査でストレスがたまっているのだろうとブロンウェンは思った。

「バンガーに買い物に行っていたの。捜査は進展している?」

「少しも。本当に困ったよ」

「また土曜日に話をしましょう。ひとりよりふたりのほうが、いい考えが浮かぶかもしれない」

エヴァンの顔が曇った。「そのことなんだが、申し訳ないがデートは延期してもらいたいんだ」

「あら、そう」ブロンウェンの顔から表情が消えた。

「来週の週末はどうだろう？」

「来週はだめかもしれない」ブロンウェンが言った。「友人とハイキングに行くかもしれないの。大学時代の旧友で、会うのは久しぶりなのよ。予定がわかったら教えるわ」

「そうか。じゃあ、また今度にしよう」

「そうね。状況次第ね」

「なんの？」

「いろいろと」ブロンウェンは落ち着いた足取りでエヴァンの横を通り過ぎ、学校へと歩いていく。エヴァンはそのうしろ姿を見送った。なにか彼には理解できないことが起きているらしい。

17

「わたしがめったにロンドンに来ない理由を思い出したよ」ワトキンスは、パディントン駅構内の人込みを縫うようにして歩きながら言った。大柄な女性が転がしているカートにぶつかって、撥《は》ね飛ばされそうになる。「人が多すぎるし、そのうえみんな忙しそうだ」

エヴァンはうなずいた。「ぼくはスウォンジーで育って、あそこを大都会だと思っていましたが、ここと比較になりませんね」

ふたりはスモッグにかすむ日光のなかに歩み出た。バスがうなりをあげながら通り過ぎ、タクシーはクラクションを鳴らし、信号が変わると人々の集団は一斉に移動を始める。エヴァンとワトキンスは見るからに田舎者といった風情で、その場に立ち尽くした。

「どうする?」ワトキンスが訊いた。「まずホテルにチェックインしたほうがいいだろうか？」

「こんな鞄を持ち歩きたくはないですからね」エヴァンはうなずいた。

「それじゃあタクシー乗り場を探さないと」

「北ウェールズ警察はタクシー代を出してくれるんですか？　あそこに地下鉄の駅がありますよ」

「旅行鞄を持っているときは出してくれる」ワトキンスはきっぱりと告げ、手にした小さなスポーツバッグを見おろした。「これは立派な旅行鞄だ」

「いいでしょう。チェックインしたら、大佐のアパートに行きますか？」

「先にテッド・モーガンを調べよう」ワトキンスはしばし考えたあと、タクシーの列に並びながら言った。「彼の仕事について調べるなら、今日のほうがいい。週末には、取引相手が郊外の別荘に行ってしまうかもしれないからね」

「いいところに気づきましたね、巡査部長」エヴァンは言った。

「彼の住所はホテルからそれほど遠くないんだろう？」

「メイフェアです。ホテルはヴィクトリアの近くですが、歩ける距離かどうかはわかりませんね」

「きみはいつもあの険しい山を歩きまわっているんじゃなかったのかい？」

「それとこれとは話が違いますよ。舗装道路を歩くのは足が疲れるし、それにいまは上等の靴を履いていますから」

ワトキンスはくすくす笑った。

「彼の住所が気になっているんです」エヴァンが考えこみながら言った。

「なにがだ?」

「父親が持っていただけで、住所を示すものはほかにはひとつも見つけられませんでしたよね」エヴァンはワトキンスを見た。「ビジネスマンであれば、どこに行くにも名刺を持って行くものじゃないですか? それなのに彼はなにも持っていなかった。書類も名刺もロンドンでの仕事に関連するものはなにひとつ」

「そういうものから離れたかったんじゃないか?」

エヴァンは首を振った。「成功するビジネスマンは仕事から離れたりしません。携帯電話や電子機器を手放さないものです」

「ふむ、それがなにか手がかりになるかもしれないな」

ふたりは列の先頭にやってきた。

「どちらまで?」タクシー運転手が機嫌よく尋ねた。

「バッキンガム・アームズ・ホテル」車に乗りこみながらワトキンスが告げる。「わかるかい？」

「ヴィクトリアの近くですよね？」

「どんなホテルだ？」

「そうですね、バッキンガム宮殿とは言えませんが、まあ料金に見合ったところですね」

「北ウェールズ警察のことだから、たいした金額は出していないだろうな」ワトキンスはエヴァンに言った。

タクシーはエッジウェア・ロードからマーブル・アーチを通りすぎた。

「妻はこういうところが好きなんだ」スピーカーズ・コーナーやドーチェスター・ホテル、伝統的な山高帽と乗馬服に身を包んだ男たちがハイドパークを馬で闊歩する有様を眺めながら、ワトキンスが言った。「ロンドンに行くのに自分を連れていかないと言って、ずいぶんと怒っていた。娘のティファニーにいろいろと見せてやりたいとずっと思っていたらしくて、こんないい機会はないのにと言われたよ。いっしょに行く警察官が規則にうるさくて、きみがついてきたら違反を報告されてしまうと言って、なんとかなだめたんだ」

「すみませんでした」

「いや、連れてこようものなら、ハロッズやら劇場やらでとんでもない出費になっただろうからね」

「その分でビールでもおごってもらいましょうか」

「ビールを飲みたいところだね。むしむしするし、列車のなかは暑かった。だがまずは仕事だ。きみは地図を持っているだろう？　メイフェアの住所がどこにあるのか確かめてくれ。ホテルに荷物を置いたら、ミスター・テッド・モーガンを調べに行こう」

エヴァンが目的の通りを探し当てたところで、タクシーはヴィクトリア駅の裏に立ち並ぶ背の高いヴィクトリア朝風の家々の前に止まった。バッキンガム・アームズは、ホテルに改装されたそのなかの一軒だ。

「運転手の言ったとおりだな」ワトキンスがつぶやいた。「確かにバッキンガム宮殿とは言えない。スランディドノーの散歩道にあるホテルほど印象的でもないし」

「北ウェールズ警察があなたをどれほど高く評価しているかがよくわかりますね」エヴァンはワトキンスに続いてタクシーを降りた。

ホテルにチェックインすると、つまらなそうな顔のドイツ娘からそれぞれの部屋の鍵を受け取り、四階まで階段をあがった。エレベーターはない。部屋は狭くて、質素で、窓の下は線路だった。ふたりは荷物を解くこともせず部屋をあとにすると、再びタクシーでメイフェアに向かった。

「豪華だな」ワトキンスは、前面がガラスと大理石でできた優雅な建物を見あげながら言った。そこはパークレーンのすぐ裏にある静かな広場で、ジョージア朝風の家にはさまれるようにして建っている。「ミスター・モーガンは成功を収めていたらしい。だれかいるかどうか、確かめよう」

ブザー音と共に入口のドアが開くと、目の前にはガラス製の受付デスクがあった。ぽってりした赤い唇とつけまつげの若い娘が、長く赤い爪にやすりをかけていた。

「二Bの部屋はどこだろう？　ミスター・テッド・モーガンの部屋だ」ワトキンスが言った。「だれかそこに住んでいるんだろうか？」

「ミスター・モーガンはここにはいません」娘は退屈そうに答えた。上流階級の口調を真似ているが、コックニーなまりを完全に隠せてはいなかった。

ワトキンスは身分証明書を見せた。「わたしたちは警察官だ。彼の部屋を見せてもらいたい」

「部屋はありません。ミスター・モーガンはここに住んでいないんです。わたしたちはただ、郵便物を預かっているだけです」

「では、彼の本当の住所を知っているね？」

「いえ、知りません」

「こちらから連絡はできないということかね？」

「はい。週に一度、だれかが郵便物を取りにくるんです」

「最近は？」

「ここしばらく、だれも来ていません。それどころか、このあいだの請求分もまだ払ってもらっていないんです」

「では、彼宛の郵便物がたまっているはずだ。見せてもらえるかい？」

彼女はふてくされたようにワトキンスを見た。「ジャンクメールばかりだったので、全部捨てました」

「ここ最近は、まったく手紙はなかったと？　請求書も？」

反抗的な冷たい視線は揺るがなかった。「そう言いましたけれど」

「つまり、きみは彼の本当の住所は知らない、そういうことだね？　彼と連絡を取る方法はないと言うんだね？」

「そう言ったでしょう？　わたしはなにも知りません」

「彼宛に手紙が来ていないことは間違いないんだね？」

「ええ」彼女は、ばかにしたようなまなざしをふたりに向けた。

「わたしたちは警察官だ。令状を持ってきてもいいんだぞ」ワトキンスが声を荒らげた。

「どうぞお好きなものを持ってきてくださいな。ひっくり返して調べればいいわ。なにもないんだから。わたしたちはただ、彼の手紙を預かっていただけです」

「残念ながら、彼女の言葉は本当だと思いますね」エヴァンは建物を出たところで言った。「父親を感心させるためだけに、ここの住所を使っていたんでしょう」

「ここ数週間、一通も手紙が来ていないというのも、それで説明がつくな。これからどうする?」

「電話帳で調べてみましょう」

「彼が電話に応答できるとは思えないが」ワトキンスは笑いながら言った。

「ですが、だれかが出るかもしれない。彼は女好きだったと思うんです。いっしょに暮らしていた女性がいるかもしれない」

「わかった。電話ボックスを探そう」ワトキンスはたったいまあとにしてきた建物を振り返った。「あの若い女性は電話を使わせてはくれないだろうな」

エヴァンは微笑んだ。「彼が住んでいたところがわかれば、近所の人間に話を聞くことができますよ」

「彼がどこで仕事をしていたのかも突き止めなければいけない。なんらかの形で金を稼いでいたんだから、どこかに仕事場があるはずだ。事業の認可を受ける必要もある。それを見れば、偽名を使っていたかどうかもわかる」

「そういった情報は全部、納税申告書に載っているんじゃないですか？」

「そうだな、心配はいらない。どうにかして突き止めるさ」ワトキンスは電話ボックスに向かって歩きながら、自信たっぷりに言った。

「あったぞ、エヴァンズ。書き留めてくれ」電話帳を調べていたワトキンスが言った。「グレーター・ロンドンには、テッド・モーガンが三人いる」

エヴァンは電話番号を書き留め、ワトキンスが最初の番号にかけた。「ミスター・テッド・モーガンですか？」だれかが受話器を取ったところで尋ねる。

「そうだが？　なんの用だ？」耳障りなコックニーなまりだった。

「違ったな」電話を切ったワトキンスがつぶやいた。「まだぴんぴんしている」

二番めの番号に出たのはミセス・テッド・モーガンで、夫は仕事で出かけているといった。「ロンドン・トランスポートのガレージで連絡がつくと思いますよ。三二番のバスを運転しているんです」

「ぼくたちが捜しているテッド・モーガンはロンドンには住んでいないかもしれませんね。通勤圏にある、偽チューダー様式の家で暮らしているのかもしれない」最後の番号をダイヤルしているワトキンスにエヴァンは言った。「だとしたら、この電話帳には載っていない」

「もしもし？」その声には明らかにウェールズなまりがあった。

「ミセス・モーガンですか？」ワトキンスは、静かにしていろと身振りでエヴァンに指示した。「ご主人と話がしたいんですが」

「あら、彼はいません。仕事で留守にしています」

「どこに行かれているんですか？」

「よくわからないんです。あちこち行くもので」

「長く留守にされているんですか？」

「かれこれひと月になります。なにかあったんでしょうか？」

「電話ではお話しできません。わたしたちは北ウェールズ警察の者で、ミスター・テッド・モーガンの足取りを追っています。直接お会いして、お話をうかがえますか？」

「わかりました。テッドの身になにかあったわけじゃないですよね？　このあいだの週末に電話をくれたときは、あんなに元気だったのに」

その家は、イーリングのごくありふれた通りに建つ典型的な二軒長屋だった。きれいに手入れされてはいるものの質素だ。ミセス・モーガンもまた、ごくありふれた女性だった。ふくよかな中年女性で、ポリエステルの花柄ワンピースを着ている。「なかへどうぞ」恐怖を絵に描いたような表情だ。「悪い知らせじゃないですよね？　主人がこうやって出張で出かけてしばらく連絡がないのって、すごくいやなんですよ」

「あなたはウェールズのご出身ですか、ミセス・モーガン？」青いフラシ天のソファの三点セットと隅にテレビが置かれた、こぢんまりした居間に案内されたところで、ワトキンスが尋ねた。

「ええ、わたしたちふたりとも。でもわたしは南のほうで、テッドは北なんです。よくそのことで冗談を言うんですよ、どっちのほうがいいところかって」

「ご主人の最近の写真をお持ちですか、ミセス・モーガン？」エヴァンが礼儀正しく尋ねた。

「ええ。暖炉の上にあります。娘のサンドラの結婚式で撮ったんです」彼女は誇らしげに言うと、その写真をふたりに差し出した。そこに写っていたのは、白いウェディングドレス姿の地味な娘と並んで立つ大柄で丸々とした禿げ頭の男だった。

エヴァンは写真を返した。「お騒がせしてすみませんでした。わたしたちが捜している男性ではありません」

「彼は無事だっていうこと？」彼女は満面に笑みを浮かべた。「ああ、よかった。こんなにうれしいことはないわ」

「世の中にはいろいろな人間がいるんだな」イーリング・ブロードウェイ駅へと戻りながら、ワトキンスがつぶやくように言った。

エヴァンはけげんそうな顔を彼に向けた。

「ミスター・モーガンは決して見栄えのする男じゃないが、彼が無事だと告げたとき、彼女はまるで宝くじに当たったと言われたときのような顔をした。この世界には、すべての人間にふさわしい人間がいるということだ」

「ですが、テッド・モーガンの本当の住所はわからないままですね。グレーター・ロンドン市議会に、彼の事業許可の記録があると思いますか？」

官庁が閉まる時間になっても、ふたりはテッド・モーガンの手がかりを見つけることができずにいた。彼に事業許可は出されていなかった。ロンドンのどこにも固定資産税を払っていなかった。ニューカッスルに電話をかけてみたが、所得税の記録もなかった。それはまるで、テッド・モーガンという男が存在していなかったかのようだ。

「これからどうしますか？」エヴァンが訊いた。

ふたりは〈グレープス・イン・シェファード・マーケット〉というパブのテラス席で、ビールを前にして座っていた。

「訊かないでくれ。どうしていいか、さっぱりわからないんだ」ワトキンスはビールをごくりと飲んだ。「ロンドンのビールは水みたいだ。ブレインズとはくらべものにならないな」

「彼はどこかに住んでいたはずです。それにどうにかして金を稼いでいた。高価な服を着ていたし、いい車に乗っていたんですから」

「くそっ。車の登録を調べるべきだった。明日確かめよう。土曜日に働いている人間がいるといいんだが」

「ロンドン警視庁に連絡して、彼の記録がないかどうかを調べたほうがいいと思います」

「どうしてだ？」

「いいものを買える人間にはそれなりの収入があるはずです。それなのになんの痕跡も残っていないとすれば、それは違法なものに違いありません」

「あるいは金持ちの恋人がいたか」

「その可能性もありますが、その線を追うのは難しいでしょうね」

「ロンドンじゅうの新聞に彼の死亡記事を載せるようにして、だれが現われてくるかを待つのはどうだろう。彼にそれだけの金があったなら、おこぼれを求める人間が出てくるはずだ。もしくは、金を借りていた相手とか」

「それじゃあ、朝になったらロンドン警視庁と新聞社に連絡を取りましょう」エヴァンはメモを取った。「彼は本当にロンドンに住んでいたんだろうかと考えていたんです。ひょっとしたら父親や故郷の人間に自分を成功者だと思ってもらいたかっただけで、実はストークオントレントのようなところで、つつましく暮らしていたのかもしれない」

「車の登録でわかるだろう。いま本署に電話をしてくる」

エヴァンは、仕事帰りに一杯やりにきている人々のおしゃれな装いを眺め、彼らの会話に耳を傾けた。なにを話しているのか、よくわからないことに気づいた。ロンドンなまりの英語を喋っているからというだけではない。隣のテーブルのカジュアルな服装の若い男たちの会話には、ギガバイトやウェブサイトという言葉がしばしば登場していて、コンピューターすらまだ持っていないエヴァンにとっては、知らない言語を聞いているようなものだった。黒っぽいスーツを着た若い女性たちは、ネットワークや宣伝広告やなにかの立ちあげについて語り合っている。ここはまったくべつの世界だとエヴァンは改めて感じた。

ビールをちょうど飲み終えたところで、ワトキンスが戻ってきた。「時間の無駄だったよ。あの車はテッド・モーガン・プロダクションに貸し出されていたものだ。住所は父親の農場になっていて、支払いは現金だったそうだ。相変わらず、なにもわからないままだ」

「いまはテッドのことはおいておいて、先に大佐を調べたほうがいいかもしれませんね」エヴァンは言った。「大佐の住所はわかっているわけですから。朝になったら、アパートに行ってみましょう。それからロンドン警視庁に行って、テッド・モーガンの情報があるかどうか調べればいい」

「ところで、今夜はどうする？」ワトキンスが訊いた。「極上のディナーにするかい？それともショーとかナイトクラブとか？」

「北ウェールズ警察が払ってくれますか？」

「北ウェールズ警察をあてにしていたら、夕食はマクドナルドかフィッシュ・アンド・チップス、そのあとはピカデリー・サーカスで夜景を見ることになるな」

結局ふたりはヴィクトリア駅のすぐ裏にあるインド料理店で、ラムのビリヤニとタンドリーチキンの夕食をすませ、バッキンガム・アームズ・ホテルに戻った。

「少なくともここは清潔だ。それだけは言える」ワトキンスは四階分の階段をのぼりながら言った。「それにここをあがった分で、チャパティのカロリーを消費できる」

「部屋が痩せた人間向けじゃなければよかったんですけれどね」エヴァンが言った。「ぼくの部屋はすごく狭くて、ベッドの横のスペースは着替えもできないくらいですよ」

「客が妙な気を起こさないようにするためだろう」ワトキンスが笑って言った。

「効果はありますね。ベッドはもちろんのこと、部屋にふたりが入ることすら無理ですから」

部屋に入ってドアを閉めたエヴァンは、いつしかブロンウェンのことを考えていた。デートを中止したことを怒っていたのだろうか？　それともどうでもいいと思っていた？　ぼくと食事をするよりも大学時代の友人と過ごすほうがいいんだろうか？　彼女の頭のなかが知りたかった。そして彼女に対する自分の本当の気持ちも。

18

暗い地下の部屋に用意されたコレステロールたっぷりのイングリッシュ・ブレックファーストで、このホテルに対するエヴァンの評価はいくらかあがった。脂の少ないベーコンが三切れ、ふっくらしてジューシーなソーセージ、卵が二つ、揚げパン、トマトのグリル。ミセス・ウィリアムスの作るものには及ばなかったが、一日の活力源としては充分だった。

「妻は気に入らないだろうな」ワトキンス巡査部長はぽんぽんとお腹を叩きながら言った。「これ以上太るなと、しょっちゅう言われているんだ」

「今日は食べた分、歩いたほうがいいですね」エヴァンは言った。「まずはケンジントンの大佐のアパートまで歩きましょうか」

「ケンジントン？　何キロもあるんじゃないのか？」

「公園を抜けていけますよ。いい運動です」

ワトキンスはため息をついた。「わたしはなんだってきみを連れてきたんだろう。まったくきみときたら」

アーバスノット大佐が住んでいたのはデラウェア・マンションズという名のなんの特徴もないレンガ造りの建物で、ノッティング・ヒル・ゲートと隣接するケンジントンのあまりおしゃれとは言えない地域にあった。

管理人は建物と同じくらい特徴のない女性だった。骨と皮のような体つきにユーモアのかけらもない顔つきをした彼女は、険のある夫人《ミセス・シャープ》というふさわしい名前の持ち主だった。

「大佐の部屋に入れるわけにはいきませんね」彼女はけんもほろろに告げた。

ワトキンスはバッジを見せた。「北ウェールズ警察の者です。我々は大佐が殺された事件の捜査をしています」

効果はてきめんだった。まるで漫画のように、彼女は大きく目を見開いた。「殺された？　大佐が殺されたっていうんですか？」上流階級っぽいアクセントは消え、昔ながらのコックニーなまりが取って代わったことにエヴァンは気づいた。「なんとまあ。そんなことって。だれが大佐を殺そうなんて思うんです？」

「それを調べているところです」ワトキンスが応じた。「大佐の最近の様子をだれよりもご存じなのは、あなただと思いまして」

「大佐が出かけるときは、ちょっとくらいお喋りはしましたけどね」ミセス・シャープは用心深く答えた。ワトキンスの言葉に言外の意味があるのではないかと疑っているのだろう。「気の毒な人でねえ。天涯孤独の身だったんですよ。いつもそう言っていました」

「それでは、めったに訪ねてくる人はいなかったんですね？」エヴァンが尋ねた。

「めったに？　ひとりもいませんでしたよ。毎朝散歩に出かけて、公園をひとまわりして、それから地元の図書館で新聞を読んで、昼食に戻ってくるんです。それだけでした。つまらない人生ですよね？」

「それ以外に出かけることはなかったんですか？」

「たまにクラブで昼食をとることはありましたが、古くからの友人はみな死んでしまったから、もう行く意味がないと言っていましたね。あと、夜はたまに映画を観に行っていました」

「ひとりで？」

「だれがいっしょに行くっていうんです？　殺されたのはお気の毒だと思いますけれ

ど、ある意味では幸いだったのかもしれませんね。たいして生きている意味もなかったみたいですから」

「彼の部屋を見せてもらえますか？」エヴァンが訊いた。

「なんのために？」

「彼を殺した犯人の手がかりがあるかもしれません」

「どこかのいかれた男の仕業に決まっていますよ」ミセス・シャープは怒ったように言った。「お金もない無害な老人をいったいだれが殺そうなんて思うんです？」

「それでも、なにか見つかるかもしれない」エヴァンは譲らなかった。「遠い親戚からの手紙、通帳……」

「最後に手紙が来たのは去年のクリスマスでしたよ。わたしが手紙を仕分けして郵便箱に入れているんですから」

あれこれ嗅ぎまわってもいるんだろうとエヴァンは思った。

ワトキンスも同じくらいいらだっているようだった。「どうしてそれほどかたくなな態度を取るのか、理解できませんね、ミセス・シャープ。ロンドン警視庁に行けば一五分で捜査令状が出ますが、時間の無駄でしょう？　我々に協力して、大佐の部屋の鍵を貸してください。それともあなたには、なにか隠したいことでもあるんですか？」

その台詞は効き目があった。「わたしに？」彼女はしゃんと背筋を伸ばすと、猛禽《もうきん》類のようなわし鼻ごしにふたりを見つめた。「わたしは生まれてこのかた、法に反することなんてなにひとつしていませんよ。ほら」壁際に置かれたガラス張りの戸棚につかつかと歩み寄ったかと思うと、投げつけるようにしてワトキンスに鍵を渡した。

「二一九号室。二階の突き当たり」

廊下は不自然なくらいに静かだった。絨毯《じゅうたん》は擦り切れ、色あせている。錬鉄製のケージの年代物のエレベーターがあったが、ふたりは階段を使った。そこにもだれもいない。大佐の部屋は廊下の突き当たりにあって、べつの建物の裏側に面しているせいで薄暗かった。毎夏ウェールズに来たときには、生き返ったような気分になっただろうことは想像に難くない。

居間にはオーク材の上等な家具が置かれていた。どっしりしたロールトップデスク、バーリーツイスト（ねじった形の挽き物細工）のテーブルと椅子、暖炉の脇には張りぐるみの革の安楽椅子。いたるところに東洋で過ごした日々の思い出の品々が並んでいる。部屋の隅には大きな青銅の仏像が飾られ、天板が真鍮のコーヒーテーブルの上には東洋の水ギセル、壁にはモーグル柄の数枚の布がかけられていた。暖炉と机の上に置かれているのは若くてハンサムな男たちの古い写真で、熱帯地方の装いをしているものや、虎狩りの様子を写したもの、インドの王宮で撮影したものがあった。目をみはるほど美しい女性の大きな肖像写真もある。壁際に置かれたガラスケースには銀のトロフィーがずらりと並んでいた。

どれもうっすらとほこりをかぶっている。

「彼女がぼくたちをここに入れたがらなかったのは、これが理由ですね」エヴァンはつぶやいた。「大佐が留守のあいだ、掃除をすることになっていたんでしょう。だが彼はしばらく帰ってこないと思ってしていなかった」

ワトキンスはロールトップデスクを開いた。「それじゃあ仕事に取りかかろう。わたしはここと引き出しを調べるから、きみは台所と寝室を頼む。手紙や、なにか関連のありそうなものを探してくれ」

机のなかはきちんと整理されていた。台所も寝室も同じだった。冷蔵庫の上の壁にかかっているイギリスの名勝地カレンダーには、ウェールズで過ごす週に印がつけられていた。ベッド脇のテーブルに置かれていたのは、グルカ旅団の歴史についての本と超強力ペパーミントの缶だけだ。クローゼットはほぼ空で、大佐はわずかな手持ちの服すべてをウェールズに持っていったらしかった。

エヴァンは居間に戻った。「なにもありませんでした」

「こっちもだ。秘密のお宝はなかったよ。マットレスは調べたのか？」

「いいえ。あのミセス・シャープがすぐに見つけられるようなところに金を隠すほど、大佐はばかではないと思います」

「確かにそうだ。実際、あれこれと詮索していただろうしね。それに殺人事件の捜査にも加わりたいと思っているようだ。自分を重要な人間だと感じたがるタイプだよ。つまり、我々になにも話してくれないのは、話すことがないということだ」

「気の毒な人だ」エヴァンはクリスマスカードが入った封筒を手に取りながら言った。「五枚しかないうえ、そのうちの一枚は軍の慈善団体からのものです。密かにこのときを待っていた、仲の悪い親戚はいないようですね」

「いたとしても、彼と連絡は取っていなかったわけだ。おや、アドレス帳がある」ワトキンスはページをめくった。ほとんどの名前が消されている。

「こっちはスケジュール帳だ」エヴァンは黒い革張りの薄いノートを取りだした。「あまり書きこみがあるとは思えないが、一応見ておきましょう」

スケジュール帳はほぼ空白だった。ミセス・シャープの言葉どおり、大佐はめったに出かけることもなければ、遊びに行くこともなかったらしい。だが、かっちりした小さな字の鉛筆の書きこみに目が留まった。

「見てください、巡査部長」エヴァンは言った。「シンシア、午後八時、タフィーズ。三月にも四月にも同じ書きこみがある。大佐はひと月に一度、シンシアとデートをしています」

「若い親戚だろうか？」

「でも彼女からのクリスマスカードはありませんでした」

「調べる価値はありそうだ。この〈タフィーズ〉という店がどこにあるかを見つけなくては。ウェールズ料理のレストランかなにかだろう。名前からして、ウェールズに関係ある場所のはずだ」

ふたりが帰ろうとすると、ミセス・シャープが自分の部屋から顔をのぞかせた。

「なにかありましたか？」

「大佐からシンシアという名前を聞いたことはありますか？」

「シンシア？ 大佐の奥さんの名前じゃないですよね？ 違うね、ジョアニーだったもの。いつもジョアニーのことばかり話していましたっけ。シンシアっていう名前は聞いたことがないですね。ずっと昔に東洋で死んだ娘がいたとは言っていましたけれど」

「違いますね。その女性は先月には生きていましたから」エヴァンは言った。「ご協力、ありがとうございました、ミセス・シャープ。また連絡するかもしれません。なにか関係のありそうなことを思い出したら、いつでも電話をください」

「ああ、それから大佐の部屋のものには触らないようにしてくださいね」ワトキンスが言い添えた。「指紋を取ることになるかもしれませんから、ほこりもはらわないでください」

ワトキンスはこらえきれずにエヴァンに向かってにやりとしてから、建物をあとにした。

「あそこに電話ボックスがあります」エヴァンは言った。「〈タフィーズ〉を調べましょう。わかりやすいスタートですよ」

「ないな」数分後、ワトキンスが言った。「ロンドン市内ではないのか、宣伝する必要がないかのどちらかだ。どこへ行っても袋小路ばかりだな。今回の旅がまったくの時間の無駄にならないことを祈るよ。でないと、警察の金をどぶに捨てたと警部補に怒鳴られる」

「あのホテルから考えると、それほどの金じゃないと思いますけれどね。ロンドン警視庁に行って、テッド・モーガンの記録を調べてもらったらどうでしょう」

「わたしに異存はないよ。今度はタクシーにしよう。足が痛くて死にそうだよ」

ふたりはタクシーに乗ったものの、交通渋滞にはまり、チャーチ・ストリートをのろのろと進むことになった。

「地下鉄のほうが速かったな」ワトキンスはため息をついた。

「ここ最近、道路が混んでね。週末でもひどいんだ」タクシー運転手が言った。「観光客が多すぎるんだよ。あんたたちはどこから？」

「ウェールズだ」

「だと思ったよ。アクセントでわかる。観光かい？」

「いや、わたしたちは警察官で事件を捜査している」ワトキンスが答えた。

「おっと。警察官？　スピード違反してなくてよかったよ」運転手はそう言うと、自分の冗談に笑った。

「教えてくれないか」エヴァンが不意に切りだした。「〈タフィーズ〉という店を知らないか？」

「〈タフィーズ〉？」老いた運転手はくすくす笑いだし、やがてその笑いは煙草を吸う人間特有の咳に変わった。「ついでにお楽しみをしようってかい？」

「それじゃあ、知っているんだね？」

「知っているともさ。ソーホーのグリーク・ストリートの先だよ」

「ロンドン警視庁じゃなくて、そこに連れていってもらえないか？」

「いま行ってもだめだ。夕方にならないと開かないよ」

「だれかいるかもしれない。頼むよ」

「好きにするといい。公園を抜ければこの渋滞から逃げられるかもしれないな」

一五分後、タクシーは気の滅入るような裏通りに止まった。「さあ、ここだ。〈タフィーズ〉。楽しんでくるといい。だが、おれがしないようなことはするんじゃないぞ」彼はそう言ってまた笑った。

ワトキンスとエヴァンは車を降り、あたりを見まわした。腐りかけたオレンジの皮や生ごみ、犬の排泄物のにおいが漂っている。レンガの壁と閉じたドアがあるばかりだったが、ひとつだけ戸口が開いていて、地下に通じる階段が見えていた。ドアは前面がガラス張りで、〝タフィーズ・クラブ。メンバーオンリー〟と記されていた。その両脇には、スパイクヒールと派手な羽根の髪飾り以外はあまり身を隠すものもつけていない、肉感的な女性たちの写真が貼られている。

「ストリップ・クラブだ！　なんと——大佐も隅に置けないな」ワトキンスはくすりと笑った。「きみは目隠しをしたほうがいいかもしれないな、エヴァンズ。行くぞ！」

エヴァンはワトキンスについて階段をおりた。スイングドアの先は、赤いサテンの壁紙に赤いサテンのソファ、カーペットまで赤いフラシ天の玄関ホールだった。ボッが、いくつかドアがあったが、どれも閉まっていた。どこから試そうかと決めかねているあいだに、階段をおりてくるハイヒールの甲高い音が聞こえてきたかと思うと、女性が不意に現われた。化粧はしておらず、目の下に黒い隈ができているのがわかる。スカーフの下からカーラーがのぞいていた。上のポスターに写っていた女性のひとりなのかどうかは判断できなかった。エヴァンたちに気づいた彼女は、驚いた子鹿のような反応を見せた。

「ここでなにしてんの？　まだ開いてないんだよ。バリーに見られる前に、さっさと出ていって。四時にまた来てよ。開くのはその時間だから」

「ここのボスに会いに来たんだ」ワトキンスが言った。「伝えてもらえないか？」

「ボス？　バリーのこと？」

「彼がここのオーナーなのか？」

「ううん、ただのマネージャー」

「オーナーはどこに？」

「知らない。あたしはここで働いてるだけだもの。いったいなんの用？」

「故郷からの表敬訪問とでも言っておこうか」ワトキンスが言った。「〈タフィーズ〉というのはウェールズの名前だ。きみにもわかるだろうが、わたしたちはウェールズから来たんだよ」

「オーナーはウェールズ出身だったりしないかい？」エヴァンが訊いた。

「知らない。あたしはここで――」

「働いているだけだからね」ワトキンスがあとを引き取って言った。

ちょうどそのとき、一番左のドアが開いて黒髪の若い男が出てきた。黒い目は鋭く、ごく短く切った髪は昔のローマ人のように前に向かって撫でつけられている。着ている黒いスーツは高価なものだった。

「ノリーン、遅刻だぞ」男は怒鳴りつけたところで、ワトキンスとエヴァンに気づいた。「まだ開店前だ」

「こちらの若い女性にもそう言われたよ」ワトキンスが言った。「きみがバリーかい？」

「だったら、なんなんだ？」

「話がある。北ウェールズ警察だ」ワトキンスはバッジを見せた。

「忙しいんだ。なんの用だ？」

「きみのオフィスに行かないか？」エヴァンが言った。

「話ならここですりゃあいいさ。オフィスにはだれも連れていかないことになっているんでね」

「なぜだ？　隠さなきゃならないものでもあるのか？」ワトキンスが優しそうな笑顔で尋ねた。

「命令に従っているだけだ」

「なるほどね。それじゃあ、ここに座ろうか」ワトキンスは手近にあるふたつの赤いソファを示した。「オーナーと話がしたい。どこにいる？」

「いまはいないよ」

「いない？　国外に行っているということか？」

「かもしれない。わからない。おれには話さないからね。おれはただここで働いているだけだ」

「いつ戻ってくる？」エヴァンが訊いた。

「知らないね」

「そうか。シンシアという娘がここで働いているね？」

「ああ。なかなかいい娘だよ」バリーは笑みを浮かべようとした。

「彼女と話せるか？」

「まだ来ていない」

「それなら、住所を教えてくれ」

「いまごろは寝ているよ。美しさを保つには睡眠が大事だからな。あとでまた来てくれ。彼女が来るのは三時頃だ」

ワトキンスはいらだたしげにため息をついた。「そうか。それなら、アーバスノット大佐という客を覚えているか？」

「聞いたことがないな」

「彼が定期的にここに来ていたことはわかっているんだ。つまりここのメンバーだったってことだ。そうだろう？」

「かもしれない。偽名を使う客は大勢いるからな。どこに行っていたかを、女房には知られたくないんだよ」バリーは傲慢そうににやりと笑った。

「それなら記録を見せてもらおう」

バリーは立ちあがった。「調べたいことがあるなら、捜査令状を持ってくるんだな」

「いいだろう、そうしよう」ワトキンスが言った。「なにも隠そうなどとするんじゃないぞ。目的のものを見つけるまで、我々はあきらめないからな」

「その目的ってのは、いったいなんだ？」

「老人の頭を殴って殺した人間を見つけることだ」エヴァンは言い、バリーのぎょっとした表情を見て溜飲をさげた。

19

「あの店にはなにかうさんくさいところがあるな」ロンドン警視庁に向かうタクシーのなかでワトキンスが言った。「次に我々が行くまでに、証拠が隠されていないといいんだが」

「だとしても、ぼくたちが心配することじゃないですよね？　彼らがなにか違法なことをしているのなら、それはここの風紀犯罪取締り班の仕事だ。ぼくたちはただ、大佐がそのうちのなにかに関わっているかどうかがわかればいいんです」

「たとえば？」

「ゆすりとか、脅迫とか？」

「だが普通は、金を出す人間を殺したりはしないだろう？」

「払うことを拒否するまでは」

「なるほど。スランフェア村の人間よりは、そのほうが可能性がありそうだ」

「大佐は〈タフィーズ・クラブ〉のことでなにかを知って、警察に通報すると彼らを脅したのかもしれない」エヴァンが指摘した。

「そんなことをしたら、自分の身が危なくなるとわかっていただろうに」

「大佐は昔かたぎの人だったんですよ。なにか間違っていることに気づいたら、どれほどの犠牲を払ってでも、それを通報するのが自分の義務だと考えたでしょうね」

タクシーは、ロンドン警視庁の本部があるコンクリートとガラスでできた新しい建物の外に止まった。

タクシーを降りたエヴァンはその建物を見あげながら言った。「〈タフィーズ〉の人間がオーナーのことをなにも知らないのは、妙だと思いませんか？　彼がどこにいるのかとか、何者なのかとか」

「話そうとしなかっただけだろう」ワトキンスはそう応じ、ガラスの回転ドアに向かった。

受付にいた若い女性巡査が、今日は土曜日なので勤務についている人間はあまりいないと説明した。「どの課にご用でしょう？」

「風紀犯罪取締り班をお願いします」ワトキンスが言った。「〈タフィーズ〉について知っておくべきことがあるなら、彼らが知っているはずだ」

女性巡査はコンピューターを見て、言った。「ドブソン巡査部長がいます。おふたりがいらしていることを伝えますね」

数分後ふたりは、ガラスのパーティションで仕切られた狭苦しいバックオフィスに座っていた。レンガの壁のあいだからテムズ川が少しだけ見える。机の上には書類が山積みで、ふたりが入っていくと、不安げな表情の私服警官がコンピューターから顔をあげた。「散らかっていてすみません。いまだにコンピューターが信用できなくて、全部プリントアウトしないと気がすまないんですよ」

「わたしもです」ワトキンスが手を差し出した。「北ウェールズ警察のワトキンス巡査部長とエヴァンズ巡査です」

「ジム・ドブソンです。座れる場所を見つけて座ってください」ドブソン巡査部長は書類の束を手に取ると、机の上のいまにも崩れそうな紙の山の上に載せた。「それで、どういったご用件でしょう？」

「〈タフィーズ〉というクラブのことを教えてもらえませんか？」ワトキンスが言った。

ジム・ドブソンの顔に笑みが浮かんだ。「〈タフィーズ〉？　あなたが知りたがっている以上のことをお教えできますよ。なにがお訊きになりたいんです？」

「あなたが知っていることすべてを。オーナーはだれですか？」エヴァンが訊いた。

「タフィー・ジョーンズという男です。ありとあらゆる汚い仕事に首を突っこんでいますよ。エスコート・サービス、ぼったくり、売春、麻薬。なんでもだ」

「タフィー・ジョーンズ——ウェールズ人ですか？」

「元々はそうらしい。話を聞いただけではそうは思えませんがね」

「どこへ行けば彼に会えますかね？」

「ぼくが知りたいですよ。ロンドンの半分の人間がそう思っているんじゃないですかね。ミスター・タフィー・ジョーンズは、どうもとんずらしたみたいなんです。彼の行方を追っている人間は大勢いますが、彼はそのなかのある組織に相当な額の借金をしていたようです」

「そのタフィー・ジョーンズですが、どんな男ですか？」エヴァンが尋ねた。

「なかなかハンサムな男ですよ。大柄でがっしりしている——ちょっとあなたに似ていますね」彼はエヴァンに向かってうなずいた。「三〇代後半から四〇代前半というところですかね。着るものにはうるさい男です」

「彼の居場所ならぼくたちが知っていると思います」エヴァンが言った。

「わたしたちが？」ワトキンスがエヴァンを見た。

「バンガーの遺体安置所です」

「テッド・モーガンだと言いたいのか？」ワトキンスが訊いた。

エヴァンはうなずいた。「すべて辻褄が合うと思いませんか？　彼は着るもの以外荷物も持たず、ある日突然戻ってきた。逃げてきたんですよ」

ワトキンスはジム・ドブソンに向き直った。「タフィー・ジョーンズが偽名だったというような話を聞いたことはありますか？」

「いいえ、まったく。我々が知っているのはタフィー・ジョーンズという名前だけです。彼は死んだんですか？」

「彼が我々が考えている人間であれば、何者かが頭に銃弾を撃ちこんだんです。その暴力組織が彼を見つけたのかもしれない」

「本当ですか？」ジム・ドブソンは煙草を取り出した。「吸いますか？」ふたりに勧める。「吸ってもかまいませんか？　悪い習慣だとはわかっていますが、やめる余裕がなくて」

彼は煙草に火をつけると、大きく吸った。「頭を撃たれたんですか？　処刑のように？」

「少し違いますね。小型のレボルバーで眉間を一発でした」

ドブソンは首を振った。「やつらのやり方じゃない。通りすがりの車からマシンガンを乱射するとか、家に火をつけるのなら話はわかります。あるいは彼を捕まえたなら、うしろ手に縛っておいて背後から頭を撃つでしょう。まあ、ミスター・ジョーンズには、暴力組織以外にも大勢の敵がいたことは確かです。常に危険な橋を渡っていましたからね。だが頭が切れたことは間違いない。我々には彼をつぶすことはできませんでした。やれるだけのことはやったんですが、常に一歩先を行かれていたんですよ」

「だが、だれかがつぶしたんです」エヴァンが言った。「彼がぼくの考えている人物だとしたら」

「写真はお持ちですか？」

「頭に穴の空いているものしかありませんが」ワトキンスがそう言って写真を取り出した。「ですが、顔はわかると思います」

ドブソンは写真を眺めた。「彼に非常によく似ていますね。どうやって彼と〈タフィーズ・クラブ〉を結びつけたんですか？」

「まったくの偶然です」エヴァンが答えた。「先週起きた、べつの殺人事件を調べていたんです。休暇で来ていた大佐が頭を殴られて殺されたんですが、彼が〈タフィーズ〉の常連客でした」エヴァンは興奮した面持ちでドブソンを見つめた。「だれが彼を殺したのか、わかりましたよ！」

「わかった？　だれだ？」ワトキンスが尋ねた。

「よく聞いてくださいよ、巡査部長。大佐は村でだれかを見かけて、ひどく驚いた。パブでぼくにその話をしようとしたのに、不意に口をつぐんで、まったく関係ない話を始めた。テッド・モーガン――タフィー・ジョーンズと言いましょうか――が、あの夜パブに来ていました。もし彼がスランフェア村に身を隠していたのだとしたら、タフィーとしての彼を知る人間に気づかれたくはないはずだ。あの村なら安心だと思っていたでしょう。あそこの人間にとって彼はテッド・モーガンなのだし、あんな小さな村によそ者がどれくらい来るでしょう？　大佐がいたのは不運でした。ロンドンに戻った大佐に、あの村で自分を見かけたことを喋られては困る。そう考えたテッドは大佐のあとを追ってこっそりパブを抜け出すと頭を殴り、そしてまたパブに戻ってきたんです」

「だが大佐のあとを追って出ていったなら、きみが気づいたはずじゃないか？」

「あの夜はみんな浮き立って大騒ぎでしたから、気づかなかったのかもしれない。そんなふうに考えたことはありませんでした。トイレに行き、裏口から抜け出し、大佐を殺したあと、同じルートで戻ってきたのかもしれない。リスクはありますが、彼がしばらくいなかったことにだれも気づかなかった可能性はある」

「一理あるかもしれないな」ワトキンスがうなずいた。

「そうとしか考えられません。大佐がロンドンに戻ったあと、スランフェア村でべつの名前を名乗っていたタフィー・ジョーンズを見かけたとだれかれとなく喋ることを想像して、テッドはすくみあがったんでしょう。そんなリスクを冒すわけにはいかなかった」

「なるほど。だがそうだとすると、大佐にはそのことをだれにも話すチャンスはなかったわけだ。それじゃあ、ほかにはだれがテッド・モーガンがタフィー・ジョーンズであることを知っていたんだ？」ワトキンスが訊いた。

「ロンドンにいるだれかが、彼の行き先を知っていたんじゃないでしょうか」エヴァンが言った。

ドブソンが首を振った。「我々が話を聞いた人間はだれも知らなかったし、裏社会の人間はみんな彼の行方を追っていましたよ。我先にと彼を捕まえたがっていた。村にいる親しい友人や親せきのなかに、彼の本当の姿を知っていた人間はいないんですか？」

エヴァンは首を振った。「姉がいますが、口もきかない関係でした。彼はほぼ二〇年、一度も帰ってきていなかったんですよ。ロンドンで成功を収めたビジネスマンだとだれもが考えていました」

「ある意味ではそのとおりですがね」ドブソンは冷ややかに言った。「みなさんが考えていたのとは違う形で」

エヴァンは苦々しい笑みを浮かべた。「ぼくたちにわかっていたのは、メイフェアにある高級そうな場所の住所でしたが、そこはただ郵便受けとして使われていただけだったんです。彼の父親はそこに手紙を送っていたんですよ」

「だれかが彼に気づいたんですね。晴らすべき恨みを抱くだれかが」ドブソンが言った。

「クラブに戻って、調べよう」ワトキンスが言った。「メンバーのリストがあるはずだ。だれかの名前が浮かんでくるかもしれないし、個人的な手紙かなにかがあるかもしれない。結婚は？」

「離婚しています」ドブソンが答えた。「だが元妻は容疑者ではありませんよ。彼はたっぷりと慰謝料を払ったと聞いています。口を封じなければいけませんでしたからね」

ドブソンが立ちあがった。「わたしもいっしょにクラブに行きましょうか？　わたしがいれば言い逃れできないって、あいつらもわかっていますから」

「バリーという男に捜査令状を持ってこいと言われたんですよ」ワトキンスが言った。

「捜査令状ね。その代わりになるものをこっちが持っていることは、バリー・オーツもわかっていますよ。ちょっとでも下手なことをすれば、一生刑務所に放りこめるくらいの材料を握られていることはね」

「ありがとうございます」ワトキンスが言った。「この事件の真相にたどり着くには、ありったけの手助けが必要でしょうからね」ふたりはジム・ドブソンのあとについてロンドン警視庁の人気のない廊下を進み、駐車場に通じるエレベーターに向かった。


「戻ってくると言っただろう？」ワトキンスは〈タフィーズ〉のスイングドアをくぐると、勝ち誇ったような笑みを浮かべてバリー・オーツを見つめた。「きみに会いたがっている友人も連れてきた」

「やあ、バリー。おまえに目を光らせているボスがいなくても、ちゃんと仕事をしているのか？」ドブソンが明るい口調で尋ねた。「連絡はあったか？　リオやブエノスアイレスから絵葉書は？」

「くたばれ、ドブソン。なんの用だ？」

「友人に会いに来ただけだ。このふたりに聖域——ボスのオフィスを見せてやりたくてね。開けてくれ」

「なにが見つかると思っているんだか知らないが、隠しているものなんてなにもないぜ。自分で見るがいいさ」バリーはドブソンを押しのけるようにして狭い廊下を進むと、ある部屋のドアを開けた。趣味のいい部屋だ。オーク材の大きな机、分厚い絨毯と落ち着いた照明は、どこの会社の重役のオフィスにもひけを取らない。

「お好きなように」バリーは部屋の隅に置かれている革の肘掛け椅子に腰をおろした。

机のなかからは、メンバーの名前を記したファイルが出てきた。大佐の名前は見つかったが、ほかに見覚えのある名前はない。

「帳簿がないな」ワトキンスが告げた。

「ここは一流企業だからな。帳簿は会計士に任せているんだ」バリーが言った。「名前を教えてやってもいいぜ。月曜日にはここに来る。だがおれたちを吊るしあげるネタになるものは、なにも見つからないだろうな」

「時間の無駄じゃないか」ワトキンスがエヴァンに囁いた。「なにかあったとしても、もう処分されているだろう」

「なにを探すべきなのかすら、さっぱりわからないんですよ」エヴァンが言った。「普通は脅迫状のコピーを取っておいたりはしませんよね」

「脅迫だって？　おれたちがそんな下劣なことをするもんか。ここは健全なお楽しみを提供するところさ。彼に訊いてみろよ」バリーはドブソンに笑いかけた。

「いずれ首根っこを押さえてやるさ。あわてることはない」ドブソンはのんきそうに応じた。「とりあえずおまえのボスを見つける手伝いをしてくれれば、ここは丸く収まるんだがな。たとえば、ウェールズに行ったかもしれないとか？」

バリーの顔に明らかな驚きの表情が浮かんだが、それも一瞬のことですぐに冷静さを取り戻した。「故郷の知り合いに会いに行ったって？　いいことじゃないか」

バリーの視線が壁の写真に流れた。スリン・スラダウ湖から見たスノードン山の写真だ。木々は紅葉に染まり、湖面には山頂が映っている。エヴァンはもっとよく見ようとして写真に近づき、キャビネットの上にアルバムが載っていることに気づいた。革細工の表紙の見事なものだ。ウェールズの写真が収められているのだろうかとエヴァンは考えた。テッド・モーガンは、実は密かに故郷を恋しく思っていたのかもしれない。

エヴァンはアルバムを開き、またすぐに閉じた。そこに収められていたのはウェールズの山々ではなく、挑発的なポーズの肌も露わな娘たちの写真だったからだ。ワトキンスがやってきてアルバムを手に取った。

「客に見せるためのサンプルか？」バリーに尋ねる。

「気に入った娘がいたか？　あとで予約を入れておいてやってもいいぜ。いっしょに食事ってことだけどな。それともダーツでもするか？」

「妻がいい顔をしないだろうな」ワトキンスは次々とページをめくっていく。「〝ミス・シンシア・カーデュー。彼女と冒険心に満ちたひとときを〟」手に乗馬用の鞭を持ち、乗馬帽以外ほとんどなにも身につけていない貴族的な顔だちの若い女性の写真を示しながら、ワトキンスが読みあげた。「大佐の趣味はなかなかよかったようだ。彼女にも話を聞くべきだろうな」ワトキンスはさらにページをめくった。「わお。ここは暑いな」襟をぐいっと引っ張ると、楽しげにエヴァンを突いた。「きみくらいの年の若者がこんなものを見ちゃいけない」そう言ってアルバムを閉じようとした。エヴァンがそれを止めた。

「ちょっと待ってください、巡査部長。最後のページに戻してください」

「お気に入りを見つけたのか？」ワトキンスはくすくす笑った。

　ワトキンスはアルバムの最後のページを開いた。そこにあったのは、ハイヒールを履いた足を片方、熊の毛皮の敷物に乗せ、大きなダチョウの羽根の扇で裸の体の一部を隠しながら挑発的なまなざしをカメラに向けている娘の写真だった。エヴァンは信じられずに、その写真をまじまじと見つめた。プラチナブロンドの巻き毛とマリリン・モンローのような化粧をしているにもかかわらず、それがだれであるかはすぐにわかった。写真の下にはこう書かれていた。〝アニタ・ドーヴ。夢の空の旅にお連れします〟

「見てください」エヴァンは写真を乱暴に指差した。「アニー・ピジョンだ！」

20

「まずぼくに彼女と話をさせてください、巡査部長」列車がバンガー駅に着いたところで、エヴァンが切りだした。午後八時をまわり、太陽はどんよりした雲に隠れてはいたものの、あたりはまだ明るい。海は青みがかった灰色で、ところどころに白波が立っていた。

「麗しの我が家に帰ってきたぞ」ワトキンス巡査部長が言った。

ふたりは〈タフィーズ〉からまっすぐ駅に向かい、スランフェア村行きの次の列車に乗った。ヒューズ警部補に連絡を取ろうとしたが、この週末、彼はどこかに釣りに出かけていて、月曜日にならなければつかまらないことがわかった。いまふたりは疲れて、いらだっていた。

「彼女を警察署に連れてきて尋問すべきだと思う」列車が止まり、ワトキンスは網棚から鞄をおろした。「きみに彼女と話をさせる理由はない。きみは彼女に同情して、どうにかして助けてやろうと考えるかもしれない」

「それはありません」エヴァンはきっぱりと否定した。「笑いものにされるのは嫌いだ。彼女はぼくをばかにしたんですよ。ぼくを役にたつ男だと考えた。そのうえ、都合のいいことに警察官だ。彼女はぼくを利用したんです」エヴァンは固く手を握り、もう一方の手のひらに打ちつけた。「ぼくはまんまとだまされた。丘の上でテッド・モーガンと会ったときの、あの礼儀正しい冷ややかな態度——彼とは会ったこともないみたいに。そして自分の銃が盗まれたことの言い訳にするために侵入者をでっちあげた。ぼくたちが自殺の可能性を否定したと聞いて、彼女はすぐに行動を起こしたんです。自分の指紋が見つかることがわかっていたから」

ワトキンスはドアを開け、プラットホームに降り立った。「だがきみは、彼女は心底怯えているように見えたと言った。彼女がきみを家に呼びつけて帰さないようにしているあいだに、恋人が家を抜け出してテッドを殺しに行ったんだろうか？」

「いいえ」エヴァンは腹立たしげに首を振った。「列車のなかでよくよく考えてみたんですが、彼女がぼくを呼び出したのは完璧なアリバイを作るためだと思います。そのあいだに、彼女自らが手をくだしたんだ」

ふたりは押し合いへし合いする観光客に囲まれ、スーツケースやベビーカーや幼い子供をよけながら進んだ。

「だがどうやって？」

「娘が寝る前に本を読んでやってくれと彼女に頼まれたんですよ。あのときも、どうしてその本にこだわるんだろうとは思ったんです。子供が好きな本だからと彼女は説明しましたが、そうじゃなかったんだ。いまならわかります。あの家にあった、一番長い本だったんですよ。最後まで読むのに一五分かかった。そしてもちろん、子供はもう一冊読んでほしいとねだった。そのあいだじゅう、アニーはそこにいませんでした。子供とぼくが仲良くなれるようにと言って、ぼくたちふたりだけを部屋に残して、自分は階下にいたんです。ワインの栓を抜いていたと彼女は言っていましたがね。テッド・モーガンのバンガローまで行って、彼を撃ち、戻ってくるには充分な時間だったでしょう。ワインを注いだとき、手が震えていたのも当然ですよ！」

「だが大佐はどうなる？」駐車場に止めてあった自分の車までやってきたところで、ワトキンスが訊いた。「彼女に彼は殺せないだろう？」

「それもいまは確信が持てません」あわてた様子でパブを出てこうとした大佐が、ちょうどやってきたアニーとぶつかりそうになったことをエヴァンは思い出していた。

「大佐が気づいたのは、古い友人たちとラウンジにいたテッド・モーガンではなくて、アニーだったのかもしれない」

「彼女にどんな動機があるというんだ？」

「テッド・モーガンと同じですよ。彼女がテッドを殺すつもりでこの村に来たのだとしたら、どうです？　彼女を知っている人間はここにはいないから、だれも彼女とテッドを結びつけては考えない。そんなとき、彼女が〈タフィーズ〉で働いていたことを知っている大佐を見かけた。大佐が喋れば、テッドとの関係がわかってしまう。そこで、大佐の口を封じる必要が生じたというわけです。彼女も、大佐が出ていったすぐあとに帰っていきました」

エヴァンは助手席に乗りこんだ。「彼女は、きみになら白状すると思うのか？」ワトキンスが尋ねた。

「その可能性はあります。それにぼくは、彼女がどうしてこんなことをしたのか理由が知りたい」

「なんとしても、テッド・モーガンを亡き者にしたかったんだろう。彼が子供の父親だという可能性はないのか？　子供を受取人にした生命保険をかけていたのかもしれない」

「彼女の家で話をさせてもらえませんか？　アニーの正体がどうであれ、ジェニーはまだ幼い。夜中に母親を連行して、怯えさせるような真似はしたくない」

ワトキンスはため息をついた。「いいだろう。行って話をしてくるといい。だが部下たちに彼女の家を見張らせることにする。夜中に逃げられたくはないからな。きみも気をつけるんだぞ。すでにふたりも殺しているなら、もうひとり殺すこともためらわないだろう。べつの銃を持っていないとも限らない。違うか？」

「気をつけます。自首するように説得できればいいんですが」

「裏窓から逃げるから目をつぶってくれと、きみが説得されないようにするんだな」

ワトキンスは冷ややかに告げた。「どういうことになれ、明日の朝一番で彼女を連行する。そう伝えておいてくれ」

ノックの音に応じて、コテージのドアがわずかに開いた。アニー・ピジョンが用心深く来訪者を確かめる。信じられないといった笑みが彼女の顔に広がり、大きくドアが開いた。

「あなたがこんな時間に訪ねてきてくれるなんて、嘘みたい。こんな格好でごめんなさい。お風呂に入ったばかりなの」笑みを浮かべたまま、誘惑するようなまなざしを彼に向ける。「あなたに会えるとは思わなかったわ。週末は出かけているって聞いていたから」

「そうなんだ」エヴァンは答えた。「早めに帰ってくることにした」

「お仕事だったの？　それとも遊びに？」

「両方だ。勧められた場所があったので、そこに行ってみようと思ってね」

「あら、どこかしら？」アニーはいたってリラックスした様子で、無邪気な青い目でエヴァンを見つめた。ふわふわした白いバスローブを着て目の前に立つ彼女が殺人犯だとは、とても信じられない。

「〈タフィーズ・クラブ〉というところだ。だがぼくが会いたかった若い女性は、もうそこにはいなくてね。残念だったよ。彼女の写真はまだアルバムに残っていたんだが」

「なかで話しましょうか」アニーは通りに目を向けた。「いったいどういうこと？」尋ねる声には険があった。

「それをきみに話してもらおうと思ってね。そう、あそこに止まっているのはパトカーだ。きみの家は見張られている。だからおかしなことは考えないほうがいい」

アニーはエヴァンの袖に触れた。「エヴァン、全部説明できるわ」

「そうだといいがね」エヴァンは先に立って居間へと入っていき、彼女がプラスチックの肘掛け椅子に腰をおろすのを待った。自分は隅にある折り畳み式の椅子に座った。

「どうしてわかったの？」アニーが訊いた。いつもの化粧をしていない彼女の顔は、ふわふわしたバスローブと同じくらい白く見えた。

「きみはぼくを底抜けのばかだと思っていたんだろうな」エヴァンは怒りを声ににじませないようにしながら言った。「きみの子供を助けたのが、あまり頭がよくなさそうな村の巡査だと知ったときには、自分の幸運が信じられなかったんじゃないか？ずいぶんと熱心だったね。このあたりを案内してほしいとぼくに頼んだり、子供がぼくのことをたいそう慕っていると吹きこんでみたり。その結果、ぼくはばかみたいにきみの娘に本を読むことになったわけだ。きみがぼくをはめたのは理解できるが、自分の子供を利用するとは――」

「それは本当なの。あの子は、あなたが世界一素敵な人だと思っている。ずっとあなたの話をしているのよ」

「きみにとっては幸運だったわけだ。きみはぼくをここに閉じこめた。テッド・モーガンを殺しに行っているあいだ、アリバイを作るために」

「わたしは彼を殺していない！」

「そうか？　それなら、どこに行っていたんだ？　銃を持って、夜中の散歩でもしていたのか？」

「信じてちょうだい、エヴァン。わたしじゃない。本当よ」

「きみが説得しなければならないのはぼくじゃない、陪審員だ。無実だと信じさせるのは、はっきり言ってかなり難しいだろうけれどね。きみの指紋が銃に残っていて、アリバイを作らせるためにぼくを呼び出し、テッド・モーガンのところでコールガールとして働いていたことがわかったいまは。おそらく二件の殺人容疑できみを――」

「二件？」

「大佐がいる。彼はあのクラブの常連客だった。きみたちは互いに気づいたんじゃないのかい？　きみは彼に秘密をばらされるのを恐れた。テッドを殺したら、それが自分の仕業であることを大佐に気づかれるかもしれないと考えたきみは、彼の口を封じようと決めたんだ。だれもが大佐の死は事故だと考えていたときから、きみはどういうわけか彼が殺されたことを知っていた」

「テッドが川の方向からこっそり戻ってくるのを見たのよ」アニーは淡々とした口調で言った。「ロンドンのクラブであの老人の顔を見たような気がしていたから、そういうことだろうと思ったの」

「だが警察にはなにも話さなかった」

「わたしはそこまでばかじゃない。テッド・モーガンと心中なんてごめんだもの」

「だから彼を殺した」

「本当にわたしじゃないの。死んでほしいとは思ったけれど、わたしは殺していない」

「それならどうして使われたのがきみの銃と弾だったんだ？　不審者も不法侵入もなかったんだろう？　だれかが本当に侵入していたなら、きみがまっさきに調べるのは銃だったはずだ。だがきみが銃のことを思い出したのは、ぼくたちがテッドの死は自殺ではないと結論づけたあとだった。自分が第一容疑者にされそうだと思ったんだろう？」

アニーはぐったりと椅子の背にもたれた。ひどく怯えていて、とても小さく見える。

「ええ、そうよ。あの夜、わたしは彼の家に行った。でも殺してはいない」

「だが銃を持っていったね？」

「彼を脅したかったの」

「なんのために？」

「ジェニーとわたしをそっとしておいてほしかった」アニーは目を閉じ、ため息をついた。「今度こそ、逃げ出せたと思った。ここなら安全で、幸せに暮らしていけると思ったの」

「たわごとだ」エヴァンは耳を貸さなかった。「きみはテッド・モーガンを殺すためにここにきた。きみたちが知り合いだなどとはだれも考えないだろうから、うまくいくと思ったんだろう。この村で会おうと、甘い言葉で彼を誘い出したのか？　丘で会ったときのきみたちの礼儀正しいやり取りが、いまも忘れられないよ」

「彼がここに来るなんて知らなかったの」アニーはヒステリックなすすり泣きの合間に言った。「あの丘で彼とばったり会ったときは、息が止まりそうになったわ。わたしは絶対に――」

「いいかげんにしないか、アニー。ぼくがそれを信じるとでも？」

「だって本当に知らなかったのよ。彼がウェールズ人だっていうことは知っていたけれど、それだけ。彼がロンドンからいなくなったことすら、聞いていなかった。ここに来て彼を見たときは――どうすればいいのかわからなかったわ。パニックを起こしていたんだと思う」

「そして彼を撃った」

「そうじゃない」アニーは力なくため息をつくと、目を閉じた。「逃げ出すのがどういうものなのか、どういう気持ちになるものなのか、あなたには想像もできないと思う」

アニーは再び背筋を伸ばした。「初めから話したほうがいいでしょうね。母は、わたしが幼いころに死んだの。父は再婚したんだけれど、義理の母はわたしを邪魔者扱いした。一六歳になったときに、家から追い出されたわ。わたしは本当の母が生きていたころからダンスのレッスンを受けていて、ダンサーになるのが夢だった。だからウエスト・エンドのショーに出るために、ロンドンに向かったの。もちろん、簡単にはいかなかった。

オーディションでグリニスという娘に会った。彼女も家出をしてきていて、苦労していたの。だからいっしょに部屋を借りて、お金を出し合って食べるものを買った。そうしたらある日、グリニスが興奮した様子で帰ってきたの。知り合いになった同郷の男の人が、ウェスト・エンドのナイトクラブでわたしたちをダンサーとして雇ってくれるかもしれないって。わたしたち、大喜びしたわ。一か月ほどベークド・ビーンズしか食べていなかったし、家賃を払うお金もなかったから。彼はとても口がうまかった。最初はホステスとしてやってもらわなきゃいけないけれど、用意ができたらダンサーに昇格させるって言われた。ステージ用の名前をつけられたわ。わたしはアニタ・ドーヴ。グリニスはデジレ・セント・クレア。なかなかおしゃれな名前じゃない？」

アニーはまた目を閉じて、ため息をついた。「もちろん、ホステスっていうのは売春婦のことだった。それがわかったときには、もう手遅れだったの。わたしはバージンだった。グリニスもよ。部屋にやってきたタフィー——テッド・モーガンだったわね——に、レイプされた。そのあと泣いていたら、〝そのうち、これが好きになるさ。いくらやってもやり足りないと思うだろうよ〟って言われた。そのあと、なにか気分がよくなるものをくれたの。コカインだった。彼は抱えている売春婦《フッカー》を薬漬《フックド》けにしたがった。そうすれば支配できるから。

かわいそうなグリニス。彼女はすっかり薬のとりこになってしまった。それも悪い形で。自分がしていることに耐えられなくなったの。〝パパがいまのわたしを見たら、どう思うかしら〟って言っていた。自殺したわ。薬の過剰摂取。見つけたのはわたし。かわいそうに。すごく家を恋しがっていた。ウェールズのことばかり話していて、写真も見せてくれた。テッドのオフィスの壁に貼ってあった写真を見たでしょう？　あれを見るたびにグリニスは泣いていたの。〝あそこがわたしの家なの。わたしがいるべき場所なの〟って言って」

「きみはどうだったんだ？」エヴァンは静かに尋ねた。

「わたし？　そのまま続けたわよ。なかなかうまくやっていたのよ。腕をあげたって言うのかしらね」アニーは唇をゆがめて笑った。「ちゃんと仕事をしているあいだは、タフィーはよくしてくれるの。なにかまずいことをしたら、気をつけなきゃいけない。彼が絶対に許さなかったのは、逃げること。逃げた女の子たちは、結局死体で見つかったわね」

「だがきみは逃げた」

「ほかにどうしようもなかったもの。グリニスが死んだあとわたしはすごく落ちこんで、気を紛らわせてくれるものにのめりこんだ――お酒やコカインやほかにもいろいろ。すっかり意識を失っていた週末があったの。当然ながら、三日間ピルを飲まなかった。どうなったかわかるでしょう？　タフィーは激怒したわ。中絶しろって命じられた。でもとてもそんなことはできなかった。だって、お腹の子にはなんの罪もないんだもの。そうでしょう？　だから、クリニックの裏の窓から逃げたの。できるかぎり遠くに逃げようと思って、最後にはマンチェスターのシェルターに行き着いた。とてもよくしてくれたわ。赤ちゃんを産むまで面倒を見てくれて、そのあとは生活保護で暮らしていけるような安い部屋を探してくれた。でもそのあたりはあまり治安のよくないところだったから、ジェニーがどんなふうに育つのかを思うと心配でたまらなかった。あの子の遊び相手の子供たちは、悪い言葉や悪いことを教えるんだもの」

アニーは自分の手を見つめていたが、やがてゆっくりと視線をあげた。「だからここに来ようって決めたの。ここはグリニスの楽園だった。わたしにとっても楽園になるかもしれないって思った」一度言葉を切り、大きく息をする。「そうしたら彼が現われたのよ。絶望したわ。もう逃げる場所はないって悟った。立ち向かわなきゃいけないって。だから銃を持って彼に会いに行ったの。ジェニーとわたしをそっとしておいてくれなければ、殺してやるって言った。でも彼はただ笑って、あっさりとわたしから銃を奪った。彼にはそういう力があるのよ。だれが彼を殺したのかは知らない。でも死んでくれてほっとしている」

アニーは立ちあがって窓に近づくと、カーテンを少し開けて外を眺め、またすぐに元に戻した。「あなたの言うとおりだわ。陪審員はわたしの言うことなんて信じないでしょうね」

アニーは罠にかかった動物のように部屋のなかをうろうろと歩いていたが、やがて足を止めた。「エヴァン、あなたを巻きこんだことは悪かったと思っているわ。あなたをはめたりしてごめんなさい。でもジェニーのことは本当なの。あなたみたいな親切な人には会ったことがないってあの子は言ったのよ。わたしもそう思っている」

エヴァンは椅子の縁に腰をおろしたまま、矛盾する感情と闘っていた。立ちあがって彼女の肩に手をまわし、なにも心配することはないと言ってやりたかった。だが、だめだ。彼女には一度だまされている。今回もまた、同情を買うような作り話ではないという保証はどこにある？

「きみの話を裏付けてくれる人間はいるのか？」

「わたしが帰るとき、テッド・モーガンは笑っていたわ」アニーは苦々しげに言った。「ロンドンで彼がなにをしていたのかは、だれも話さないでしょうね。みんな怯え切っているのよ。テッドは死んでも、ほかのだれかが来るんじゃないかって。グリニスなら話してくれたでしょうけど。グリニスとわたしは、お互いのためならどんなことだってしたわ」

アニーは本箱からアルバムを取り出した。「グリニスの写真はこれしかないの。初めて会ったとき、遊覧船でキュー・ガーデンに行ったの。本当はそんなお金はなかったんだけれど、とても気持ちのいい日だったのよ。ピクニックをしたわ。人生で最高の一日だった」

アルバムを開き、一枚の写真を示した。ふたりの少女が満開のライラックの下に立っている写真だ。まるで学校の遠足に来ているかのように、どちらも若くて、なんの心配ごともないように見えた。アニーの金色の巻き毛とグリニスの黒くてまっすぐな髪が対照的だった。写真の下には少女らしい文字でこう記されていた。〝わたしとグリニス・ドーソン。一九九三年五月三日〟

「庭師が撮ってくれたの」

エヴァンは立ちあがっていた。「ドーソン？　グリニス・ドーソンだって？　彼女はこのあたりの出身だと言ったね？」

「そうよ。スランフェア村じゃなくて、峠の向こうのベズゲレルトっていうところ。わたしも本当はそこに行きたかったんだけれど、あそこは高いでしょう？　あら、どうしたの？　どこに行くの？」

エヴァンはすでに玄関に向かっていた。

「ここにいるんだ。すぐに戻る」エヴァンは大声で告げると、音を立ててドアを閉めた。

21

エヴァンがベズゲレルトに向かう峠を車で越えたときには、日はすでに落ち、接近しつつあった嵐が激しく吹き荒れていた。雨がフロントガラスを叩き、強風が小さな車を揺すぶる。細い道路からはずれないように、エヴァンは懸命に車を操作した。低い仕切りの向こうが切り立った崖であることはわかりすぎるほどわかっている。ワイパーの速度をあげようとしたがそれ以上は無理だった。フロントガラスを流れる雨の量にまったく対応できていない。真っ暗なナントグウィナント・パスを照らすヘッドライトの明かりは、悲しくなるほど弱かった。ヘアピンカーブはどれもいきなり闇から現われるように見え、そのたびごとにエヴァンは、なにもないところに向かってハンドルを切っているような気持ちになった。

ワトキンスに電話すべきだったとエヴァンは思った。夜の闇のなかをひとりで出かけてきたのは、衝動的な行動だったことがいまならわかる。必ずふたりで行動するというのは、警察で教わった基本中の基本だ。パズルのピースがようやくすべてはまったので、エヴァンはひどく興奮していた。自分の考えていることが正しいという確信があった。正しいことを切に祈った。アニー・ピジョンに残りの人生を刑務所で過ごしてほしくはない。

土砂降りの雨の向こうにベズゲレルトの明かりが見えてきた。道路沿いに灰色の石造りの家が整然と建ち並ぶなかを進み、橋を渡って〈ローヤル・スタッグ・ホテル〉の庭へと車を入れた。白い牡鹿の看板が風に揺れる背の高い灰色の石造りの建物は、どの窓からも明かりが漏れていて、どっしりして快適そうに見えた。

メルセデスとジャガーのあいだにエヴァンは車を止めた。このホテルに泊まるのは安くはなさそうだ。フロントデスクにはだれもいなかったが、左手にあるバーから話し声が聞こえていた。ドアを押し開けるとそこは、イギリスのパブはこうあるべきという外国人の想像どおりの場所だった。壁はオーク材の羽目板で、天井に渡されたオーク材の太い梁には馬具用の真鍮飾り《ホースブラス》が吊るされている。ホースブラスはバーの柱にも飾られていた。一面の壁の中央には大きなレンガ造りの暖炉があって、いまは夏にもかかわらず、ぱちぱちと火が燃えている。部屋の奥ではピアノを囲んだ客たちが、いろいろな映画の曲をぎこちなく弾きながら笑い声をあげていた。

ミスター・ドーソンはバーカウンターの前で、客のひとりと話しこんでいた。ツイルのスラックスと襟元を緩めたチェックのシャツの上にラムウールのカーディガンという装いで、いかにもリラックスした様子だった。エヴァンが以前に見た、真っ赤な顔で怒鳴っていた男とは別人のようだ。

「だからそのプロゴルファーに言ってやったんですよ」エヴァンがそっと近づいていくと、彼が言っているのが聞こえた。「そのくだらないクラブでなにができるんだってね」

相手の男が笑った。ミスター・ドーソンはエヴァンに気づいて尋ねた。

「だれかをお捜しですか？」

「ミスター・ドーソンですね？」エヴァンは聞いた。「お話ししたいことがあります」

ミスター・ドーソンは人気のないフロントデスクのあたりに行くようにと身振りで示してから、エヴァンのあとを追った。「どういったお話でしょう？　お会いしたことがありましたか？」

「スランフェア警察のエヴァンズ巡査です」エヴァンは名乗った。「テッド・モーガンという男性についてお話があります」

「テッド・モーガン？　聞いたことがありませんね」

「それから、デジレ・セント・クレアという若い娘についても」

ドーソンの顔から血の気が引いた。「ここではだめだ」彼はあたりを見まわした。

「上着を取ってくるから、待っていてください。雨が降っていますよね?」

「土砂降りです」

「わたしが戻るまで頼むとハワードに言っておかないと」ドーソンは奥の部屋に姿を消したかと思うと、やがてウォータープルーフの上着に手を通しながら現われた。

「行きましょう」〝オーナー〟と記された区画に止まっているくすんだ緑色のジャガーに向かって歩いていく。

「乗ってください。だれかに見られては困る。こういう村では噂はあっという間に広まるんです。ホテルが法に触れるような問題を起こしたなどと思われるのは避けたいですからね」

エヴァンは助手席のドアを開けたもののしばしためらっていたが、結局は乗りこんだ。車は勢いよく走りだし、轟音《ごうおん》を立てながら人通りのない道路を駆け抜けて村をあとにした。

「さてと、それでどういったお話でしょう」ドーソンが訊いた。

「おわかりだと思いますが」エヴァンは答えた。「ぼくはロンドンにある〈タフィーズ・クラブ〉という店に行ってきました。あなたの娘さんといっしょにそこで働いていた女性と話をした。あなたがテッド・モーガンを殺した理由は理解できます。あれがぼくの娘だったなら、同じことをしていたかもしれない」

ドーソンは苦々しげな笑い声をあげた。「だが裁判の結果が変わるわけじゃない。おそらく終身刑だ」

「あなたが味わった精神的苦痛を考えれば、もっと軽いものになるはずです」

「それでも刑務所行きには変わりない」大きな車を操作してヘアピンカーブを曲がりながらドーソンはため息をついた。「一切後悔はしていませんよ。あの男は怪物だ。わたしが愛したものすべてを奪ったんだ。死んで当然ですよ。地獄で朽ちているといいんですがね」

「死んで当然の男かもしれません。ですがそれを判断するのはあなたじゃない。違いますか？」

ドーソンは固く口を結んだまま、カーブでタイヤをきしらせながら運転を続けた。「自殺」

「わたしはあなたたちを正しく評価していなかったようだ」やがて彼が言った。「自殺ということになると思っていましたよ。あの集会でやつを見たときは、信じられなかった。笑顔で、陽気で、地元の名士みたいに振る舞っていた。わたしの娘にあんなことをしておきながら。テッド・モーガンというのがやつの本名ですか？」

エヴァンはうなずいた。

ドーソンは大きく息を吸い、ため息のような音と共に吐き出した。「審問のあと、ロンドンでやつを見ましたよ。娘がどんな辛い目に遭っていたのかを自分の目で見ておきたくて、〈タフィーズ・クラブ〉に行ったんです。あのテッド・モーガンという男は、愛想のいい主人を演じていた。もうすでに、グリニスの代わりの娘がいましたよ」声がかすれてそのまま黙りこみ、聞こえるのは低くうなるエンジンと風の音だけになった。

「あのときもやつを殺してやりたかった。チャンスがあれば殺していたと思う。だがなにも武器になるものを持っていなかった。この手で絞め殺してもよかったんだが、やつはボディガードに囲まれていたから近づくことができなかった。二度と会うこともないだろうと思っていたのに、あんなところで地元の名士ぶっているとはね。自分の幸運が信じられなかった」ドーソンがくすくす笑いながらハンドルを切ると、タイヤがキーッと音を立てた。「集会のあと、わたしはやつに会いに行った。もちろんやつはわたしを知らない。やつの新しい計画に投資したいと言ったら、家に招き入れてくれたよ。飲み物まで勧められた。やつはすっかりくつろいだ様子で腰をおろし、計画について語った。やつが顔をあげたところで、撃ってやった。眉間に一発。銃の腕前はいいんだ。冬には狩りをするからね」

エヴァンは、車が峠をのぼっていることに気づいていた。彼がさっきたどってきた道を引き返していることになる。

「きみたちは真相に気づいたわけだ。警部補――ヒューズと言ったかな？――が、大勢集めて意見を出し合ったんだろう。ロンドン警視庁も協力したのか？」

「いいえ、運がよかっただけです」エヴァンは言った。「あなたにとっては運が悪かったというべきでしょうね、ミスター・ドーソン。グリニスの写真を見せてもらっていたとき、彼女の苗字がドーソンだということを知ったんです。あなたが怒って集会所を出て行ったときに娘さんの話を大家から聞いていたので、それでピンときたんです。真相に気づいて、まっすぐあなたのところに来たというわけです」

「だとすると、きみにとっても運が悪かったな」ドーソンが言った。眺望スポットにある小さな駐車場に車を入れ、タイヤをきしらせながら止めた。「降りてもらおうか」

「ばかなことはやめたほうがいい」エヴァンは冷静さを失わないようにしながら言った。「事態が悪くなるだけだ」

「だれにとって？　わたしではないな」ドーソンはそう言って笑った。「きみがここにいることはだれも知らない。きみとわたしだけだ。さあ、降りて」

「なにをするつもりだ？　逃げようっていうのか？　すぐに捕まるぞ」

「わたしはどこにも行かないさ。行くのはきみだ。きみは運悪く、崖から落ちるんだ。こんなところでこんな時間にきみがなにをしていたのかは謎のまま、足を滑らせてあの岩に滑落する」

「ぼくを突き落とせるほどの力があなたにあると思うのか？」

「いいや、わたしにはそれだけの力はない」ドーソンはそう言って、リボルバーを取り出した。「さあ、降りるんだ」

エヴァンは車のドアを開け、嵐のなかに降り立った。なにが最善の策なのか、必死に考えようとした。あたりは真っ暗だ。仕切りを越えれば、岩のあいだに身を隠せるかもしれないし、隠せないかもしれない。ドーソンは車に懐中電灯を置いているだろうか？　逃げようとすれば、彼は背中を撃つだろう。彼が言ったとおり、銃の腕が確かなことは間違いない。テッド・モーガンは眉間を見事に撃ち抜かれていた。いま考えなければならないのは、ドーソンが本当に撃つつもりかどうかということだ。

エヴァンの頭に銃の狙いをつけたまま、ドーソンも車を降りた。「縁に寄れ」頭でそちらを示しながら言う。

「弾痕が見つかれば、警察も疑念を抱くぞ。銃を追跡できないとでも思っているのか？　それにだれかがきっと車を見ている」

「だれが？　こんな夜に車に乗る人間はそれほどいない。それに弾痕は残らない。言ったろう？　わたしの腕はいいんだ。きみがバランスを失って崖から落ちる程度に、かすめるように撃つさ」

「こんなことをしても逃げられないぞ」エヴァンは風に負けじと叫んだ。峠を車がのぼってくることを願ったが、あたりにはインクを流したような闇があるだけだ。ウェールズでは遅い時間だ。いまごろはだれもが家でくつろいでいるだろう。こんな天気の夜はなおさらだ。

「もちろん逃げられるさ」ドーソンが叫び返した。「あの事件とわたしを結びつけるものはなにもない。集会のあと、わたしはまっすぐホテルに帰ったし、非常口からこっそり抜け出す前と戻ってきたあとは、バーにいるところを印象づけた。それに、どこにもわたしの指紋は残っていない。わたしが使ったのはテッド・モーガンの銃だ。やつの手に握らせる前に、わたしの指紋は拭き取った」ドーソンが再び声をあげて笑うのを聞いて、絶望のあまり彼の精神が崩壊していることをエヴァンは悟った。彼はためらうことなく撃つだろう。

「幸運だったと思わないか？」ドーソンが近づいてきたので、エヴァンは低い仕切りのほうへ一歩あとずさった。「信じられなかったよ。ポケットに自分の銃は持っていたが、彼の銃がテーブルに置いてあったんだ。手の届くところに。まさに天からの贈り物だったとは思わないか？」

「だがだめだった。そうだろう？」地面とほぼ平行に降りつける雨が顔に刺さり、寒さとショックでエヴァンは歯をカタカタ鳴らしていた。「それにあれはテッド・モーガンの銃じゃなかった」

ドーソンは言葉に詰まった。「え？」

「あれはアニー・ピジョンという娘のものだったんだ。テッド・モーガンが彼女から奪った。警察は彼女がテッドを殺したと考えている。実際、いまも彼女を監視しているはずだ。銃には彼女の指紋が残っているし、おそらくモーガンの家の居間でも彼女の指紋が見つかるだろう。アニー・ピジョンを知らないか？　その名前に聞き覚えは？　ロンドンのクラブで、グリニスの親友だった」

「アニー？」銃が揺れた。「遺書にアニーのことが書いてあった。アニーひとりをあんなところに残していくのが忍びないと」

「アニーはもうひとりじゃない。子供がいるが、父親がだれなのかはまったくわからないらしい。彼女がどんな目に遭ってきたのか、あなたなら想像がつくだろう？　彼女にあなたの罪をかぶらせて刑務所送りにしたいのか？　幼い娘はどうなる？」

ドーソンの顔が苦痛にひきつった。

「ぼくを殺したら、あなたは心の安らぎを得られるのか？」

「いいや。生きているかぎり、心の安らぎなど得られやしない。あの子が家出をしてからというもの、わたしの人生は地獄だった。すべてわたしのせいなんだ。厳しくしすぎた。あの子があまりにかわいくて、あまりに大切で、あの子の身になにか起きることが心配でたまらなくて、家に閉じこめた。わたしがあの子をあんな目に遭わせて、あんなふうに死なせてしまったんだ」

「それなら、もうひとりの娘にチャンスを与えてくれないか。犯してもいない殺人の罪でアニー・ピジョンを刑務所に送らないでほしい」

ドーソンの顔がぴくぴく震えたかと思うと、やがて彼は激しく首を振った。「くそったれ」銃を投げ捨てると、車に駆け戻っていく。エンジンはかけたままだった。ひき殺すつもりなのだろうかとエヴァンは考えた。大きな車はまっすぐこちらに向かってくる。エヴァンは横向きに身を躍らせた。濡れた砂利に足が滑り、よろめいて仕切りにぶつかったところで、車がすぐ脇を通りすぎていった。ふらつきながら立ちあがると、無駄だとわかっていながらも車を追っていく。ドーソンはすさまじいスピードで車を走らせていた。最初のヘアピンカーブが近づいてきてもハンドルを切ろうとはしない。車は低い仕切りを乗り越え、つかの間宙に浮いた。ヘッドライドがありえない方向に暗闇を切り裂く。ガラスと金属が砕ける胸の悪くなるような音が聞こえ、爆発音がそれに続いた。火の玉があがる。そしてあたりは静かになった。

22

ブロンウェンは玄関のドアを開けて、空になった牛乳瓶を外に置いた。嵐は通り過ぎ、晴れ渡った空に星が輝いている。グリデル・ヴァウル山の上に月が顔をのぞかせ、山頂を冷たい光で照らしている。空気はみずみずしい緑の匂いがして、ブロンウェンは戸口に立って大きく息を吸った。ドアを閉めようとしたところで、峠からの道をだれかが駆けおりてくることに気づいた。好奇心が彼女の動きを止めた。夜中のランニング？　こんな夜に？

うわずった声が聞こえた。「ブロン？　きみか？」

ブロンウェンはゲートへと駆け寄った。「エヴァン？　ここでなにをしているの？　週末はどこかに行っているって聞いていたのに」

「早めに帰ってきたんだ」エヴァンが答えた。明かりに浮かびあがった彼の顔にブロンウェンは息を呑んだ。髪は額に貼りつき、頰に血が流れている。服は泥だらけだ。

「いったいどうしたっていうの？」ブロンウェンはぞっとして尋ねた。「びしょ濡れじゃないの。そのうえ血が出ているし」

「ぼくは大丈夫だ」エヴァンは息も絶え絶えで言った。「本署に電話をしないと。事故があったんだ。スリン・グウィナント湖の上で」

「事故？　どんな？」

「車が崖から落ちた」エヴァンはまだ荒い息をついている。

「まさかあなたが乗っていたの？」ブロンウェンはおののいて尋ねた。

「いいや。運転していた男はぼくを置いていった」

「スリン・グウィナント湖からここまで走ってきたの？」

「ベズゲレルトに行くよりは近い。ぼくの車はあそこに置いたままなんだ」

ブロンウェンは彼の腕を取った。「なかに入って。あなたが電話しているあいだに、熱いココアを入れるから」エヴァンが生徒のひとりであるかのように家のなかへといざなう。「震えているじゃないの。濡れた上着を脱いで」ブロンウェンはピンクと白の大きなタオルを持ってきて、エヴァンの肩にかけた。「電話は食卓の上よ。わたしは牛乳を温めているから、電話していて」

ブロンウェンは、受話器に向かって早口で話しているエヴァンを眺めた。顔にはまだ雨水が伝い、髪からぽたぽたと肩に落ちている。疲労困憊《こんぱい》といった有様だ。彼が気の毒でたまらなくなった。抱きしめてなにも心配ないと言ってやりたかったが、その思いをぐっとこらえて、大きな陶器のマグカップにココアの粉を入れた。こうやって彼の世話をするのはいいものだ。彼もそう感じてくれることを願った。

牛乳が沸騰したので、マグカップに注いだ。そこにたっぷりとブランデーを加える。

「さあ、どうぞ」ブロンウェンは笑顔でマグカップを差し出した。

エヴァンはひと口飲んで、驚いたような表情を浮かべた。「ブランデーが入っている」

「必要そうに見えたから」

「家にブランデーを置いているなんてどういうわけだ？　きみのような立派な教師が？」

「薬として役にたつもの」ブロンウェンは穏やかに応じた。「ほら、飲んで。ショックを受けたときは、熱い飲み物がいいのよ」

「ありがとう。助かるよ」エヴァンはまたひと口飲んだ。

ブロンウェンはお湯を入れた洗面器とコットンを持って戻ってきた。「じっとしていて。頭をひどく切っているわ」

「本当に？」エヴァンは驚いてこめかみに手を当てた。「迫ってくる車から逃げようとしたんだ。そのときに、仕切りにぶつけたんだろう。気づかなかった」ブロンウェンがコットンで傷をぬぐうと、エヴァンは顔をしかめた。「う、しみる」

「じっとして。あなたったら、子供より始末が悪いわ」

エヴァンはにやりとした。

「さあ、これでいい。やっと人間らしくなったわね。泥と血にまみれて坂道を駆けおりてくるのはいったいなんだろうって思ったわよ」

「ナントグウィナントの怪物さ」エヴァンは笑いながら答えた。「観光客を呼びこむ新しい伝説ができたね」

「肉屋のエヴァンズにはそんなこと言っちゃだめよ。警察はまだ彼がテッド・モーガンを殺したと考えているの？」

「テッド・モーガンを殺した犯人がわかったよ」エヴァンが言った。「ベズゲレルトのミスター・ドーソンだ」

「ドーソン？　あの大きなホテルのオーナーの？　彼がどうしてテッド・モーガンを？」

「テッド・モーガンは彼の娘を破滅させた。テッドは売春組織を運営していたんだ。

ドーソンの娘は彼に捕まって抜け出せなくなり、自殺した」

ブロンウェンは重々しくうなずいた。「聞いたことがあるわ。ミスター・ドーソンは娘さんの死から立ち直れなかったのね？」

「自分を責めていたよ」

ブロンウェンは身震いした。「彼は捕まったの？」

「車で崖に飛びこんだよ。気の毒に。だがようやくこれで苦しまずにすむ」

ブロンウェンはエヴァンの肩に手を乗せた。「でも、大佐の死とはどういう関係があるの？」

「大佐を殺したのは彼じゃない。テッド・モーガンだ。彼は、ロンドンで身の危険を感じるようになったのでここに逃げてきたんだ。だが大佐がこの村にいることを知った。大佐は彼の売春宿の常連客だったんだ。大佐が話好きなことはみんな知っているだろう？　ロンドンに戻った大佐に自分の居場所を喋られては困るとテッド・モーガンは考えた。そこでこっそりパブを抜け出して、大佐の頭を殴った。川岸から急いで戻ってきたテッドをアニー・ピジョンが見ていたんだが、怖くてなにも言えなかったそうだ」

「アニー・ピジョン？」ブロンウェンの口調がこわばった。

「そうだ。彼女もテッド・モーガンに人生を狂わされた娘のひとりだった。逃げ出してここに来たのに、よりによってテッドがいたというわけだ。まさに悪夢だっただろうね」

ブロンウェンは考えこみながら窓の外を眺めていたが、やがてうなずいた。「それじゃあ、肉屋のエヴァンズは釈放されるのね？」あえて話題を変えようとして尋ねた。

「朝には。だが、何日か留置場で過ごすのも彼にとってはいいことかもしれないな。癇癪を起こすとろくなことがないと思い知るだろうから」

「どうかしら。もう少しココアを飲む？　それともスープを温めましょうか？　わたしの手作りよ」

エヴァンは立ちあがった。「ぜひもらいたいところだが、ワトキンス巡査部長がじきに来るはずだ」

「また行かなきゃいけないの？」エヴァンが玄関へと歩きだすのを見て、ブロンウェンはため息をついた。

「そうだ、行かなきゃいけない」エヴァンは振り向き、愛情のこもったまなざしを彼女に向けた。「これが警察官の暮らしだ。いつも愛想よくして、人々を助けていればいいわけじゃない。ときには不愉快な仕事をしなきゃいけないし、勤務時間は不規則なうえ、給料だって……」

ブロンウェンはうなずいた。「わかるわ」

ふたりはじっと見つめ合った。「今夜のデートができなくなってごめん」

「行きたくなくなったから、言い訳をしているのだと思っていたわ」

「どうしてぼくが行きたくなくなるんだ？」

「彼女を好きになったから」

「彼女？」エヴァンは心底驚いた顔になった。「アニー・ピジョンのことを言っているのかい？」

「ずいぶんと長い時間を、彼女と過ごしているみたいだったもの。もうできあがっている家族のほうがいいのかと思ったの」

エヴァンは首を振った。「いつか、自分の家族を持つほうがいい。今度の週末だが、ブロン……」エヴァンはためらった。「大学時代の友人と会うのは、そんなに大切なことなのかい？」

「そうでもないわ」

「それならデートをやり直せないかな。一日いっしょに過ごそう。ビーチでピクニックをして、それから例のイタリア料理店に行くんだ」

「よくよく考えてみたら、その友人たちはわたしにはちょっと真面目すぎるの。セグロアジサシの営巣地を歩いたと言って、怒鳴られたことがあるわ。そこが営巣地だなんて知るはずもないじゃない？　わたしはただ、トイレまで近道しようとしただけなのに」

エヴァンは声をあげて笑った。「ああ、ブロン」彼女の体に手をまわし、強く抱きしめる。

「わたしまでびしょ濡れよ！」ブロンウェンは笑いながら文句を言った。

「ごめん、忘れていたよ」

「いいのよ」エヴァンが手を離すより早く、ブロンウェンは彼の首に腕を巻きつけた。ごく自然にふたりの唇が重なった。

ヘッドライトが静かな通りを照らし、白いパトカーが止まった。

「もう行かないと」エヴァンはしぶしぶブロンウェンから手を離した。

「気をつけてね、エヴァン」

「ぼくなら大丈夫だ。ぼくは頑丈だから」エヴァンはゲートへと歩きだした。

「エヴァン！　ピンクのタオルを肩にかけたままよ」ブロンウェンは彼の上着を持って、あわてて駆け寄った。

ワトキンスはからかうような笑顔でエヴァンを迎えた。「きみは命に関わる危険にさらされていたと言っていたんじゃなかったかな？　たったひとりで頭のいかれた男と山頂で対峙しているんだとばかり思ったが」冗談めかして言う。「それとも英雄を温かく迎えてもらったということか？」

「そんなところです、巡査部長」エヴァンはどうしようもなくにやつきながら、助手席に乗りこんだ。

月曜日、スランフェア村はいつもの朝を迎えていた。肉屋のエヴァンズは店を開けてショーウィンドウにラムの骨なし肉を並べ、〝地元一のウェールズ産ラム肉〟と書かれた紙をそのあいだに立てた。

郵便屋のエヴァンズがマニラ封筒を手に郵便局から現われた。

「こいつをミスター・パリー・デイヴィスにいますぐ届けろって、ミス・ロバーツに言われたんだ」肉屋のエヴァンズに声をかける。「大学かららしい」

肉屋のエヴァンズが出てきて、封筒を眺めた。「きっと、考古学者からの正式な報告書だ」興奮した口調で言う。「あの遺跡が本当に聖人の礼拝堂なのかどうかがわかるぞ」

彼は行きかう人々に声をかけながら、郵便屋のエヴァンズといっしょに通りを進んだ。気づけばスランフェア村はハーメルンのようになっていた。郵便屋のエヴァンズが笛吹き男で、ベテル礼拝堂に着くころには村人の半分を従えていた。

「今日はスランフェア村にとって記念すべき日です」パリー・デイヴィス牧師は封筒を受け取ると、裏返した。

「さっさと開けてくれよ。あんまり気をもませないでくれ」肉屋のエヴァンズが言った。

パリー・デイヴィス牧師は眼鏡をかけると、封筒を開いた。なかに入っていた紙を読み進むにつれ、その表情がこわばっていく。

「なんて書いてあるんだ？」だれかが訊いた。「あれは聖人の礼拝堂じゃなかったのか？」

パリー・デイヴィス牧師は咳払いをした。「先週調査しました遺跡ですが、残念ながら一〇〇年ほど前のひつじ飼いとひつじの小屋であったことを報告いたします」

「聖人ケレルトの墓じゃなかったのか？　アーサー王の砦でもない？」肉屋のエヴァンズが呆然として訊き返した。

パリー・デイヴィス牧師は怒ったように首を振り、手紙を握りつぶした。

「わたしに言わせれば、いい結果ですよ」ミセス・ウィリアムスが隣に立っている女性に言った。「これで、あんなばかな思いつきとは無縁の、昔ながらのなんでもないスランフェアに戻れるんですから」

エヴァンは午前中はずっとカナーボンにいて、ヒューズ警部補とワトキンス巡査部長と話をしていた。ワトキンスとロンドンに行っているあいだに、グウィネス・ホスキンスが警察を訪れていたことを聞かされた。黙っていることに耐えられなくなったらしく、テッド・モーガンが死んだ夜、サムがスランフェア村に来ていたことを打ち明けに来たのだという。集会のあとサムはテッドに声をかけ、借金を申しこんだらしい。テッドはそれを断っていた。最初から借金には反対だったのだとグウィネスは訴えた。サムをテッドのところに行かせたくはなかったし、そのことを警察に話すべきだとサムを説得しようとしたと彼女は言った。

「夫婦の絆もその程度か」ワトキンスがつぶやくように言った。「たいした家族だ」

エヴァンがスランフェア村に戻ってきたときには、大学からの手紙にまつわる騒ぎは収まっていたが、村がひっそりと静まりかえっていたわけではなかった。引っ越しトラックがアニー・ピジョンの家の前に止まっている。急いで行ってみると、ジェニーのノアの箱舟のランプを手にしたアニーが家から出てくるところだった。

「出ていくんだね？」エヴァンが訊いた。

アニーはうなずいた。「ええ。行くわ」

「どうして？　もうきみは安全だ。逃げ続ける必要はなくなったんだ」

アニーは笑顔で答えた。「ここはわたしがいるべき場所じゃないもの。一〇〇年たってもウェールズ語は覚えられないわ。わたしじゃなくて、かわいそうなグリニスがここに戻ってくることができればよかったんだけれど」

「どこに行くんだ？」

「とりあえずマンチェスターに戻る。あそこには友だちがいるから。そのあとは湖水地方にでも行こうかしら。あそこもきれいなところでしょう？　それに英語で大丈夫だし」

「幸運を祈るよ、アニー。うまくいくことを願っている。きみにとってもジェニーにとっても」

「あなたのおかげでわたしは刑務所に行かずにすんで、あの子は里親のところで暮らさなくてよくなったの。わたしたち、きっとうまくやれるわ」

「元気で」エヴァンは言った。

「あなたもね。いい人を見つけて、落ち着くといいわ。あなたはきっと素晴らしいパパになる」

「それほど遠くない時期にそうなるかもしれないな」エヴァンは言った。

通りの反対側にある〈レッド・ドラゴン〉でテーブルを拭いていたベッツィは、アニーの家の外に止まった引っ越しトラックに気づいた。

「ハリー、見て！」興奮した口調で呼びかける。「彼女、出ていくわよ！」

「だれが？」ハリーも窓に歩み寄った。

「エヴァン・エヴァンズを追いかけていた女よ」ベッツィは考えこむような顔で道路を見つめた。「あとは、南極で教師の仕事につくようにブロンウェン・プライスを説得するだけね……」

訳者あとがき

《英国ひつじの村》シリーズ第二弾『巡査さんと村おこしの行方』をお届けいたします。

エヴァンの活躍で恐ろしい殺人事件も解決し、平和を取り戻したスランフェア村でしたが、またもや騒ぎが持ちあがります。貴重なものらしい古い遺跡が発見されたのでした。肉屋のエヴァンズは、これを機にスランフェア村を地図に載せようと大張り切りです。のみならず、村の名前まで変えてしまおうと言い出したものですから、当然ながら村人たちは大騒ぎです。

ところがそこに水を差すようなできごとが起こりました。遺跡を発見したのは、毎年夏にロンドンから避暑にやってくる退役軍人でしたが、彼が川のなかで死体となって発見されたのです。一見事故のように見えましたが、エヴァンは疑問を抱きます。死体の状況から殺人ではないかという気がしたのです。けれども、動機らしいものがさっぱり見当たりません。

なにもつかめないでいるうちに、ロンドンの実業家テッドの発言で、村の騒ぎはさらに大きくなっていきます。スランフェア村出身のテッドは、父の死を契機に突然村に戻ってきたかと思うと、閉鎖されているスレート鉱山を買い取り、そこをアドベンチャーパークにすると言い出したのです。村を有名にしたいのはやまやまだけれど、観光客には来てほしくない肉屋のエヴァンズは大反対。テッドにつかみかかろうとさえするのでした。

そして翌日、死んでいるテッドが発見されました。眉間に弾痕、手のなかには銃。ワトキンス巡査部長は自殺だと決めつけましたが、エヴァンは納得しません。ゆうべあれほど意気揚々と事業計画を語ったテッドが自殺などするはずがない。だが、ロンドンから帰ってきたばかりの彼をいったいだれが殺すというのだろう？　疑惑の目は肉屋のエヴァンズに向けられますが、エヴァンには彼の仕業だとは思えませんでした。

ふたつの事件を同時に抱えることになったエヴァンでしたが、厄介ごとはそれだけではありませんでした。幼い娘を抱える魅力的な女性がスランフェア村に引っ越してきたのです。彼女はあからさまにエヴァンに興味を示しました。エヴァンに好意を抱いているブロンウェンやベッツィが面白く思うはずもありません。エヴァンはまたもや難しい立場に立たされるのでした……。

さて、ここでひとつお断りしておかなければならないことがあります。このシリーズの翻訳を担当することになったとき、頭を悩ませたのがウェールズの地名の表記でした。日本でも、地元の人しか読めない難読の地名ってありますよね？　どこの国であれ、固有名詞の発音はなかなか難しかったりするものですが、今回は頭を抱えました。アルファベットの表記では発音がさっぱりわからない……。いまはインターネットでもネイティブの方の発音を聞けますから、必死で耳を澄ますのですが、それでもやっぱりわからない……。もっとも困ったのが〝ll〟の発音でした。英語のLを発音するときのように上の歯の裏に舌先を当てて、強く息を吐き出しながらLの発音をする——と書かれているのですが、自分で試してみても首をかしげるばかり。日本語の表記ではスと書かれていることが多いのですが、ネイティブの方の発音はファとかシュとか聞こえます。さて、どうしようと悩んだあげくに、編集者の提案で原作者に確かめることになりました。そして問い合わせた結果、英語圏の方はウェールズ語の発音どおりに発音しているわけではないということが判明。驚くことではないかもしれませんね。自分たちの言葉にない音をそのまま発音できるはずもないのですから。

というわけで、いろいろな地名を英語読みしていただき、それを日本語の音に当てはめて表記するという形を取りました。そのため、ガイドブックなどに書かれている発音と異なるものがありますが、こういう事情であることを念頭に置いてお読みいただければ幸いです。

殺伐とした都会に疲れて故郷の村に帰ってきたエヴァンですが、望んでいたような平和な日々はなかなか訪れてくれないようです。さて、次作ではどんな事件が（そして、どんな女性が!?）彼を待ち受けているのでしょう。

本書の訳出にあたっては、いつにも増して編集者の善元温子さんにお世話になりました。最後になりましたが、この場を借りてお礼申し上げます。

コージーブックス

英国《えいこく》ひつじの村《むら》②

巡査《じゅんさ》さんと村《むら》おこしの行方《ゆくえ》

著者　リース・ボウエン
訳者　田辺千幸《たなべちゆき》

2019年　3月20日　初版第1刷発行

発行人　成瀬雅人
発行所　株式会社　原書房
〒160-0022 東京都新宿区新宿1-25-13
電話・代表　03-3354-0685
振替・00150-6-151594
http://www.harashobo.co.jp
ブックデザイン　atmosphere ltd.
印刷所　中央精版印刷株式会社

落丁・乱丁本はお取り替えいたします。
定価は、カバーに表示してあります。
 ISBN978-4-562-06092-4 Printed in Japan